Slave Master

Slave Master 4
어두미 판타지 장편 소설

초판 1쇄 찍은 날 § 2005년 9월 20일
초판 1쇄 펴낸 날 § 2005년 9월 30일

지은이 § 어두미
펴낸이 § 서경석

편집장 § 문혜영
편집책임 § 한지윤
편집 § 이재권 · 유경화

펴낸곳 § 도서출판 청어람
등록번호 § 제1081-1-89호
등록일자 § 1999. 5. 31
어람번호 § 제1-0633호

주소 § 경기도 부천시 원미구 심곡1동 350-1 남성B/D 3F (우) 420-011
전화 § 032-656-4452 팩스 § 032-656-4453
http://www.chungeoram.com
E-mail § eoram99@chollian.net

ⓒ 어두미, 2005

ISBN 89-5831-736-1 04810
ISBN 89-5831-545-8 (세트)

Slave Master

Slave Master

FANTASY FRONTIER SPIRIT

어두미 판타지 장편 소설

슬레이브 마스터 4

영웅인자의 태동

도서출판 청어람

Contents

제19장
Sad moon, Black sun

노예왕을 수호하는 자.

'서글픈 달'과 '검은 태양'.

흔히 흑기사와 백기사라 일컬어졌던 이 두 기사에 대해서는 과거는 물론 지금에 이르기까지 활약과 위명 외에는 그 어떠한 사실조차도 알려진 바가 없다.

유일하게 알려진 것이라고는 흑기사라 칭해지던 자는 항상 검은색 성기사의 갑옷을 입었고 백기사는 새하얗게 변모된 제국의 흑갑옷을 입고 다녔다는 기록뿐.

결코 검게 물들어서는 안 될 성기사의 갑옷과 제국의 상징이라 할 수 있는 흑갑옷을 하얗게 질했던 것으로 보아 두 사람의 삶은 걸치고 있는 갑옷만큼이나 복잡했던 것으로 추정된다.

현재 여러 왕국이 스스로의 체면을 위해 두 기사의 존재를 인정하지 않지만, 수많은 명장들의 자서전에서 이미 그들을 영웅이라 칭하고 있는 것이 대표적인 증거이다.

'노예왕의 지지자들' 中 '서글픈 달'과 '검은 태양' 편.

모든 것은 만인의 존경을 받고 있던 제국의 큰손 리켈푸스 맥시온과 명문 공작 가문의 베이호크 폰 에딕 공작 이 두 사람이 반란 및 제3황자 납치 및 살해라는 죄명으로 처형당하면서부터 시작되었다.

삼 년 전,

서자라는 이유만으로 존재 자체도 숨겨진 채 조심스레 민초들 속에서 자라온 제3황자가 누군가에 의해 암살당했다.

십삼 년 만에 재회한 부자간에 따뜻한 말 한마디도 제대로 나누지 못하고 싸늘한 아들의 주검을 맞이한 황제는 격노했다.

누구라도 분노에 눈이 멀고 화가 스스로를 집어삼킬 상황에서도 황제는 용케 이성을 유지하며 세밀하고 차분히 원흉을 찾아내기 시작했다.

그 결과, 그 누구도 예상치 못한 용의자가 황제의 앞에 불려가게 되었다. 두 용의자는 이름만 들어도 모를 이가 없을 정도로 유명한 리켈푸스 맥시온과 베이호크 폰 에딕 공작이었다.

모두가 무언가가 잘못되었다고 생각하는 가운데 다시 경악스러운 일이 벌어졌다. 바로 잠시라도 의심해 본 적이 없는 이 두 사람이 황제의 어전에서 자신들의 죄를 시인하고 스스로가 제3황자의 살해범이라는 것을 인정한 것이다. 하나 더 놀라운 것은 바로 그 다음이었다.

그 두 사람이 서로 힘을 합쳐 3황자를 살해했으나 이 일을 따로 지시했던 인물이 있었던 것이다.

그 주동자의 정체는 바로 세 공작 중 남은 두 사람, 바로 휠레 공작과 루피레스 공작이었다.

쿠르르릉!

날씨가 심상치 않다. 하늘에는 한 치 앞도 보이지 않을 정도로 자욱하고 검은 구름이 넓게 깔려져 있었고, 불만에 가득 찬 거대하고 굶주린 짐승이 자신을 바라보며 입맛을 다시고 있는 듯 느껴졌다.

이 막연한 현실에 저도 모르게 쓴웃음을 지으며 독백을 내뱉었다.

"그로부터 삼 년이나 지났는가? 대대로 제국의 어둠을 지배해 왔던 이 루피레스가 한낱 민초조차 두려워 밖으로 나가지 못하게 된 것이……."

황제파였던 에딕 공작은 이해가 되지만 어째서 만인의 성자라 칭해지던 리켈푸스조차 자신들을 모함했는지 알 수 없었다. 분명한 것은 그로 인해 자신과 휠레 공작은 진심으로 타국으로의 망명을 생각해야 할 정도로 위험한 처지가 되었다는 것이다.

그도 그럴 것이 제국의 재상 휠레 공작은 제3황자를 우습게 보았지만 엄청난 정보 수집력을 갖춘 그가 보기에 제3황자는 어리기만 할 뿐, 과거 그의 인기는 성인(成仁) 리켈푸스와 검호(劍豪) 에딕 공작 두 사람과 견줄 정도였다.

그런데 대중의 지지를 한 몸에 받고 있던 그들이, 바로 자신들로 인해 모두 죽었다는 거짓 사실로 인해 민중은 크게 분노했다. 당장 봉기(蜂起)가 일어나도 이상하지 않은 만큼 말이다.

이 삼 년간, 두 사람은 항상 자신들의 무죄를 증명하려 애썼으나 황제파가 내세우는 무서울 정도로 날조된 증거들은 계속해서 자신들을 더럽히고 민심으로부터 떠나게 만들었다. 비록 공작이라는 위치에 있는 터라 황제 역시 섣불리 그들을 벌할 수는 없지만 이미 영지민 대부분은 자처해서 황제의 밀정이 되어 있었다.

타국으로의 망명 따위는 그의 자존심이 용납치 않았으나 도망을 간다 해도 저 수많은 눈과 귀를 속일 방법은 존재하지 않았다.

아무도 믿어주지 않겠지만 분명히 자신들은 그 어떤 음모에도 개입한 적이 없다고 하늘에 맹세할 수 있었다.

그렇다면, 만약 그렇다면 이 정도의 음모를 의도적으로 꾸미고 자신들을 해할 수 있는 자는 과연 누구일까?

답은 애초에 나와 있었다. 이만한 행동력과 사람들을 선동시킬 수 있는 자는 이 제국에, 아니, 이 대륙에 단 한 사람밖에 없었다. 바로 자신과 선조들이 대대로 충성을 맹세하고 보필해 온 이 제국의 황제, 그가 지금 자신들을 죽이려 하고 있는 것이다.

"그만 나오게. 그대가 올 것을 미리 알고 사람들을 물려놓았네. 그분께서 이렇게 나온 이상, 말리기에는 이 육신은 너무 늙었네."

너무나도 덤덤한 목소리가 들리는 순간, 약한 빛이 기다란 창문을 통해 쏟아져 들어왔다. 소리마저 놓쳐 버린 약한 벼락은 촛불이 닿지 않는 구석에 서 있는 누군가의 모습을 잠깐 비추었다가 본래의 어둠을 되찾았다.

"도대체 언제부터 그곳에 있었는가? 대단한 마나 컨트롤을 익혔군. 내가 손수 키운 어쌔신이라 할지라도 그 정도는 불가능할 것이야. 잠시 이리로 나와 이야기라도 하지 않겠나?"

번쩍!

방금 전과는 차원이 다른 눈부신 벼락이 내리쳤다. 초대하지 않은 손님의 복장은 제국에서는 언제나 흔히 볼 수 있는 흑갑옷을 걸치고 있었다. 하지만 그 평범한 흑갑옷도 입은 상대의 수준에 비례해서인지 마치 처음 보는 물건마냥 강력한 인상을 새겨주었다.

"과분한 칭찬이십니다. 당신 정도의 실력이라면 필히 제가 방에 있을 때부터 알고 계셨겠지요."

루피레스 공작의 이마에 주름이 생겨났다. 그 변화의 이유는 괴한의 목소리가 의외로 젊었다는 사실도 있었지만 그 목소리가 익히 알고 있는 자의 것이었기 때문이다.

"누군가가 찾아올 것이라 예상은 했지만, 설마 그게 당신일 줄은. 반갑소. 나의 명령을 충실히 따라 3황자 암살에 성공한 에딕 공작가의 아들이 아닌가. 아니, 그로 인해 작위를 빼앗겼으니 이제는 크로첼 에딕 백작이라 부르는 게 좋을까?"

그랬다. 눈앞의 기사는 다름 아닌 어려서부터 안면이 있는 크로첼 에딕이었던 것이다.

대외적으로는 두 공작으로 인해 어쩔 수 없이 암살을 한 인물로 동정받고 있으나 그 역시 황족을 죽인 이 중 한 명인 이상 그 집안에도 벌이 가해져 결국 공작이라는 작위를 빼앗겼다.

"어린 저의 스승이셨던 당신께서 그다지 놀라지 않으시군요."

"상대가 그 누구인지는 중요하지 않지. 중요한 것은 지금 이 자리에 설령 황제께서 오셨다 해도 나에게는 사신으로 보일 뿐이니까. 그래, 이것이 너의 선택이더냐? 네가 가장 싫어했던 아버지의 전철을 그대로 이어가겠다는 것이. 나는 너만은 전 에딕 공작과 다르게 생각했다."

"제겐 이 길밖에 없었습니다. 이 길만이 아버지께서 이루고자 했던 꿈을 제가 대신 이루어 드릴 수 있는 방법입니다."

"…지옥에 있을 그가 한탄할 것이다."

"대신 저는 지옥에서 아버님과 재회할 수 있겠지요."

그것을 마지막으로 더 이상 두 사람 간의 대화는 없었다. 그리고 잠시 후, 루피레스 공작의 입이 무겁게 열렸다.

"너만은 꼭 그 악몽에서 헤쳐 나올 수 있기를 바라겠다, 크로첼."

"감사합니다."

이미 생을 포기하였음에도 불구하고 루피레스 공작의 살아 있는 눈동자는 계속하여 크로첼을 바라보고 있었다. 범인이라면 마주 보기도 힘들 눈동자를 마주한 채 크로첼은 덤덤히 보검을 꺼냈다.

"네가 내 아들이었다면, 적어도 이렇게 허무하게는 포기하지 않았을 터."

'무심한 사람아, 자신이 못났다면 그 자식만이라도 올바른 길로 인도해 줘야 할 것을.'

서걱—

결코 들리지 않을 혼잣말을 마지막으로 공작의 목은 허공으로 날아올랐다.

머칠 뒤, 한때 제국의 단 세 곳뿐인 공작가 중 하나로 엄청난 잠재력을 가지고 있던 루피레스 공작이 누군가로부터 살해되었다는 소식과 함께 장례식이 치러졌다.

하나, 공작의 죽음치고 그 장례식은 너무나도 조촐했고 단 한 사람의 방문객조차 없었다고 전해진다.

얼마 후, 새로 루피레스 공작의 이름을 이어받은 루피레스 공작의 첫째 아들은 조상 대대로 내려오던 막대한 재산의 절반을 황제에게 바치고 다시금 충성을 맹세하며 죄를 사면받았다.

그 대가로 십 년간 영지에 관해 관섭을 받게 되고 백작으로 강등당하였으나 그 누구의 희생 없이 겨우 가문을 유지할 수 있었다. 하지만 지금 공작의 능력으로는 하이에나 떼처럼 침을 흘리고 있는 황제파로 인해 남은 재산의 절반조차 지킬 수 있을지 의문이 들었다.

그런 자신들의 미래를 알고 있는지 모르는지 루피레스 가문의 사람들은 당장 구족이 멸하지 않고 살아났다는 사실에 신과 황제에게 감사할 뿐이었다.

그리고 얼마 후, 비슷한 일이 마지막 남은 공작가인 휠레 공작가에도 벌어졌다.

휠레 공작은 죽었고 그 뒤를 이어받은 자들은 루피레스 가문과 똑같은 방법으로 죄를 사면받았다.

한데 예상치 못한 문제가 생기고 말았다.

루피레스 가문에는 무능력한 자들이 많았다면 휠레 가문에는 어중간하게 유능한 이들이 많이 모여 있었던 것이다.

사공이 많으면 배가 산으로 올라가는 법이다. 서서히 힘을 잃어가게 될 루피레스 백작 가문과는 달리 휠레 가문은 내부의 재산 다툼과 이

권 싸움으로 인해 단 몇 달 만에 공중분해가 되어 끝내 멸문되고 말았다.

훨레 공작이 암살을 당한 지 몇십 분 후.

어두운 공터에 빛바랜 허름한 로브로 자신의 모습을 숨기고 있는 한 사람이 있었다. 가려진 그 모습을 볼 수는 없었지만 체격으로 보아 대충 남성으로 추정되는 이는 누군가를 기다리고 있는 듯했다.

얼마 후, 아무것도 보이지 않는 어둠 속에서 발자국 소리가 계속해서 들려왔다.

탁탁탁탁—

유령인가? 점점 더 가까워지는 발자국 소리가 섬뜩할 정도지만, 어느 정도 가까워지자 똑같은 로브를 쓴 두 사람의 모습이 스르르 하고 나타났다. 한 명은 듬직한 덩치고 또 한 명은 왜소한 체격을 지니고 있었지만 같은 로브를 입고 있다 보니 여전히 구분이 쉽지는 않았다.

"인비저빌리티 캔슬(Invisibility cancel). 죄송합니다. 이번에도 한발 늦었습니다."

왜소한 남자는 취소 주문으로 마법을 풀면서 말했다.

"예전과는 비교조차 할 수 없이 강해졌더군요. 저희들이 도착했을 때에는 이미 '그'가 마나의 힘도 쓰지 않은 채 오직 검술로 팔십에 달하는 호위와 열다섯에 달하는 기사를 모두 해치운 뒤였습니다. 그 후, 간신히 마주칠 수는 있었지만, 그 소문의 심안(心眼)은 투명 마법으로 보이지 않는 저희들의 존재조차 알아차렸는지 훨레 공작의 심장을 찌르고 곧바로 도망쳤습니다. 아쉽게 그와의 접선은 실패했으나 솔직히 말해서 혹 그 자리에서 교전이 있었다면 위험한 것은 저희들 쪽이었을 겁니다."

체격이 큰 사내는 과거 군대에 있었던 경력이 있는지 비교적 알기 쉽고 사무적으로 이야기를 했다. 딱딱한 말투였으나 이 편이 마법사인 왜소한 남자조차도 이해하기 쉬웠다.

"…그런가. 자유 기사의 이목에서 벗어나고, 탑메이지의 마법조차 금방 파악해 낼 정도로 성장해 버린 것인가. 이 삼 년간 그 아이가 어떤 마음가짐으로 스스로를 단련시켜 왔는지 대충 알 것 같군. 그대로 나의 전철을 밟고 있어."

중년 사내의 말이 끝나자 잠시 분위기가 가라앉았다. 하지만 중년 사내는 이내 힘있는 목소리로 다시 말했다.

"어쩔 수 없지. 지금 그 아이의 옆에는 황제의 감시꾼이 붙어 있을 게 분명하니 섣불리 접촉할 수도 없고. 이럴 때 그녀들이 있었다면 어떻게 해보겠건만."

"과거 당신께서 황제의 검이었을 적, 당신을 감시하던 칠 인의 존재들 말씀이십니까? 실례지만 제 마법에는 그 외에는 아무도 포착되지 않았습니다."

침울한 표정으로 남자는 천천히 고개를 끄덕이며 말했다.

"그럴 테지. 이 세상에 없는 듯이 존재하는 망령과도 같은 존재들이니. 각자가 성 한 채에 필적할 만큼 비싸고 귀한 마법의 무구로 보호를 받기에 그 어떤 마법이나 예민한 자도 그들을 쉽게 알아채지 못하지. 내가 지금까지 깨닫는 데 이십 년이라는 세월이 걸렸으니 말일세. 이 에딕 가의 수장인 베이호크 폰 에딕인 내가 말일세."

……!!

이럴 수가.

베이호크 폰 에딕 공작이라면 몇 년 전 제3황자 살해로 인해 처형된 인물이 아니던가?

어째서 그가 버젓이 살아 있는 데다 아들인 크로첼 에딕과 떨어져 있는지 현재로서는 알 수 없었다.

어쨌든 베이호크 폰 에딕이라는 이름과 그가 지녔던 검호(劍豪)라는 칭호는 절대 이름 붙여주기 좋아하는 자들이 달아준 겉만 번지르르한 칭호가 아니었다.

겉으로는 한 명의 소드 마스터로 세상의 강자들을 무수히 쓰러뜨렸고 뒤로는 황제의 검으로써 대륙에 존재하는 모든 검술과 격투술, 그리고 암살법까지 전부 마스터하여 그 어떤 나쁜 상황에서도 자신의 힘을 100% 끌어올려 싸울 수 있게 만들어진 자가 바로 그였다. 그런 그조차도 섣불리 승패를 가늠치 못할 자가 일곱 명이나 있다.

"확실히 저희들을 구해주었던 그 아가씨 두 명이 도와주고, 크로첼 그도 저희들 측에 서준다면 이 인원으로 일곱 명의 소드 마스터를 상대하는 것이 혹 가능할지도 모르겠지만, 역시 지금은 때가 아닌 것 같습니다. 도대체 그녀들은 이 삼 년 동안 무얼 하고 있기에 연락 한 번 없는 것인지."

없으면 그 필요성을 더욱 잘 안다고 하지만, 그녀들의 그 뛰어난 능력과 힘을 떠올리니 한 사람 한 사람이 귀한 지금 이때 없는 것이 원망스럽기까지 했다.

"일단 마을로 다시 돌아가지요. 벌써 약속 시간이 하루가 늦어서 그분께서 많이 기다리고 계실 겁니다."

"그러는 게 좋겠네. 그럼 가지."

왜소한 남자가 어떤 주문을 외우며 가루를 뿌리자 분명히 눈앞에 세 사람의 모습이 보이는데도 존재감이 점점 흐려지기 시작했다.

"아무리 밤이라도 일단은 안전하게 가도록 하죠."

마법의 가루로 사람들의 시선으로부터 자유로워진 세 사람은 어디론가 빠른 속도로 이동하기 시작했다.

"후우우우우."

대기실 안에서 로빈을 기다리고 있던 프로이는 긴 숨을 모았다가 천천히 내뱉었다. 그토록 기다리고 기다리던 날이 찾아온 것이다.

그에 대해서 잘 알고 있는 사람에게 질문을 던지면 백이면 백 이렇게 대답할 것이다. 프로이는 착실하고 윗사람이 시키면 시키는 대로 따르는 전형적인 모범생이라고. 그러나 그 순진한 청년도 동년배에 불과한 어느 한 소년에게 어머니가 모욕을 당했다고 믿자 광전사 그 이상의 투기를 뿜어내고 있었다.

"프로이, 진정해 줘. 네가 이렇게 호전적이면 아무리 나라도 너를 막을 수 없으니깐."

대기실 안에는 프로이 말고도 또래의 청년이 한 명 더 있었다. 어디에서나 쉽게 볼 수 있을 법한 평범한 청년. 하지만 그가 걸치고 있는 순백의 갑옷은 절대 그를 평범하게 볼 수 없게 만들었다.

그도 그럴 것이 그가 입고 있는 것은 신성왕국 중에서도 팔라딘만이 착용할 수 있는 성기사의 갑옷이기 때문이었다.

그렇다면 설마, 겨우 약관에 이른 이 청년이 팔라딘이라는 것인가? 의문은 오래갈 필요가 없었다. 왜냐면 이 신성왕국 내에서 팔라딘을 사칭할 정도로 간이 큰 인간은 그 누구도 없었기 때문이다.

"신성왕국의 팔라딘이 고작 기사 수준에 달한 나를 막지 못한다니, 그런 농담은 재미없어."

"사고라는 것은 예고없이 찾아오는 법이니까. 아무리 강하다 해도 팔라딘은 어디까지나 인간이야. 거기에 나는 이제 막 팔라딘으로 임명된 햇병아리이고. 왈큐레 그분들 같은 기대는 이쪽에서 사양하겠어."

두 사람은 서로를 마주 보며 신뢰 가득한 미소를 지어 보였다. 그러자 어느 사이엔가 프로이의 살기가 한풀 꺾여 있었다.

신성왕국은 열두 명의 추기경이 있고 그 추기경들의 밑으로 열두 개의 신전 기사단 존재한다. 각각의 기사단에는 의무적으로 위급시, 신전 기사단의 부단장을 대신할 수 있을 만한 발언권과 자유 행동권을 지니고 있는 자들이 포함되어 있는데 그들이 바로 대외적으로 알려진 '팔라딘' 이다.

팔라딘은 신에게 자신의 몸과 마음을 바쳐 그 대가로 '신의 증명' 을 받은 선택받은 이들을 뜻한다. 그들은 강력한 마나와 상처를 낫게 하는 신성력을 동시에 사용할 수 있어 실제 전쟁이나 교전시 소드 마스터 이상으로 아군에게 힘을 주고 적에게 응징의 철퇴를 가할 수 있는 존재들이었다.

대외적으로 알려진 것과 달리 팔라딘은 열두 명이 아니다. 실은 팔라딘의 정확한 수는 신성왕국조차도 제대로 파악하지 못하고 있다. 분명한 것은 팔라딘은 아군으로 있을 때는 한없이 믿음직스럽지만 적으로 있을 때는 둘도 없는 버거운 상대라는 것, 그리고 만약 신성왕국이 위험에 빠지면 그 진정한 수조차 알 수 없는 팔라딘들이 신성왕국으로 집결될 것이라는 것이다.

프로이에게 있어 이 친구는 약 이 년 전, 우연한 만남을 계기로 알게 된 사이이다. 대개 팔라딘은 평생 단 한 명의 제자만을 가지게 되는데 자신의 숙부인 위대한 첫 번째 팔라딘 '모어 헨건' 이 바로 그의 스승님이었던 것이다.

팔라딘의 수업이란 언제나 힘들고 고달프다.

그들은 사람의 발길이 닿지 않는 곳으로 가서 항상 대자연과 함께 육체를 단련시키고 신에게 봉사한다. 그 탓에 당시 또래를 그리워하던 팔라딘 후보생과 친해지게 되는 것은 그리 어려운 일이 아니었다.

특별히 내색을 하고 있지는 않지만 오늘 특별히 이 친구를 불러올 수 있었던 것에 프로이는 내심 안도하고 있었다. 아무리 원망스러워도 상대는 검 한 번 제대로 쥐어본 적도 없는 평범한 동급생일 뿐이다. 그렇기에 흥분을 하고 만 자신이 혹시라도 큰 상처를 입힐지 모르는 일이라 자신을 막아줄 사람이 필요했던 것이다.

최대한 조심을 할 예정이지만 최악의 상황에서도 솜씨 좋은 의사보다 훨씬 나은 팔라딘이 옆에 있다는 것은 군대를 가지고 있는 것 이상으로 든든했다.

"너같이 자상한 아이가 뭣 때문에 결투까지 신청했는지는 몰라도, 너무 걱정하지는 마. 넌 다 좋은데 네 실력을 너무 믿지 못하고 있어. 굳이 사람의 출입을 제한하는 신전 기사단의 연무장까지 빌렸으니 너를 방해하는 것은 없을 거야. 슬슬 약속 시간이 되어가나?"

기대하고 기대하던 결투 시간이 다가오고 있을 때, 갑자기 밖이 소란스러워지며 한 명의 경비병이 급하게 문을 두드렸다.

"프로이님, 안에 계십니까?"

"무슨 일이십니까?"

이 경비병은 이곳 신전 기사단 연무장에 일반인들은 출입을 하지 못하도록 막는 임무를 지닌 사람으로 두 사람과는 제법 안면이 깊었다. 프로이가 친구를 만나기 위해 자주 이곳에 왔었기 때문이다.

특별한 일이 없으면 휴식 시간이 끝날 때까지 절대 자리에서 벗어날 수 없는 그가 온몸이 땀에 젖은 채 이렇게 달려온 사실에 의문이 생겨났다.

"큰일났습니다. 저 그러니까, 그게 뭐라고 설명해야 할지. 그러니까 오늘 있을 결투에 참여하실 분과 그 참관인이 도착했는데 그런데……. 하아. 이거, 제가 직접 그분을 두 눈으로 뵙고도 도저히 믿어지지가 않으니."

"무슨 말씀인지 제대로 이야기를 해주시겠습니까?"

두 사람의 부탁에도 한동안 계속 횡설수설하는 경비원을 몇 번이나 다그친 후에야 그들이 원하는 대답을 꺼내놓았다.

"왈큐레님이십니다."

"네?"

두 사람의 반문에 경비원은 자신이 생각해도 답답한 듯 주먹으로 자신의 가슴을 몇 번이나 치며 비명을 지르듯 외쳤다.

"그러니까 제가 지금 미치지 않았다면, 오늘 결투에 참관인으로 나타난 분이 바로 땅의 왈큐레라 칭해지는 씨드님이란 말입니다! 지금 씨드님과 그 휘하의 발키리님들은 물론 그분의 존안이라도 뵙기 위해 일반인은 출입할 수 없는 이곳으로 사람들이 대거 몰려들고 있습니다!"

"……."

방금 그 이야기를 듣고도 이해를 못했는지 아무 말도 없는 두 청년은 누가 빠르다고 말할 수 없을 정도로 재빠르게 밖으로 뛰쳐나갔다.

대기실과 복도를 지나 드디어 연무장에 들어서자,

"우와아아아아아아!"

"왈큐레님이시다!"

"사랑합니다, 씨드님! 저희에게 은총을 베풀어주세요!"

외부 연무장에 이렇게 거대한 메아리가 울려 퍼지리라고는 그 누가 생각이라도 해봤을까?

그리고 두 사람의 눈에는 연무장 한편, 화려한 호위의 안에서 약간 거만한 자세로 앉아 있는 어린 소녀가 보였다. 비록 처음 보았지만 땅의 왈큐레에 관한 소문은—노화가 멈춰서 겉모습이 기껏해야 13살 정도로 보인다는 소문—익히 들었던 터라 그녀가 바로 왈큐레라는 것을 금방 알 수 있었다.

"도대체 그 자식, 뭐 하는 녀석이기에 저 고귀한 분께서 이런 천한 자리에……."

신성왕국의 시민 중 한 명으로 왈큐레에 관한 자부심은 곧 신앙, 그 자체였다. 어찌 된 일인지는 모르지만, 만약 그녀가 이 자리에 나타난 것이 고작 누군가의 참관인 대신이라는 것이 밝혀지면, 수만에 달하는 사람으로부터 저주를 받을 것이 분명했다.

"이거 네가 오늘 상대할 사람이 보통이 아닌 것 같구나. 이 연무장에 이 정도의 사람들이 모이게 되는 광경을 보게 되다니. 그나저나 그 상대는 누구야?"

당사자가 아닌 만큼 약간 즐기는 듯한 느낌의 친구가 원망스러워지며 프로이는 손가락으로 한쪽에서 죽을상을 하고 자해가 취미인 사람마냥 스스로의 머리를 때리고 있는 로빈을 가리켰다.

로빈의 모습을 본 순간 팔라딘 청년은 숨이 멈춰 버리는 충격을 느꼈다.

"바로 저 녀석이야, 오늘 내 상대가. 갑자기 왜 그래? 어디 몸이 안 좋아, 맥스?"

현재 전력으로 달리기를 하고 있는 것처럼 심장 박동이 끝없이 거세졌다.

믿을 수가 없다. 친구의 손끝에 있는 저 사람의 모습. 저 모습은 자신이 익히 알고 있는 이의 모습이 아닌가?

"에, 에쎄 누나."

어렸을 적 고향과 가족을 모두 잃고 홀로 남겨져 어느새 훌쩍 자라 버린 청년 맥스의 두 눈이 경악으로 물들었다.

로빈이 텐텐 산채를 떠나가고 삼 일 뒤, 텐텐 산채는 반시체가 되어 있는 한 중년 남자를 구해주게 되었다.

당시 소지품이라고는 허름한 옷 몇 벌과 닳고 닳은 투박한 창, 그리고 라디언스 신도라면 누구나 가지고 있을 법한 십자가 모양의 성물뿐, 그가 기절해 있는 동안 텐텐 사람들은 인근 영지를 모두 뒤져 보았으나 그를 아는 사람은 그 어디에도 없었다.

그가 깨어난 것은 일주일 후의 일이었다.

중년 남자는 자신의 이름이 모어 헨건이라고 밝혔다. 그는 무모하게도 그 누구도 정복한 적이 없는 몬스터 랜드를 정복하기 위해 왔다가 중심부에 도달하기도 전에 큰 상처를 입고 운 좋게 구원을 받았던 것이다.

마을에서 요양을 하는 동안 사람들은 그를 친절한 모어 씨라 불렀다.

호쾌해 보이는 인상과는 달리 웃음이 많고 상냥한 그는 금방 사람들과 가까워졌다. 또한 모어는 독실한 라디언스 교단의 신도였다. 하루에 세 번씩 빛의 신께 기도를 올리고 성경을 자주 낭독했다. 그때 가끔씩 그의 몸에서는 은연한 빛이 흘러나오는 것 같았다.

그런 신비한 모습에 어른들은 위화감을 느끼는 듯했으나 어린 맥스는 오히려 그와 함께 있을 때는 왠지 부모의 품에 안긴 어린아이처럼 편안해짐을 느꼈다.

그때의 맥스는 두목의 명령으로 침대에서 요양 중인 모어의 시중을 도맡아주고 있었다.

"맥스, 선반에 놔둔 성물을 가져다주지 않겠니?"

모어의 부탁을 승낙하며 맥스가 성물을 집어 들었을 때, 신비한 빛이 생겨났다.

단순히 허름한 십자가로 보였던 물건은 라디언스 교단 내에서도 상급의 신관만이 지닐 수 있는 '디바인 마크'로, 이 디바인 마크에 신성력을 쏟아 부으면 빛이 발생해서 성직자임을 밝혀주는 일종의 신분 증명서를 대신하기도 했다. 그것을 무의식 중에 해냈다는 것은 이 아이의 잠재 능력이 하이 프리스트(High priest)의 재목감으로도 손색이 없음을 보여주는 것이었다.

대륙 전체를 뒤져도 채 백 명이 되지 않을 인재 중 한 명이 이런 외진 산속에 있었다니.

자신의 눈을 의심하며 몇 번이나 맥스의 내부에 존재하는 거대한 신성력의 존재를 확인한 그는 몸 상태도 잊은 채 곧바로 두목의 집으로 향했다.

"맥스를 제게 주지 않으시겠습니까?"

문을 열자마자 본론을 말하는 모어의 얼굴은 심각했다. 그 모습을 보며 두목은 잔에 물을 따라서 권했다.

그는 예의상 힘겹게 물을 한 모금 삼켰다.

"최근에 저희 산채에 닭을 채어가는 족제비들이 많이 늘었습니다. 그래서 닭장을 꼭꼭 잠가놓을까 하고 생각을 하고 있었습니다."

뜬금없는 말처럼 들릴지 몰라도 명백히 모어를 힐책하는 말이었다.

"죄송합니다. 하나 저 아이는 이 세상이 꼭 필요로 하는 아이입니다."

"우리들의 아이를 그렇게 칭찬해 주시니 영광입니다. 하지만 세상 사람들이 맥스를 뭐라 칭하든 당신만은 그 말을 해서는 아니 되지 않습니까?"

두목의 말에 모어의 얼굴이 새빨갛게 달아올랐다. 애가 탈 정도로 탐이 나는 인재이다. 하지만 아무리 그렇다고 해서 성직자가 탐욕에 빠져서는 안 된다. 그것이 위대한 팔라딘이라 칭해지고 있는 자신 정도의 위치에 선 자라면 더 더욱.

"처음부터 제 정체를 알고 계셨습니까?"

"추측에 불과했습니다. 과거 몬스터 랜드 정벌 도중 디바인 마크를 여러 번 본 적이 있는 터라. 지금 보니 고위 신관이 아닐까 하는 제 생각이 맞았나 보군요."

삼십 년도 전에 벌어졌던 제국의 몬스터 랜드 정벌에서 살아남은 이가 있다는 말은 충분히 놀랄 만한 이야기였으나 지금 중요한 것은 그게 아니었다.

"하지만 저 아이는 태어나면서부터 신의 은총을 받고 태어난 아이입니다. 이 세상에 존재하는 그 누구보다 고귀한 존재가 될 수 있는 자질을 가지고 있습니다."

"제 입장에서 보자면 방금 당신께서 말씀하신 신의 은총이 무엇인지 전혀 모르겠습니다. '부모가 없어도 아이는 성장한다' 라는 말을 아십니까? 우린 그 누구보다 아이들 스스로의 결정을 존중합니다. 굳이 저를 찾아올 필요가 없었다는 말입니다. 하지만 이 산채의 모든 아이들의 부모 된 입장에서 저의 의견을 말하라면, 남들에게 없는 힘이나 재능이 신의 은총이라면 당장 버리고 고귀한 존재보다는 평범하고 훌륭한 산적이 되라고 말하겠습니다.”

“저와 함께 간다면 그 아이의 인생이 완전히 달라질 것임에도 말입니까?”

“화려한 망토를 두르고 관을 쓴다 해서 배가 부르지 않는 법. 제아무리 황금으로 만들어진 의자라도 가시가 있다면 허름한 나무의 그루터기만도 못하지 않겠습니까? 만약 맥스가 당신을 따라가겠다면 저는 두말없이 당신에게 그 아이를 맡기겠습니다. 하지만 맥스는 텐텐 산산적이기 전에 이런 제가 자랑하는 아이임을 명심하십시오.”

두목의 말은 자신감이 넘치고 떳떳한 반면, 모어의 얼굴은 붉게 달아올라 있었다.

신을 섬긴 지 어언 사십 년. 그 긴 시간이 흘러오는 동안 단 한 번도 자신의 믿음을 의심해 본 적이 없건만, 이 외진 땅에서 자신의 모든 악함을 보게 된 것이다.

자신의 악함을 알지 못하는 자는 절대 선을 내세우지 못한다.

일찍이 그의 스승님이 해주신 말이 그날따라 더욱 절실하게 느껴졌다. 그리고 무언가 결심을 한 듯 그가 말했다.

“제 생각이 짧았습니다. 선을 실천하고 신을 섬기는 데 신분과 자리가 필요없음을 이제야 깨닫게 되다니. 그렇다면 맥스를 저의 제자가 되게 해주십시오. 두목께서 이미 저 아이를 그 누구보다 훌륭한 산적으로 키워놓으셨으니 저는 저 아이를 이 세상에서 가장 뛰어난 산적이 될 수 있게 해 보이겠습니다.”

모어의 신념이 담긴 외침은 끝내 맥스와 두목을 움직였다.

모어의 창술은 흡사 폭풍 속의 벼락과도 같았다.

그가 자신의 애창을 휘두를 때마다 강풍이 그를 중심으로 휘몰아쳤고, 그가 날린 공격 하나하나에는 강대한 자연의 힘이 담겨져 있었다. 하나의 창이 마치 수십 개가 되어버린 듯 수많은 잔상이 새겨지는 그 광경은 보는 것만으로도 숨이 막히는 듯했다.

눈에 비치는 것이 고작인 그 움직임이 완전히 침묵하더니, 곧 낡아 빠진 장창에서 푸르스름한 아지랑이가 피어오르기 시작했다.

창에서 시작된 푸르스름한 기운은 곧 온몸을 뒤덮었다가 토끼 가죽 하나 베지 못할 정도로 녹슬고 뭉뚝해진 창날의 한 점으로 집중되기 시작했다.

"썬더 스트라이크(Thunder strike)!"

두 손으로 창을 잡은 채 뛰어오른 모어는 거목(巨木)의 한가운데를 관통시켜 버릴 기세로 힘껏 창을 찔러 넣었다. 그러자 놀라운 일이 벌어졌다.

콰과광! 파직! 파지지직!

저 거목을 뚫기만 해도 눈이 휘둥그레질 정도이건만, 모어의 창이 나무에 닿는 순간, 나무는 폭탄에 직격으로 맞은 것처럼 산산조각이 나며 터졌고 그 뒤로 선명한 청색의 스파크가 한동안 찌릿찌릿하고 소리를 내며 그 충격의 여운을 남겼다.

"잘 보았느냐? 이것이 이번에 네게 가르쳐 줄 기술이다."

"네, 스승님."

벌써 몬스터 랜드 인근에서 머무른 지 한 달하고도 얼마간의 시간이 흘렀다.

그동안 모어는 성심성의껏 자신의 알고 있는 모든 것을 가르쳐 주는데 최선을 다했다.

팔라딘 모어 헨건이 보기에 맥스의 자질은 하이 프리스트의 경지에 오를 정도로 뛰어났다. 거기에 맥스는 모두가 인정하는 노력파였고 옛날부터 창을 연마해 왔기에 창에 대한 애정이 남달라 모어의 가르침은 상당히 어렵고 오랜 경험을 필요로 하였음에도 불구하고 무리없이 잘 따라오고 있었다.

산속에서 오직 자급자족 생활을 하며 살아온 탓에 두 사람의 몰골은 빈말로도 좋게 봐주기 힘든, 거지꼴을 하고 있었으나 그 얼굴과 눈만은 정기(正氣)가 깃들어 있었다.

제아무리 맥스가 텐텐 산 출신이라 해도 어린 나이로 몬스터 랜드 인근에서 수련을 하며 버티기란 여간 힘든 것이 아니었다.

그런 그를 지탱해 주고 있는 것은 바로 가족이라는 두 글자와 지금은 산채에 없지만, 얼마 뒤면 반가운 재회를 맞이하리라 의심치 않은 친우가 있었기에 그 힘든 생활과 수련을 이겨낼 수 있었던 터였다.

그런데 어째서 이렇게 되어버린 것일까?

"이럴 수가!"

자신도 모르게 모어는 한탄을 내뱉었다. 익숙한 얼굴들이 몸과 분리된 채 여기저기 떨어져 있었다. 질퍽거리는 대지는 온통 피에 젖어 있고 주위에는 썩어 들어가는 죽음의 냄새로 코가 마비될 지경이었다.

몇몇은 폭탄에 의해 당했으나 대부분의 시체들의 경우 얼굴은 멀쩡한데 몸은 죽은 지 상당히 시간이 지난 것마냥 지독한 악취와 부패가 진행되어 있었다.

모어는 이런 방식을 쓰는 자들을 잘 알고 있었다. 마계에서도 사술에 빠져 이단으로 취급되는 '마계의 쓰레기들'. 이 처참한 광경으로 보아 시술의 직접적인 여파라기보다 누군가에 의한 재물로 선택되어진 것이리라.

쾅!

강하게 쥔 모어의 주먹이 벽을 치자 요란한 소리와 함께 벽의 일부분이 무너졌다.

"이 더러운 마족 놈들!"

차라리 죽는 것보다 못하게 되었다. 이 친절한 사람들의 혼은 마족에게 이끌려가 평생 그들에 의해 농락당할 것이다. 그것이 바로 재물로 희생된 자들의 운명이었다.

이렇게도 처참한 광경을 그 누가 받아들일 수 있을까? 가까이 지내던 친인들의 떼죽음을 그 누가 견뎌낼 수 있을까?

"아아! 거, 거짓말이야! 이건 거짓말이야! 지금 장난치는 거지? 이건 꿈인 거지? 스승님, 네? 이건 꿈인 거죠? 제가 지금 꿈을 꾸고 있는 거죠? 두목님! 아줌마! 쇠수레 두령님! 다들 어디에 있는 거예요? 에쎄 누나, 로, 로빈하고 약속했는데. 없는 동안 내가 대신 에쎄 누나를 지키겠다고 약속했는데. 으아아아아아악!"

발작하는 맥스의 상태가 심상치 않자 모어는 얼른 맥스를 기절시켰다. 하지만 이미 맥스의 상태는 화가 뇌에까지 치밀어 오른 상태였다. 자신의 신성력으로 치유가 힘들다는 것을 깨달은 모어는 상태가 더 나빠지기 전에 하이 프리스트로부터 치료를 받아야 한다고 판단했다.

그렇게 맥스는 모어와 함께 신성왕국으로 오게 된 것이다.

그 후, 맥스가 원래의 상태를 되찾을 때까지는 제법 시간이 필요했다.

모든 것을 떨쳐 내고 자리에서 일어선 맥스는 불과 일 년 만에, 신성왕국에서 열세 번째 팔라딘이라는 칭호를 갖게 되었다. 스승과 제자가 같은 서열 안에 든 것은 신성왕국에서도 이례적인 일이었다.

하지만 그것은 올가미에서 벗어나려는 어린 짐승의 발악과도 같은 몸부림일 뿐이었다.

보다 못한 모어는 방책으로 자신의 조카이자 또래 친구가 될 수 있는 프로이를 소개시켜 주었으나, 고지식하면서도 남의 좋은 점을 항상 배우려고 노력하는 성격의 프로이는 오히려 맥스의 성격에 동화되고 말았다. 그 결과 두 사람은 더욱 수련에만 열심히 임했다.

그 피눈물나는 노력이 하나씩 열매를 맺기 시작하자 사람들은 전례를 찾기 힘들 정도로 빠른 성장에 칭찬과 격려를 아끼지 않았으나 모어는 그런 맥스를 더욱 걱정스럽게 바라볼 뿐이었다.

"예전에 이야기해 준 고향 사람들 중 누구와 닮았나 보지? 하지만 그는 에쎄라는 이름도 심지어 여자도 아니야, 맥스."

맥스의 몸이 살짝 휘청거렸다가 중심을 되찾았다. 괜찮은 척하지만 안색이 많이 나빠 보였다.

"네 말이 맞아. 세상에 닮은 사람 하나둘 정도는 얼마든지 있을 텐데 그만 흥분을 해버린 것 같아. 미안해, 걱정을 끼쳐서."

프로이는 가볍게 맥스의 어깨를 치며 말했다.

"그렇게 혼자 끙끙 앓지 마. 말만 하면 언제든지 도와줄 테니까."

"마음만은 고맙게 받을게."

하지만, 너는 타인일 뿐이야.

겉으로는 웃음을 짓지만 속은 차갑게 굴며 결코 가까워지려고 하지 않는다. 이것이 지금의 맥스였다.

그날 이후, 맥스에게 더 이상의 친구와 가족이라는 말은 존재하지 않았다. 아무리 가까워지고 아무리 자신에게 잘 대해준다 해도 가족은 텐텐 산 산채의 사람들뿐이다. 그들의 빈자리를 채울 수 있는 것은 이 세상에 그 누구도 존재하지 않을 것이다.

지극히 이기주의적인 생각과 판단. 하지만 이렇게라도 생각하지 않으면 끊임없는 죽음의 충동이 자신을 유혹했다. 모두가 죽었는데 자신만이 살아 있다는 죄책감이 그를 밤마다 괴롭혔다. 그나마 지금까지 자해를 하지 않은 것은 단 하나의 희망이 남아 있었기 때문이다.

행방불명된 로빈이 살아 있을 거라는 믿음. 이 세상에 존재하는 단 한 명의 가족을 되찾을 것이라는 목적이 지금 그를 여기에 있게 했다.

"결투 시간이 다 되었군. 저 상대의 이름은?"

맥스는 자신의 이름으로 연무장을 빌린 것이다 보니, 현재 관리자로서 사용자의 이름과 목적을 분명하게 적어야 할 의무가 있었다. 하지만 이 사무적인 한마디가 또 다른 인생의 시작이 되고야 말았다.

"로빈."

툭!

맥스는 투박하고 가벼운 초크(Chalk)의 무게를 견디지 못하고 그만 땅에 떨어뜨리고 말았다.

"방금 뭐라고?"

"못 들었어? 오늘 나의 결투 상대, 바로 저 녀석의 이름이 로빈이야. 그 일만 없었다면 그럭저럭 좋지도 나쁘지도 않은 관계를 유지하고 싶은 녀석이었지. 하지만 오늘, 아무리 씨드님께서 저 녀석의 참관인으로 왔다 해도 절대 봐주지 않겠어."

로빈이라는 이름 외에는 그 어떤 말도 맥스에게 들리지 않았다. 에
쎄 누나의 얼굴을 꼭 닮은 로빈이라는 이름의 소년. 이것이 단순한 우
연일까?

그 고뇌가 한동안 맥스를 꼼짝도 못하게 할 때, 불현듯 좋은 생각이
머리 속을 지나쳐 갔다. 그리고 고개를 돌렸을 때, 어느새 연무장에서
두 사람이 결투를 하기 위해 준비를 하고 있는 모습이 보였다.

"잠깐!"

맥스는 크게 소리쳤다.

그러니까 이 년 전, 로빈이 아직 소년이었을 적의 일이다.

신성왕국의 왈큐레. 아름답고 신성하며 강인하기까지 한 그녀들은
한때 청년에게도 동경의 대상이었던 시간이 존재했다.

사람들은 흔히 완벽해지고 싶어한다. 그것은 불완전한 존재가 완전
해지고 싶은 욕망과 같은 것이다. 그 욕망을 큰 개념으로 본다면 그 자
체가 진화라는 말로 바꾸어 쓸 수 있을지도 모른다.

그런 의미에서 볼 때 왈큐레, 그녀들은 진화의 정점에 다다른 존재
들일지도 모른다. 그 정도로 그녀들은 완벽한 존재였던 것이다.

단지 겉으로만 말이다.

소년 로빈이 가장 먼저 알게 된 것은 바람의 왈큐레 케미였다.

대중의 표현대로 천사가 현신한 것처럼 아름답고 기품이 넘쳐 보이
는 그녀였기에 소년은 자신이 일하는 곳이 어떤 곳인지를 잊고 있었다.
아니, 단순히 잊은 것뿐만이 아니라 그녀가 자신을 지명했을 때는 감동
까지 하였다. 하지만 그 마음은 호명된 지 삼 분도 지나지 않아 치한(癡
漢), 혹은 치녀(癡女)라는 것이 어떤 이를 뜻하는 단어인지 온몸으로 알

게 되었다.

'이름이 로빈이라고? 귀엽다. 이리 와봐, 그 흰머리 내가 묶어줄게.'

'세상에! 이 피부 부드러운 것 좀 봐, 완전히 아기 피부 같아.'

'우후후, 그럼 이 바지 안은 어떨까. 반항하면 잡아먹어 버릴 거야. 색기가 넘치는 아기 고양이 씨.'

대충 이 정도였으면 말도 안 한다.

여자가 되어서 부끄러운 것도 모르는 뻔뻔한 태도는 물론, 반항하려는 움직임이 있을 때마다 살이 찢어질 것 같은 살기로 인해 오히려 몸이 움츠러들었다.

얼마나 무서웠으면 그 당시 자신이 그녀에게 무슨 짓을 당했는지 시달렸던 몇 시간 동안의 기억이 사라졌을 정도로 공포에 떨었던 것이다.

한참 후에서야 처음으로 자신이 더럽혀졌음을 깨달은 소년 로빈은 사람들에게 이 사실을 알려서 제2의 피해자가 나오지 않기를 바랐지만, 오히려 주위 사람들로부터 신성 모독죄로 혼이 났고 그 사실을 알게 된 케미로부터 집중적으로 노려지게 되었다.

혀를 조심하라는 옛 격언을 우습게 보다가 그녀의 전용 장난감으로 거듭난 것이었다.

일종의 노리개가 되어버린 로빈의 수난은 그걸로 끝나지 않았다. 주위의 시샘 섞인 시선은 뼈를 관통하듯 따가웠으며 도를 넘어선 케미의 나쁜 장난질은 점점 더 수위가 높아지기만 할 뿐이었다.

불과 보름 후 소년 로빈이 어른(?)이 되었을 때, 그는 또 한 명의 왈큐레를 만났다.

그녀가 바로 불의 왈큐레 '레이티아'였다.

여러 가지 의미로 레이티아 역시 만만치 않은 인물이었다.

케미가 성녀의 탈을 쓴 짐승이라면, 레이티아는 미녀의 탈을 쓴 멍청이였다. 첫 만남부터 다른 사람이 움직이는 것에 하나하나 조심스레 반응하고 움츠러드는 모습은 여간 답답한 게 아니었다. 그녀의 입가에는 어색하며 가식적인 미소가 항상 걸려 있었고 사람과 대화한다는 그 자체를 꺼려 했다.

이 두 명의 바보들 속에서 용케나마 왈큐레에 관해 존경심을 버리지 못했던 것에는 남은 두 명의 왈큐레들 때문이었다.

물의 왈큐레 네메시스와 대지의 왈큐레 씨드.

네메시스의 경우 한번도 만난 적은 없지만 왈큐레들이 호스트바에 온다는 그 자체가 문제가 있다고 로빈은 생각했다. 그런 생각에 케미라면 남녀 차별이 어쩌니 하면서 한동안 자신을 괴롭힐 테지만, 적어도 이곳에서 만나지 못했다는 것만으로도 높은 존경심을 가지고 있었다. 다음으로 대지의 왈큐레 씨드. 그녀는 이곳에서 몇 번 만나보았지만 한눈에 본 그녀의 이미지는 '완벽한 어른' 이었다.

하지만, 그것도 오늘까지. 오늘 저지른 씨드의 행동에 로빈은 한없이 절망하고, 이 나라에 미래가 없다고 자폐증에 걸린 환자처럼 중얼거리기를 반복했다.

도대체 무슨 억한 마음을 먹었기에 이런 짓을 한 것일까? 혹시 자신도 깨닫지 못하는 사이에 그녀로부터 원한받을 짓을 저지른 것인가?

너무나 어른스러웠던 그녀이기에 로빈은 그녀에게 부탁을 하고 한편으로는 편안함까지 느끼고 있었다.

그렇지만 오늘 그녀의 행동은 최악의 시한폭탄이었다.

시드의 등장은 화려했다.

아니, 화려하다 못해 축제 때의 페스티벌 행렬을 연상케 할 정도였다.

씨드는 이트루 제국의 상인이 들고 오는 화려한 색색의 비단과 코끼리의 상아가 남국적인 형태로 꾸며진 가마에 탄 채, 양옆으로는 은색의 갑옷을 걸치고 키를 훌쩍 넘는 장창과 등에는 배틀 보우로 완전 무장한 발키리들이 그녀를 호위한 채 연무장 안으로 들어왔다.

그것이 끝이 아니다. 어디서부터 광고를 하며 걸어왔는지 그녀의 뒤로 끝없이 많은 수의 사람들이 꼬리에 꼬리를 물며 몰려온 것이다.

그 모습을 보며 오늘 이곳 연무장 담당이었던 두 경비원들은 눈물을 삼키고 있었지만, 자신들 말고 설령 소드 마스터가 그 자리에 있었다 해도 왈큐레의 모습을 조금이라도 더 보기 위해 이곳까지 온 사람들을 막아내지 못했을 것이다.

일이 어처구니없게 돌아가자 로빈은 따질 힘도 없이 멍하니 서 있기만 했다. 그때 가마에서 내려서 자신에게로 다가오는 씨드의 모습을 보았다.

그리고 그녀는 미리 준비를 해놓은 듯한 곱게 접혀진 손수건을 로빈에게 건네주었다.

"당신에게 승리의 영광이 깃들기를."

로빈에게 다가간 그녀는 까치발로 서서 로빈의 이마에 축복의 키스를 전해주었다.

그녀의 작은 목소리가 관람석에게까지 들릴 리는 만무했지만 수많은 관중들의 두 눈에는 방금 벌어진 이 믿지 못할 광경이 똑똑히 각인되었다.

"……"

연무장 안이 삽시간에 무서울 정도로 고요해졌다.

얼굴이 굳어버린 로빈이 주위를 둘러보자 수천이 넘는 사람들의 눈이 모두 자신에게로 집중되어 있다는 사실을 알 수 있었다.

안 그래도 승부에 관련되어 긴장하고 있던 터라 그들의 살기 어린 눈빛에 심장이 그대로 멈춰 버릴 것 같았다.

"이게 무슨 짓이에요!!"

최대한 소리를 죽인 절규를 질렀으나 씨드의 무표정한 얼굴에는 조금의 변화도 없었다. 어제까지만 해도 무척 어른스러워 보였던 얼굴이 지금은 얄밉기 짝이 없어 보였다.

"참관인이 하는 일을 몰라서 서적을 참고했을 뿐이야."

씨드가 책을 내밀자 핑크색 겉 표지에 '당신도 로맨틱한 레이디가 될 수 있다' 라는 제목이 적혀 있었다.

"애들도 안 사 볼 법한 삼류 시리즈 기획물을 가지고 지금 평범한 한 남자 인생을 망치려고 작정했어요!"

다시금 조심스레 주위를 둘러보자 좀 전에 비해 훨씬 더 살기를 띤 눈빛이 번뜩였고 개중에는 자신의 모습을 초상화로 그리고 있는 이들도 여러 명 눈에 띄었다. 지금은 초상화지만 아마 오늘 저녁부터는 몽타주라는 표현으로 바꾸어질 확률이 매우 높았다.

…야반도주나 해버릴까.

"정말 대단한 녀석이구나. 내 아름다우신 어머니에 이어 설마 우리들의 수호신 중 한 분이신 씨드님까지 유혹해 이런 볼품없는 곳에 오시게 하는 만행을 저지르다니. 으드득!"

평소 로빈의 재간이라면 오이디푸스 콤플렉스냐라고 반문했을 법도 했지만, 지금의 로빈은 자신의 목숨이 아까웠다.

여기 모여 있는 많은 사람들은 그저 지켜볼 수밖에 없지만 이곳에서 단 한 명, 지금 자신에게 직접적인 해를 합.법.적.으로 끼칠 수 있는 자가 바로 그였다.

"시간이 되었다. 처음에는 단지 너를 혼내줄 예정이었으나 생각이 바뀌었다. 이대로 너를 가만히 놔두면 앞으로 또 얼마나 많은 여성들이 눈물을 흘리고 고통을 받게 될 것인지 생각하니 두렵다. 네놈이 아무리 씨드님의 첩이라 해도 내 목숨을 걸고 너를 벌하겠다."

"우와아아아아!"

누가 첩이냐! 라고 소리를 쳤으나 사람들의 함성 소리에 그 말은 묻히고 말았다.

모두가 들으라는 듯 쩌렁쩌렁 울린 소리는 이곳에 모인 대중들의 마음을 움직이고 있었던 것이다.

"그래서 좋냐?"

워낙 큰 함성에 비난 섞인 말 역시 들리지조차 않았다.

함성 속에서 간간이 사고로 위장해서 죽여 버려! 라던가 진검을 사용해! 후장을 따버려!(누구야!)라는 등의 욕설도 함께 들려왔다.

겨우 함성이 가라앉을 때쯤에 두 사람에게 검이 지급되었다.

무게는 똑같지만 날이 존재하지 않는 가검(假劍:가짜 검)이었다.

일단 형식상 심판을 맡게 된 한 병사가 외쳤다.

"곧 결투를 개시하겠습니다. 두 참관인들께서는 이에 다른 의견이 없으십니까?"

보통의 참관인이라면 '네' 라고 외치거나 고개라도 끄덕였을 텐데 두 참관인은 아무런 행동도 취하지 않았다.

'썩을……'

하나 어쩌겠는가. 한 명은 신성왕국의 수호신이고 한 명은 신성왕국의 자랑이었다. 제국의 말단 경비는 그저 서러워질 수밖에 없었다.

"그럼 두 분 다 다른 의견이 없다는 것으로 보고 결투를 시작하……"

"잠깐, 참관인 중 한 명의 권한으로 다른 결투 방식을 제안하는 바입니다."

운이 좋게 시작을 알리기 직전, 맥스가 새로운 제안을 내놓았다.

"이번 결투에 임하는 두 사람의 실력 차는 명백합니다. 그래서 아무도 방해를 받지 않는 선에서 조심스레 임하려고 했습니다. 사정이 이렇게 되다 보니 저는 결투 방식을 바꿀 것을 신청하는 바입니다."

"맥스!"

프로이는 격양된 목소리로 외쳤다. 하지만 오히려 그런 친구를 힐책하듯이 맥스가 소리쳤다.

"프로이, 넌 기사의 명예를 걸고 이 결투에 사적인 감정을 넣지 않을 자신이 있는가?"

움찔, 프로이의 몸이 굳어졌다.

기사는 전쟁과 자신의 레이디가 모욕을 당한 경우를 제외하면 그 어떤 경우에도 사적인 결투가 금지되어 있다.

지금껏 큰 분노로 인해서 잊고 있었을 뿐, 원칙주의자인 그가 기사도를 지키지 않을 리가 없다.

"상대는 네가 인정했다시피 민간인이다. 너처럼 전문 기사 훈련을 받기는커녕, 진검 한번 잡아본 경험이 없는 이다. 그런 이를 농락하는 것으로 스스로의 명예를 떨어뜨리고자 하는가?"

지금의 맥스는 프로이의 친구로서가 아닌 한 명의 상관으로서 말하고 있었다. 프로이는 고개를 숙였다.

"…아닙니다. 이번 결투는, 포기하겠습니다."

결투 전에 합의를 통한 포기는 있어도 결투 도중에 시합의 종목이 바뀌게 된 경우는 처음이라 심판의 자격으로 참여한 병사의 얼굴이 곤혹스러워졌다.

"새로운 결투 종목으로는 활쏘기가 좋다고 생각합니다. 패자는 결투의 원칙에 따라 승자에게 그 어떤 요구도 들어줘야 합니다."

말을 마친 맥스가 씨드 옆에 서 있는 한 명의 발키리를 쳐다보자 씨드는 그 발키리에게 말을 전했고 그녀는 고개를 끄덕이며 주인의 승낙을 표시했다.

준비에 시간이 걸리지는 않았다. 애초에 거대한 연무장이었기에 활과 화살만 가지고 오면 끝날 일이었다.

활쏘기는 총 열 발의 활을 쏘게 된다.

과녁은 직사각형으로 보통 사람 심장 부분에 어른 손바닥 크기의 붉은색 원이 10점, 그 다음 타원형의 모양의 노란색이 7점, 직사각형 모양의 파란색이 5점, 그 다음 검은색 여백 부분이 0점으로 되어 있었다.

기사의 활은 어디까지나 효과적으로 상대를 처치하기 위한 무기이다. 그렇기에 과녁 또한 사람과 비슷하게 만들어진 것이다.

프로이는 맥스의 영민함에 감탄했다.

자신이 화를 주체하지 못한다는 것을 알고 이런 시합으로 바꾸었을 거라고 착각했기 때문이다. 기사 수업에는 당연히 활도 들어 있다. 비록 활이 특기는 아니지만, 로빈에게 있어 검이나 활이나 다루지 못하는 것은 마찬가지였다.

아니, 오히려 반대일까.

활에 대해 모르는 사람들은 쏘는 게 무척 쉬워 보이지만 천만의 말씀. 초보자는 활시위조차 당기지 못하는 이가 대부분이다. 거기에 설령 시위를 당겼다고 해도 바람이나 자신의 손에 의한 떨림으로 날린 화살은 자신이 의도한 곳과는 정반대의 다른 곳으로 날아가기 마련이고 결국 이 많은 수의 사람들에게 비웃음을 당하게 될 것이다.

이만하면 충분한 복수가 아닌가?

활은 무척이나 높은 숙련도를 필요로 하는 무기다. 결코 초보자가 어떻게 할 수 있는 게 아니었다.

처음은 프로이. 그의 활은 바람을 가르며 사람의 오른쪽 어깨 부분에 해당되는 곳에 꽂혔다.

7점. 심판의 손에서 노란색의 깃발이 흔들거렸다.

다음으로 로빈 차례.

로빈은 자신이 상상한 그저 동그란 과녁과는 생소한 과녁에 어디를 노려야 할지 걱정이 들었다. 일단은 뒤지지 않게 하기 위해 노란색 부분 아무 곳을 노려보았으나, 화살은 과녁의 절반도 가지 못하고 떨어졌다.

"하하하하!"

마치 희극을 보러 온 사람들처럼 관중석에서 웃음이 터져 나왔고, 로빈의 얼굴이 뜨겁게 상기되었다.

그런 촌극은 다섯 발째 화살을 쏠 때까지 반복되었다.

그에 비해 현재 프로이의 점수는 7점 세 발, 5점 두 발, 해서 총 31점. 또래에서는 충분히 상위권을 다툴 점수였다.

그에 비해 로빈의 점수는 0점. 유감스럽게도 아직 단 한 발도 과녁에 꽂히지 못했다.

'로빈, 정말 네가 아니니? 에쎄 누나와 닮았다거나 목소리가 비슷하다는 나의 생각은 단지 쓸모없는 고집이 만들어낸 환상일 뿐인 것이냐.'

상식적으로 생각해도 로빈이 신성왕국에 있을 이유가 없다.

로빈은 제국으로 떠났고 그곳에서 어떠한 사건에 휘말려 목숨을 잃었을 확률이 매우 높았다.

설령 로빈이 살아남았다고 해도 텐텐 산으로 돌아갔지 이런 곳에 머물고 있을 이유가 전혀 없었다. 그리고 자신을 몰라볼 이유도.

하지만 이상하게 저 아이가 그토록 찾아 헤매던 마지막 남은 자신의 가족이지 않을까 하는 미련이 사라지지 않았다.

프로이의 여섯 번째 차례

휘익, 휘이이이잉— 푹!

"쳇!"

아쉬운 소리가 들리자 주위에서 안타까운 소리가 함께 들려왔다. 갑작스런 돌풍의 영향으로 인해 화살이 과녁에서 크게 빗나가며 땅에 꽂힌 것이다. 화살시합에서는 그리 보기 힘든 실수이지만, 아직 한참 배우고 있는 학생이라는 것을 감안하면 당연하다고 볼 수 있다.

앞으로 남은 것은 네 발.

다시 로빈의 차례가 돌아왔다. 하지만 로빈은 좀 전과는 달리 활을 땅에 놓고는 무언가 곰곰이 생각에 빠져 있었다.

시간은 계속 흘러, 사람들이 점점 지루해 할 쯤.

"아아, 그래 이제 감이 오는 것 같아."

그 말은 오늘 로빈의 입에서 나온 말 중 가장 힘차고, 자신감이 깃들어져 있었다.

활을 처음 만진 순간 로빈은 묘한 느낌에 사로잡혔다.

어딘지 모르게 생소하면서도 낯익은 느낌이 크게 나쁘지가 않았다.

다섯 번의 실패. 이것은 활과 자신의 마음이 따로 놀고 있었기 때문에 벌어진 대표적인 실패의 예라 볼 수 있었다.

그래서 로빈은 활과 이야기를 했다.

'내가 맞출 곳을 정했으면 그곳에 네가 알아서 날아가 줘야지.'

'웃기네, 언제 네가 정해줬다고 그래.'

'마음으로. 내가 마음으로 꿰뚫은 이상 너는 당연히 그곳으로 날아가야 해.'

'마음? 전혀 모르겠는데. 네가 그렇게 자신있다면 어디 이번에는 제대로 마음으로 내가 갈 곳을 말해 주시지. 네 마음이 내게 전해진다면 나는 틀림없이 그곳으로 보내주겠어.'

잠시 생각을 멈추고 멍하니 침묵에 빠졌다가 실없는 웃음을 지었다.

"큭, 이거 내가 미쳤나. 오늘 참 여러 체험을 하는군."

진짜 미친 사람 취급당하는 게 겁이 나다 보니 혼자만 들리게끔 중얼거리며 새로운 파트너를 손에 쥐었다.

"아아, 이제 감이 오는군. 내가 노릴 곳은 언제나 단 한 군데였어. 괜히 남을 따라 해서는 안 되었는데 말이지."

프로이는 옆에서 로빈의 중얼거림을 듣고 벌써 자포자기를 한 것인가 하며 한숨을 내쉬었다. 그러나 그때, 지금까지와는 비교도 안 될 정도로 단번에 그리고 자연스럽게 화살의 시위가 당겨졌다.

근력에 의존해서는 저런 모습이 나오지 않는다. 프로이조차 저 정도로 완벽하게 당겨진 화살을 본 적이 얼마 없다.

하나 맥스는 본 적이 있다. 먼 과거에, 그것도 저것과 똑같은 모습을. 그때 그가 본 화살은 이미 하나의 섬광이라 칭할 만한 것이었다.

로빈의 손에서 섬광이 쏘아졌다.

이 화살은 완벽하게 자신의 몸을 보호하고 적을 해치운다. 그렇기에 하나의 화살은 곧 하나의 목숨으로 칭했다.

목숨을 지키려면 또 다른 목숨을 빼앗아야 하는 것.

노릴 곳은 단 한 곳뿐.

팍!

섬광이 바람을 파고들어 가며 거친 비명을 질러대며 다다른 종착점에는 붉은색으로 칠해져 있었다.

처음으로 붉은 깃발이 흔들어졌지만 그 누구도 입을 열지 못했다. 조용히, 마치 엄숙한 식장처럼 그저 조용해질 뿐이었다.

단 한사람, 미소를 짓고 있는 맥스를 제외하고는 씨드조차도 이런 일이 벌어지리라고는 생각지 못했다.

'그래, 이것이 너야. 너는 언제나 사람들을 놀라게 만들지. 그 모습을 바로 옆에서 지켜봐 온 사람이 바로 나야. 그러니 난 알 수 있어.'

"우연인가?"

인정하고 싶지 않다. 하지만 우연으로나마 이런 일이 있을 수 없다는 것은 누구보다 프로이 자신이 더욱 잘 알고 있다.

두 사람의 활 시합은 계속 속행되었다. 프로이의 과녁판에 노란색의 깃발이 한 번 흔들리고 파란색의 깃발이 두 번, 그리고 마음이 혼란해진 탓인지 안타깝게도 검은 깃발이 하나 추가 되면서 전체 점수 50점으로 마감 되었다. 그에 비해 로빈의 쪽에는 여섯 발째 이후 줄곧 붉은색의 깃발 외에는 그 어떤 깃발도 움직일 생각을 하지 않는 듯했다.

그리고 마지막 한 발.

스코어 40:50에서 다시금 붉은 과녁을 맞히면 무승부가 된다. 그러나 신의 장난인지 현재 로빈의 붉은 과녁에는 네 발의 화살로 더 이상 들어갈 틈이 없었다.

급작스럽게 변해 버린 결과에 사람들은 침을 삼키며 이 마지막 한 발의 행방에 모든 관심이 담겨졌다.

열 발째 화살을 손에 든 로빈. 연습용 화살이라 하나, 외양은 전투용처럼 두껍기 때문에 요행으로나마 그 사이를 파고들어 갈 틈은 존재하지 않았다.

승자는 누구인가?

패자는 누구인가?

로빈은 지금과 다를 바 없이 시위를 당기고 한 호흡을 내쉬었다. 그 한 동작에 마치 몇 분이 흘러버린 것 같았다.

그리고 지금과 전혀 다를 바 없게 화살을 쏘았다. 그 위치는 이번에도 붉은 과녁이었다.

피이이이잉! 팍!

또다시 커져 가는 눈동자. 사람들은 믿을 수 없는 광경에 저도 모르게 숨을 크게 몰아쉬었다.

아무리 살펴보아도 길이 없는 상황에서 마지막 날린 화살은 놀랍게도 가장 먼저 쏜 화살의 끝 부분을 파고든 채 박힌 것이다.

이럴 경우 판정은 어찌 되는 것인가? 혹 무효가 되지 않을까? 하는 우려와는 다르게 판정은 금방 내려졌다.

심판의 손에서 흔들리는 것은 붉은 깃발이었다.

화살 뒤에 또 하나의 화살이 꽂히는 경우 이것을 '로빈애로' 라고 한다. 이 경우 희귀하긴 하지만 분명히 점수로 인정이 되었다.

자신의 이름과 같은 기술(?)로 가까스로 동점을 이루어낸 로빈은 지쳤다는 듯이 활과 화살집을 내려놓고 크게 한숨을 쉬었다.

"로빈!"

프로이의 외침에 로빈은 또 무슨 일인가 싶어서 깜짝 놀라며 뒤를 돌아보았다.

"네가 남자라면 이것을 꼭 밝혀라! 너는 활 실력이 그렇게 좋으면서 처음에 엉터리로 쏘았던 것은 나를 모욕하기 위해서였나?"

로빈은 내려놓은 활을 다시 집어 들어서 시위를 건드리며 말했다.

"믿어줄지 모르겠지만, 실은 난 기억상실증에 걸려 있다."

"뭐라고?"

이름이야 몇 번이고 들어보았으나 실제로 그런 병에 걸린 사람은 처음 보았기에 프로이는 당연히 놀라워했다.

"내 나이나 출신은 몰라. 지금 쓰고 있는 이 이름도 기억을 잃기 전에 진짜 내 이름이었는지 확신할 수 없어. 그런데 활을 잡았을 때, 나는 내 안에서 또 다른 내가 길을 가르쳐 주는 그런 기분을 느끼게 되었지. 그 기분에 따라갔을 때, 너도 본 것처럼 내 어딘가가 이상하게 변해 버렸다."

"기억상실증이라… 역시 그랬던 것인가."

맥스가 중얼 거렸다. 그거라면 자신을 알아보지 못하는 것도 납득이 간다.

로빈은 옛날부터 거짓말을 하지 않았고 무엇보다 누구나 거짓말을 알아낼 정도로 거짓말에 서툰 녀석이었기 때문에 맥스는 전적으로 로빈의 말을 믿었다.

"이상하게 변했다니, 나는 너와 같은 경험을 한 적이 없기에 네가 현재 느끼고 있는 불안감에 대해서 알 수 없지만 그것은 네 자신을 찾아가는 과정일 뿐이야. 결코 두려워해서는 안 된다고 생각한다."

싸우면서 정이 든다는 경우가 이런 것일까? 첫 만남에서부터 잡아먹으려 달려들기만 했던 상대가 자신을 위로해 줄 줄은 꿈에도 생각 못했다.

"그럼 네게 고맙다고 감사부터 해야겠군. 내 기억의 일부를 찾은 것은 네가 아니었으면 불가능했을 테니까 말이야. 그쪽 팔라딘님께도 감사의 인사를 드리겠습니다."

"흥! 나는 그저 너를 밟아주고 싶었을 뿐이다. 감사를 받아야 할 이유 따윈 없어. 오히려 너를 쓰러뜨리지 못해서 분통이 터질 것 같을 뿐이다."

"글쎄, 얼굴은 미련이 전혀 남아 있지 않은 것 같은데 말이지."

"맥스!"

친구의 으르렁거림에 맥스는 아주 오랜만에 진심으로 소리 내어 웃어보았다. 그 웃음을 로빈과 프로이도 아무 말 없이 계속 쳐다보기만 했다.

"일이 모두 끝났으면 이만 가도록 하지. 로빈, 다음에 또 만나자."

"웅! 아, 아니, 네."

순간 맥스의 움직임이 멈추었다. '웅' 이라고 친근하게 말했다가 얼른 '네' 라고 바꾸는 로빈, 로빈의 모습을 보아하니 자신도 왜 '웅' 이라고 말했는지 알지 못하겠다는 표정을 하고 있었다.

맥스는 마지막 로빈의 한마디에 언젠가는 기억을 되찾을 수 있을 거라는 확신이 생겼다.

막 연무장을 나가려고 할 때, 박수 소리가 들리기 시작하더니 연무장에 박수 소리와 환호 소리가 가득 울리기 시작했다.

"오늘 정말 즐거웠다!"

"활쏘기 시합이 이토록 흥미진진한지는 처음 알았어!"

"언제 저랑 데이트해 주세요. 까아~"

사람들의 박수는 맥스와 프로이가 대기실 안으로 들어갈 때까지 계속해서 이어졌다.

'로빈, 그동안 네게 무슨 일이 있었는지 모르지만, 지금 모습으로 보니 결코 너도 순탄하지만은 않았던 것 같구나. 어차피 네게 전해줄 것이라고는 슬픈 소식뿐이니 네가 기억을 되찾기 전까지는 비밀로 해두겠어. 하나뿐인 나의 가족. 너는 내가 지키겠다.'

맥스와 로빈은 가까운 친구 사이였으나 그건 로빈의 생각일 뿐, 주위 사람들에게는 한 살 많은 맥스가 항상 로빈을 보살펴 주었던 것으로 보였다.

친구로서, 그리고 형으로서 로빈을 지킨다.

설령 그 대가로 이 목숨을 잃게 된다 해도 말이다.

같은 시각 제국의 라인벨츠 영지.

이곳의 주인인 라인벨츠 백작은 청렴결백하고 욕심이 없는 성격으로 귀족의 귀감(龜鑑)이라 칭해지는 인품의 소유자였다.

비록 한때, 자식의 미래를 위해서라는 허상에 사로잡혀 더 큰 부와 권력을 갈망했던 적도 있었다.

하나, 그 결과 가정에 소홀해진 동안 외로움에 지쳐 버린 딸 에바에게 생겨 버린 마음의 병과 그 후 예기치 못한 사고로 하나뿐인 아들의 죽음은 그에게 원래의 모습을 되찾아주게 되었다.

하지만 그가 원래의 모습으로 되돌아오기 위해 치른 대가는 너무나
도 큰 것이었다.

현재의 백작은 가장 중요한 사안을 제외한 모든 일을 가신들에게 맡
겨놓고 자신은 인적 드문 별장에서 딸과 최소한의 수행원들과 함께 조
용한 나날을 보내고 있었다.

"백작님, 해가 지고 있습니다. 장작을 좀 더 넣을까요?"

이왕이면 조용하고 평화로운 나날이었으면 얼마나 더 좋았을까?

마침 그 생각을 하고 있을 때 들려온 집사의 질문에 백작은 덧없는
망상을 접었다.

시기로 보나 추운 것은 아니었지만 집사는 백작에게 말한 것뿐, 어디
까지나 백작의 딸인 에바를 염려하고 있다는 것쯤은 그도 알고 있었다.

무의식적으로 손에 쥐고 있던 책을 옆에 가지런히 놓아두고 백작은
한쪽 구석에서 흔들의자에 앉아 창문 밖을 바라보고 있는 에바에게 눈
길을 돌렸다.

삼 년이라는 세월이 이리도 길었던가?

귀여움이 넘쳐나던 어린 딸이 앉아 늘 낮잠을 즐기던 그 자리에는
한때 백작이 가장 사랑했던 여인의 어렸을 적 모습이 겹치는 착각마저
들게 했다.

묘한 감동도 잠시, 환상이 사라지고 현재 딸의 모습이 보이자 자식의
성장에 기쁨도 금방 잊어지고 눈가에 메마른 이슬이 살짝 맺혀 버렸다.

황금을 연상케 했던 머리카락의 색은 예전 그대로였지만 빛이 나지
않고, 빛나는 푸른 바다를 연상케 했던 눈동자는 심해의 깊고 어두운
바다처럼 어둡게 변하고 이채를 전혀 띠지 않았다. 게다가 루비 그 이
상의 가치를 받던 붉은 입술은 늙은 농노의 여인의 입술마냥 탈색되고

말라비틀어져 있었다.

한마디로 말해 현재 그녀는 살아 있는 자의 모습이라고는 전혀 생각이 들지 않을 정도였다. 이것이 한때 보석의 소녀라 칭해지던 그녀의 모습인지 의심이 들 정도로 말이다.

과거 많은 주목을 받았고 그 미모가 뛰어났던 만큼 지금 딸의 모습이 더욱 안타깝고 가엽기 짝이 없었다.

"그렇게 하게. 습기가 부족한 것 같으니 물을 좀 더 끓이고."

조용히 다가가서 딸의 손과 입술을 살며시 만지며 그가 말하자 집사는 두말없이 따랐다.

백작가의 집사라면 제아무리 주인의 명이라 할지라도 스스로 이런 허드렛일까지 할 필요는 없지만, 백작에게 있어 에바가 딸이라면 집사에게 있어 에바는 손녀나 마찬가지였다.

현재 에바의 상태는 위험한 수준에 이르러 있었다. 어떻게든 영양실조만은 걸리지 않게 노력하고 있지만, 예전부터 문제가 있던 다리는 삼 년간 단 한 번도 스스로 자리에서 일어서지 못했고 거기에 실어증(失語症)과 또 최근에는 어찌 된 영문인지 시력까지 점점 잃어가고 있는 실정이었다.

"삼 년 전 잠깐 만났던 그 소년 하나로 인해 네가 이렇게 변해 버리다니. 이런 모습이 될 정도로 괴로워할 만큼 그 아이가 네게 꼭 필요한 존재였느냐?"

혼잣말은 원망에 가까웠지만 실은 그도 잘 알고 있다.

에바는 과거에 만났던 로빈이라는 소년을 이미 죽어버린 친오빠 대신으로 보고 있다는 것을. 또한 그랬기에 잠시나마 자신의 발로 걸었던 기적이 벌어졌음을.

썩 내키지는 않으나 결과적으로 딸의 병은 아주 빠른 속도로 나아갔기에 한편으로 내심 다행이라 생각하고 있었다. 그런데 그 안도도 잠시, 한때 제국을 뒤흔들었던 소년의 실종과 함께 딸의 병은 더욱더 악화된 것이다.

제국의 명의들도 마음의 병만은 고칠 수 없음을 한탄했고 제국의 보물이 그 빛을 잃어가자 모든 시민들이 함께 안타까워했다.

휘이이잉—

바람이 많이 불어오고 서쪽에서부터 이곳으로 검은 먹구름이 몰려오고 있었다. 어느새 매년 있는 장마철이 돌아왔는지 최근 비가 자주 내렸다. 그러고 보니 아들이 사고를 당해 죽음을 맞이한 것도 이맘때였다.

부모보다 먼저 세상을 떠난 불효자식의 기일을 떠올리고 있을 때, 어디선가 흉흉한 바람이 불어왔다.

그 바람은 평범한 사람으로서는 쉽게 느끼기 힘든 종류의 것이었다.

제국의 귀족은 절대 어수룩하지 않다.

그 명망 높은 삼대교육기관 중 최소 두 곳 이상을 졸업하지 않고서는 귀족 취급조차 받지 못할 정도로 엄격한 곳이 바로 프하이엄 제국의 사교계다. 특히나 제국의 사교계는 그 자체만으로도 거대한 권력의 집합체이기에 이곳에서 밉보인 자는 자신의 영지에서도 비웃음을 당하게 될 정도이다. 결론을 말하자면 아무리 평범해 보이는 자라도 제국의 귀족인 이상 한두 가지 이상의 숨겨진 재능을 꼭 지니고 있다는 것이다.

거기에 라인벨츠 백작은 돌연변이라 칭해질 정도로 어린 시절, 유독 무(武)에 재능이 뛰어났다. 일찍이 귀족의 기본 소양을 가르쳤던 스승은 이 아이가 무과 가문에서 태어나지 못한 것이야말로 하늘의 실수라고 말했을 정도였다.

"집사, 아무 검 한 자루를 가져다주겠나."

집사의 얼굴이 살짝 굳어졌지만 군말없이 그는 한 방의 문을 열고 그 안으로 들어갔다.

방의 크기는 보통 평민 집안의 안방 정도였으나, 놀랍게도 그 안에는 사방팔방 온갖 흉흉한 병장기들로 빼곡이 들어차 있었다.

검은 물론 창과 활, 심지어 용도를 알 수 없는 검은 가루나 약물까지. 그 분량은 놀랍게도 백 명은 거뜬히 사용하고도 남을 수 있을 정도의 양이었다.

"여기 있습니다, 백작님."

집사는 검을 한번 뽑아보지도 않고 백작의 말대로 아무 검이나 뽑아 그대로 가져다주었다.

대대로 문과 집안의 가주들만 보필해 온 늙은 집사는 검의 차이 같은 것을 알 리 만무했다.

스르릉—

혹시 미관용으로 전시해 둔 검이라 녹이라도 쓸지 않았을까 하는 염려는 검을 뽑는 순간 사라지고 말았다.

뺄 때 들린 맑은 소리, 그리고 연한 불빛에 비치고도 마치 태양 빛을 반사한 듯이 번쩍이는 빛이, 결코 겉만 번지르르하다거나 벽에다 걸어두기만 하고 손질도 안 한 검이 아님을 증명했다.

"훌륭해. 지시한 대로 단 하루도 빠짐없이 손질한 정성과 흔적이 배어 있군."

검은 충분히 마음에 든다. 하지만 본인의 실력은 어떨까? 아마 모르긴 몰라도 현재의 자신이 이 검을 쓴다면 아마 이 검을 욕되게 하는 일이라는 생각이 그의 머리를 스쳤다.

"하나 검이여, 세상을 호령하는 강자의 손에 쥐어지는 것만이 네가 만들어진 이유는 아닐 터. 너의 위엄은 강자가 늙고 힘이 꺾이는 순간에 흔적도 없이 사라지겠지만, 이 부족한 몸을 도와 내 가족을 지켜준다면 나는 영원토록 너를 기억할 것이다."

웅웅웅—

마나를 끌어 모아 검에 주입하자 검날이 미세하게 진동하며 맑은 청음이 울려 퍼졌다. 조잡한 단음이지만, 그 음은 교회 종이 울리는 것처럼이나 맑고 고요했다.

이것이 검명. 검과 대화를 하여 서로 호흡을 맞추는, 검의 길[Road of sword]을 걷는 자의 맨 첫걸음, 첫번째 길[First road].

과거의 그는 무리없이 검의 세컨드 로드(Second road)인 검광을 이끌어낼 수 있었으나 현재의 힘으로는 이것이 한계. 그에 비해,

고오오오—

온몸이 바늘로 찌르는 것처럼 느껴지는 상대의 기운으로 보아 그는 이미 검의 길이 가진 긴 여정의 막바지에 도달한 자. 검의 오의를 깨닫고 보이지 않는 길을 걸어가는 숙명을 지닌 소드 마스터일 것이다.

상대는 마치 자신에게 그것을 가르쳐 주려는 것처럼 계속해서 마나를 뿜어댔다.

"백작님, 괜찮으시겠습니까?"

진심으로 염려스러운 듯이 집사가 물었다. 괴한의 기운을 느낀 것이 아니라 백작의 태도가 심상치 않았기 때문이다.

"예의를 모르는 손님이 왔군. 저렇게 눈치를 주는데 주인 된 입장에서 나가보지 않을 수가 없지. 나쁜 일은 생길 것 같지 않지만, 혹시 모

르니 에바와 하인들과 함께 비밀 통로로 빠져나가 있게.”

늙은 집사는 인자한 미소를 지었다.

“이곳에 오자마자 통로를 제게 가르쳐 주신 것은 이런 뜻이었군요. 하지만 그럴 수는 없습니다. 백작님께서 호위병 하나 없이 이곳에 오셨을 때 저와 식구들은 모두 이야기를 마쳤습니다. 만일, 무슨 일이 생긴다면 가주님과 에반젤린(에바의 본명) 아가씨만이 도망치고 나머지 사람들은 이 독을 먹고 자결하기로.”

비밀 통로는 가주만이 알기에 비밀 통로라 불리는 것이다. 그 정보가 한번 빠져나가면 생문(生門)은 사문(死門)으로 변하고 더 이상은 쓸모가 없게 된다. 냉정하게 말하자면 가주 한 명의 목숨을 살릴지도 모르는 통로 하나는 천 명의 가신들의 목숨보다 더욱 가치를 가지고 있다.

“…자네, 보기보다 무서운 사람이었군.”

“허허허, 그걸 이제야 아셨습니까. 선대 백작님께서도 종종 그렇게 이 미천한 늙은이를 칭찬해 주시곤 하셨지요.”

라인벨츠 백작은 자리에서 일어서서 외투를 걸치고 문을 열었다.

“아마도 별일없을 걸세.”

“이 늙은이가 제 자랑을 한다면, 가주님의 확신을 믿고 전적으로 따를 때마다 모든 일이 잘 풀렸다는 것입니다.”

백작은 의지가 되었다는 미소를 짓고, 딸의 머리를 쓰다듬었다.

“걱정 말거라. 아마도 상대는 이야기를 나누고 싶은 모양인가 보구나. 금방 다녀오마. 사랑한단다, 에반젤린. 내 사랑하는 딸아.”

마지막 말을 남긴 라인벨츠 백작은 조용히 문을 닫고 밖으로 나갔다. 그 뒷모습을 지켜보던 에바의 두 눈동자에 잠시나마 이채가 생겨났다.

　밖으로 나오고 삼 분 정도의 시간이 흘렀으나 상대는 전혀 자신의 모습을 드러내지 않고 있었다. 얼른 모든 것을 해결하고 싶은 백작은 주위를 향해 외쳤다.
　"누군지는 모르지만 나를 부르고 있었다는 것을 아니 부담스러워하지 말고 나오게. 이 검은 나와 가족을 보호하기 위한 것일 뿐, 결코 남을 해치기 위한 검은 아니니."
　그리고 정말로 싸울 의사가 없다는 것을 보여주기라도 하듯 손에 든 검을 바닥에 내려놓았다. 그러자 잠시 후 약간 떨어진 나무 뒤에서 검은 그림자가 튀어나왔다.
　"이렇게 무례하게 불러내어 죄송합니다. 그리고 제가 늦게 나온 것은 주위에 있을 눈과 귀를 살피기 위한 것이지 결코 백작님을 믿지 못해서가 아니었습니다."
　검은 그림자의 정체는 그도 흔히 본 제국의 흑갑옷이었다. 하나 어째서인지 오늘따라 자랑스러운 제국의 흑갑옷이 불길하게 보이는 것 같았다.
　"의외로 목소리가 젊군. 나를 불러낸 목적이 무엇인가? 자네의 솜씨나 모습으로 보아 요즘 제국에서 빈번히 일어나고 있는 암살 사건과 전혀 연관이 없지는 않을 것 같은데. 이번 목표가 나인가? 아니면 나의 착각일 뿐인가?"
　흑갑옷의 청년은 잠시 입을 다물었다가 다시 말했다.
　"이 몇 달간 백작님께서 들으신 소식이라고는 촌부들의 지나가는 말 몇 마디가 다라고 들었는데 대단하시군요. 그렇습니다. 제가 바로 요즘 벌어진 암살 사건들을 일으킨 흉범입니다.”

암살자가 스스로의 정체를 가르쳐 주는 사람은 단 두 명뿐이다.

한 명은 의뢰자. 또 한 명은 살해될 피해자.

당연히 의뢰자일 리 없는 라인벨츠 백작의 미간에 주름이 생겨났다.

“그럼 살인범인 자네에게 하나 묻지. 나는 지금 바닥에 떨어진 검을 주워야 하는가? 말아야 하는가?”

낮은 목소리. 그렇지만 그 속에 담긴 호통 같은 기백에 투구 안으로 식은땀이 볼을 타고 주르륵 흘러내렸다.

“그것은 지금부터 설명해 드리겠습니다.”

척!

기사는 망토를 펄럭이며 자신의 손을 앞으로 뻗어 보였다. 그리고 다시 그 손을 가슴으로 갖다 대며 기사가 주군을 대하듯 공손하게 무릎을 꿇고 머리를 조아렸다.

“저는 지금껏 총 서른한 명의 제국 귀족들을 암살해 왔으며 대부분이 주요 공직자였고 이 중에는 루퍼레스 공작과 휠레 공작까지 포함되어 있습니다.”

“말세로군. 자네는 제국을 무너뜨리려고 작정을 한 것인가?”

“그 반대입니다.”

강한 마력이 돌풍을 일으키는 것처럼 폭발적인 기운이 피어올랐다. 지독할 정도로 강렬한 기운은 과거 검호라 칭하던 에딕 공작을 떠오르게 할 만큼 패도적이었다.

만약 저 정도의 마력이 살기를 띤 채 자신을 공격했다면 과연 살아남았을지 의문이다. 하지만 방금 이 행동은 자신의 의지를 표출시키기 위한 것일 뿐, 그 어떤 위협이나 협박이 없음을 그는 쉽게 알 수 있었다.

"그들은 모두 삼공작이라는 퇴보적인 체제에서 앞으로 나아가려 하지 않고 자신의 이권만 챙기려 했던, 제국을 갉아먹는 좀벌레들이었습니다. 그 결과 이 나라는 현 대륙에서 가장 강력한 힘을 손에 쥐고 있었음에도 한 발자국도 앞으로 나아가지 못한 채, 그 막대한 국력이 내부에서 썩어 들어가고 있었음을 백작님께서도 잘 아실 터."

"그래서 자네 말은 그들을 제거하고 침략 전쟁을 벌이겠다는 속셈이군. 어리석은 우익적인 사상에 빠져 있는 불쌍한 젊은이여. 전쟁과 사람의 목숨이 체스판 위에서 지시대로 움직여야만 하는 말인 줄 아는가? 자네의 행동이 지금은 제국을 위하는 것처럼 보일지 몰라도 그 행동은 이 나라에 혼란만 불러올 걸세. 설령 귀족 몇백 명을 죽인다 해도 천 년간 이어져 오던 체제가 그렇게 쉽게 바뀌지지 않을 걸세. 이 이상 어리석은 짓을 계속했다가는 성군이신 황제 폐하께서도 용서하지 않을 터. 지금 자네는 자신의 행동이 제국을 위한 어쩔 수 없는 선택이라고 생각하고 자신이 애국자라고 믿어 의심치 않겠지? 연장자로서 충고하건대 어리석은 행동은 그만 하고 지금까지 지은 죗값을 치르는 게 좋을 걸세. 더 이상 할 말이 없으면 가게나. 지금 자네의 검에 죽는다 할지라도 나는 그 일에 동참하지 않을 것이네."

처음에 자신이 느꼈던 위화감의 정체는 단지 기분 탓이었을까? 상대는 그저 치기 어린 행동이 도를 넘어서 버린 어리석은 청년이었을 뿐이었다.

"제가 황제 폐하의 사자(使者)라도 말씀이십니까?"

"······!!"

일그러진 얼굴을 한 백작의 눈과 기사의 눈이 서로 마주쳤다. 방금 그게 무슨 말인가? 그가 황제 폐하의 사자라니!

황제 폐하의 이름을 걸고 하는 거짓말처럼 어리석은 행동은 존재하지 않는다. 그렇다면 진실인가? 황제 폐하의 사자라면, 지금까지 성군이라 생각했던 황제 폐하의 행동과 정책은 도대체 무엇이란 말인가?

"황제 폐하께서는 유능한 인재를 필요로 하고 계십니다. 거기에 라인벨츠 백작은 가장 필요한 인재로 올려져 있기에 제가 직접 백작님의 뜻을 여쭈기 위해 찾아왔습니다."

"설마 그게 정말 황제 폐하의 뜻인가?"

기사는 거리낌없이 고개를 끄덕였다.

"네. 거절하는 자는 즉각 반역죄로 구족을 멸하겠다고 하셨습니다."

두 명의 공작이 언제 목숨을 잃은지 알 수 없으나 이 정도로 대놓고 활동을 하고 있다면 아마 제국의 권력 대부분을 황제파가 흡수한 뒤일 것이다.

상대가 나빴다. 상대가 나빠도 너무나 나빴다. 안 그래도 제국의 주인이었던 황제는 삼공작이 사라진 이상, 그들의 힘을 흡수하여 무소불위의 권력을 얻고 이제는 제국에서 그 누구도 막을 수 없는 독재자가 된 것이다.

황제는 너무나 똑똑한 사람이다. 그가 겉으로 독재자의 모습을 보이지는 않을 것이다. 그리고 제국의 시민들은 자신도 모르게 전쟁터로 나가 자랑스럽게 죽음을 맞이하겠지.

"일말의 자비도 없는 선택이군. 너무나도 잔인해."

"현명한 백작님께서라면 충분히 좋은 선택을 하실 것이라 믿어 의심치 않았습니다. 그럼 황제 폐하께 맹세한 그 증거로 이것을."

푸숙─

기사의 손이 땅을 뚫고 들어가더니 그 손에서 흙더미를 헤치고 거대한 수정으로 만들어진 하나의 관이 들려 나왔다.

"이것은?"

"황제 폐하께 충성을 맹세한 자들 중에서도 그 능력을 높게 보시는 분들에게 직접 하사(下賜)하신 보물입니다."

보물 상자도 아닌, 수정으로 만들어진 관. 그리고 황제 폐하가 내렸다는 말이 차례대로 이어지는 순간 하나의 보물이 머리 속에 떠올랐다.

'슬레이브!'

"황제 폐하께서 정말 이런 인형에 빠져 국사에도 소홀히 한다는 소문을 정말 믿으신 건 아니시겠지요. 이것들은 오직 이날을 위해 준비된 것들입니다. 소문조차도 말이지요."

황제 폐하가 슬레이브에 빠져 국사에서 손을 놓았다라는 소문은 십 년 전부터 떠돌던 소문이다. 즉, 황제는 최소 십 년 전부터 오늘날의 일을 계획해 왔다는 말이 된다.

"내게 이런 과분한 보물을 받을 자격이 있을 것 같지는 않지만… 황제 폐하의 이 하늘과 같은 은혜를 잊지 않겠소이다."

황제의 사자라는 것을 인정하는 순간, 백작의 말이 공손체로 변했다.

"폐하께서도 기뻐하실 겁니다. 자세한 사정은 내일 또 다른 사자가 와서 전해줄 것입니다. 이번 주 내로 황성으로 오실 준비를 해두십시오. 그리고 폐하께서 에반젤린 양의 몸 상태에 대해 걱정이 많으십니다. 다음 제국을 이어갈 아름다운 미녀이자 둘 도 없는 인재가 병에 걸렸다는 것에 걱정하시고 명의를 수배하여 보내도록 준비 중이오니 너무 심려치 마십시오."

"황제 폐하의 성은을 어찌 다 갚을지 모르겠소이다."

끼이익.

고개를 숙였을 때, 막 힘겹게 문이 열리는 소리가 들리면서 작고 가녀린 한 소녀가 간신히 문고리에 의지한 채 두 발로 서 있는 모습이 보였다.

놀란 얼굴로 말 한마디조차 꺼내지 못하는 백작. 하지만 어찌 된 영문인지 딸의 사랑스러운 얼굴은 부모를 죽인 원수를 만난 사람처럼 분노의 가면을 쓰고 있었다.

"전…… 다…… 야…….”

쉬어 붙은 목에서 목소리가 제대로 나오지 않고 있었으나 딸이 서 있고 말까지 하는 모습을 보자 사고가 멈춰 버리고 말았다.

"전부, 전부 다 너 때문이야!”

찢어질 듯한 쉰 목소리가 결국 혼신의 힘을 쏟아 붓고서야 터져 나왔다. 그 탓인지 그만 중심을 잃은 에바는 앞으로 기울며 계단에서 굴러 떨어지고 말았다.

쿠당탕탕!

"에바!”

딸의 애칭을 부르며 달려가기 직전 기사는 백작을 만류했다.

"아마 영애께서는 제게 할 말이 있는 것 같습니다.”

영문을 알 수 없는 백작이 혼란해하고 있을 때, 죽은 듯이 바닥에 넘어진 에바는 다시금 힘겹게 몸을 일으키기 시작했다. 신발이 벗겨지고, 옷이 찢어지고 이마에서 피가 흘러나오고 있음에도 에바는 아무렇지 않은 듯 일어서다가 다시 쓰러졌다.

"용서 못해. 절대 당신을 용서 못해. 오빠를 돌려줘. 내 오빠를 돌려줘!”

결국 무언가에 의지하지 않고는 일어설 수 없음을 깨달은 에바는 울음을 터뜨리면서 쉰 목소리로 계속 외쳤다. 갑작스레 혹사시킨 목에서는 피 기침이 튀어나왔음에도 소녀는 울부짖음을 멈추지 않았다.

딸의 저런 모습을 보는 백작은 가슴이 찢어지는 고통을 견디고 있었다. 그 소년이 딸에게 꼭 필요했던 것은 인정한다. 그래도 엄연한 타인이다. 고작 타인에 불과한 아이 하나가 실종되었다고 해서 진짜 가족들의 마음을 아프게 하는 것은 도저히 납득할 수 없었다.

이대로라면 정말 딸이 죽어버릴지도 모른다는 생각이 들 때, 정말로 상상도 못한 기적이 벌어졌다.

기사도, 백작도 자신의 바로 옆에서 금색으로 빛나는 수정관을 보고 긴장할 수밖에 없었다. 그리고 수정관에서 한줄기의 빛이 튀어나와 바닥에서 오열하는 에바에게 쏘아졌다.

그리고 그 빛이 어느 정도 사라졌을 때, 에바의 앞에는 나체에 붉은 구두 한 쌍만을 신고 있는 한 여성이 서 있는 것을 보았다.

"나의 이름은 카렌. 선택된 자를 찾아 하나가 되기를 원하는 가련한 슬레이브. 당신은 반려의 계약을 원하십니까?"

"그게… 뭐야?"

이 빛은 사람의 마음도 안정시키는 힘이 있는지 어느 정도 진정한 에바가 되물었다.

"당신과 내가 하나가 되는 것. 그것은 어딘가 하나가 결핍되어 있는 두 존재가 하나로 합쳐 완벽해진다는 것. 당신이 원하는 것은 힘. 소중한 사람을 되찾고 싶어하는 힘. 계약에 응한다면 저는 그것을 들어줄 수 있습니다."

아아! 이것이 말로만 듣던 그 슬레이브의 계약이라는 것인가?

두 남자는 자신의 눈앞에서 과거 어린 시절 전설이나 동화책에서나 볼 법한 그 장면이 벌어지고 있다는 사실에 묘한 감동까지 일어났다.

"오빠를 찾아줘! 너의 힘이 필요해!"

원하던 대답이었는지 여인은 살짝 미소를 지어 보였다.

"당신의 뜻 받아들이겠습니다."

그리고 나체의 여인의 몸은 곧장 작은 에바의 몸 안으로 들어갔다.

에바는 정신 속에서 들려오는 또 하나의 목소리를 듣고 있었다.

그녀의 이름은 카렌. 하지만 그것은 단지 필요에 의해 지어진 또 하나의 이름. 그녀의 진짜 이름. 그 이름을 외치면 계약이 완료된다.

―이름을, 저의 진짜 이름을 외쳐 주세요, 마스터.

에바는 외쳤다.

"레드 슈즈(Red shoes)!"

따스한 빛이 소녀의 몸에 깃들기 시작했다. 심장에서 뜨거운 피가 온몸으로 퍼져 나가는 듯한 기분이 아찔할 정도로 좋았다.

영양 결핍 증상으로 서서히 분처럼 하얗게 변해가던 피부에 점점 화색이 돌기 시작했다. 몸 여기저기와 이마에 생긴 상처가 흉터도 없이 사라지고 말라비틀어진 입술이 루비 빛을 찾아갔다. 이목구비는 더욱더 확연해지고 머리카락은 예전에 빛나는 금빛을 되찾았다.

그리고 예전 파란 사파이어 색을 하고 있던 왼쪽 눈은 그대로 남아 있었지만 오른쪽 눈의 색깔이 수정에서 빛났던 밝은 토파즈 색으로 변해 있었다.

"에, 에바."

놀랍게도 병들기 전의 모습을 그대로 찾게 된 에바는 붉은 구두를 신고 있는 자신의 두 다리로 대지에 선 채 기사를 노려보았다.

잘 먹지도 않고 있던 탓에 뼈만 남은 몸매는 또래의 처녀들처럼 아름다운 몸을 되찾았고 그 미모는 더욱더 빛을 발했다.

이 세상에 둘도 없을 법한 미녀가 화난 표정으로 노려보고 있는 모습은 상당히 두려운 것이었으나 기사는 묵묵히 그 시선을 정면으로 받아들이고 있었다.

먼저 입을 연 것은 기사 쪽이었다.

"오랜만에 만나 반갑습니다. 에반젤린 라인벨츠 영애. 삼 년 전, 제 앞에서 벌벌 떨던 모습이 아직도 눈에 선한데 놀랍게 변하셨군요."

"다시 또 만나게 되니 불쾌하기 짝이 없군요. 두말하지 않겠어요. 내 오빠의 행방이나 말해요. 당장! 에딕 공작 가문의 후계자씨."

에딕 공작 가문의 후계자라니? 병마와 싸운 에바는 알 리가 없겠지만, 에딕 공작가는 에바가 친오빠를 대신하여 따르게 된 로빈이라는 소년과 연루되어 가장 먼저 기세가 꺾이고 말았다.

그 결과 당시 가주였던 에딕 공작은 참형에 처해졌고 에딕 공작가는 백작가로 바뀌며 그 권세가 상당히 위축되었다.

한데, 현 에딕 백작가의 가주인 그가 왜 이런 곳에 있는 것인가? 그것도 저런 모습으로.

"그렇군. 자네 아버지의 뒤를 따르는 것인가."

"제 개인적인 사정을 이야기해 드리고 싶지는 않습니다. 그리고 에반젤린 영애. 그 친구에 대해서는 유감스럽게도 안타까운 소식을 전해 드릴 수밖에 없군요. 그는 저희 아버님에 의해 살해되고 말았습니다. 저 또한 그의 시체를 직접 본 사람 중 한 명으로, 하루라도 빨리 그를 잊으라는 충고밖에 해드릴 게 없군요."

"……."

그 말에 큰 충격을 받고 난리를 칠 것 같았던 에바는 그 말에 별다른 반응도 보이지 않고 휙 뒤로 돌아 별장 안으로 들어갔다.

더 이상 그녀에게서 병마에 시달리던 나약한 모습은 찾아볼 수가 없었다.

"황제 폐하께서 준비하신 명의들은 필요가 없을 것 같군요."

"오히려 내가 황제 폐하께 죽을 때까지 절을 올려 드려도 모자랄 판이로군. 내 마지막 남은 목숨을 저렇게 되살려 주시다니. 이젠 뭐가 옳은지도 모르겠네. 일단 은혜를 입은 만큼 황제 폐하의 뜻대로 모두 따르겠네. 설령 내가 악마가 된다 해도 이 은혜를 갚는 것이 인간의 도리일 터이니."

"그것만으로도 황제 폐하께서는 무척 만족해하실 것입니다."

"지금만은 웃고 싶네. 앞으로 이 손에 얼마나 많은 피를 묻히게 될지 모르겠지만, 지금만큼은 내 딸의 완쾌된 모습만 보고 싶네."

잠시마나 딸의 모습을 바라보며 마음의 안식을 가지는 라인벨츠 백작. 남들에 비해 더욱 눈에 띄게 된 딸의 외모에 복잡한 걱정이 일기도 하지만, 아리따운 외모와 오드아이(Odd eye)는 날이 갈수록 보석의 소녀라는 위명을 더욱더 떨치게 할 것이다.

"어쩌다 보니 시간을 많이 소모하게 되었군요. 이만 가보겠습니다."

"자네의 앞길에 행운이 따르길 빌겠네. 오늘 나의 행운은 이곳에서 전부 써버린 것 같으니."

크로첼은 고개를 저었다.

"한 남자가 지옥 속에서 다시 살아 돌아오지 않는 한, 그것은 힘들 것 같습니다."

"자네 아버지 말인가."

크로첼은 가볍게 목례를 한 후에 어둠 속으로 사라져 갔다.

별장 안으로 들어간 에바는 늘 자신이 있던 자리로 가서 흔들의자에 몸을 눕혔다.

모두 오빠가 죽었다고 생각하고 있지만, 그녀는 방금 얻은 이 슬레이브의 힘에 의해 어디선가 그가 살아 있음을 알 수 있었다.

슬레이브 레드 슈즈의 능력은 염원. 자신의 욕망을 충족시켜 주는 교만한 기적.

"오빠를 다시 찾을 수 있는 힘. 그리고 두 번 다시는 떨어지지 않을 힘이 필요해."

빨간 구두라는 동화 속의 여주인공은 빨간 구두를 너무나 신고 싶었기에 죽기 직전까지 빨간 구두를 신고 춤을 추어야 했고 그 결과 자신의 두 다리를 자를 수밖에 없었다.

하지만 자신은 다르다.

어두운 구석에 앉아 있는 에바의 토파즈색 눈동자에서 황금색의 빛이 은은히 새어 나왔다. 그 빛은 겉으로는 아름다워 보였으나 어째 선뜻 다가가기 힘든 불길함이 감도는 것 같았다. 마치 현재 에바의 모습과 미래를 나타내는 것처럼 말이다.

제20장
각자의 결심

길을 모르면 물으면 그만이고
길을 잃으면 헤매면 그만이다.
중요한 것은 목적지를 잃지 않는 마음가짐이다.

최근 들어 로빈은 꿈을 자주 꾸었다.

꿈속에서 로빈은 '하나' 이자 '여럿' 이며 '나' 이자 '우리' 였다.

하룻밤 사이에 반복되는 수십 편의 꿈은 처음에는 불면증과 편두통의 원인이 되기도 하였으나 꿈이 반복될수록 점점 머리가 맑아지더니 언제부터인가 꿈은 그저 잠자리의 환상이 아닌 일상생활 도중에도 자연스레 떠올려지기 시작했다.

마치 직접 겪은 과거의 기억처럼 선명하게 말이다.

어제 겪은 일만 해도 그랬다.

프로이와의 활쏘기 시합 도중.

로빈의 머리 속에서 또 꿈이, 아니, 이제는 정말 꿈인지 아니면 기억인지 분간할 수 없는 미지의 무언가가 떠올랐다.

그 꿈속에서 로빈은 어린 산적 아이의 모습을 하고 있었다.

아이는 특이하게도 산이 고향이고, 산이 부모이며, 산이 자신의 모든 것인 약간은 별난 아이였다. 아이의 옆에는 보기만 해도 즐거운 여러 사람들이 모여 있었는데 그들은 모두 아이를 자신의 가족 이상으로 받아들이며 함께 즐거운 나날을 지냈다.

아이는 작고 어렸지만, 잔머리와 신궁에 비견될 만한 활솜씨를 지니고 있었다.

특히 활의 경우 말 그대로 백발백중. 화살을 목표물에 쏘는 게 아니라 화살이 목표물을 향해 날아간다는 표현이 어울리는 정도였다.

아이의 환상이 사라지자 로빈은 자신의 눈앞으로 보이는 과녁을 보았다.

그러자 믿을 수 없게도 조금 전만 해도 결코 넘을 수 없는 벽처럼 보이던 먼 과녁이 손바닥을 뒤집는 것보다 더 쉽게 느껴지고 자신감이 생겨났으며 그로 인해 기적처럼 로빈은 무승부를 이루어낼 수 있었다.

어제 일의 회상을 마친 로빈은 현실로 돌아왔다.

"한바탕 쏟아지는 건가?"

서쪽에서부터 몰려온 검은 비구름이 신성왕국의 일대를 완전히 뒤덮고 있었다.

이 장마기는 신성왕국 내에서 일명 '반가운 손님' 으로 통하고 있었다.

왜냐면 매년 몰려오는 이 장마기가 존재하기에 신성왕국에서는 매해 풍년을 이룰 수 있기 때문이다.

곡식의 질 하면 황금평야가 존재하는 호더 왕국의 곡식을 으뜸으로 치지만, 이곳 신성왕국 또한 호더 왕국에 비할 정도로 뛰어난 질을 가지고 있었다.

단 차이점이라면, 호더 왕국은 그 곡식을 자국 내에서 모두 소화해 내지 못하기에 수출에 박차를 가하는 반면, 신성왕국은 내부의 인구보다 유동 인구가 훨씬 더 많았고 또 먹고 팔고 남은 곡식은 항상 신전에 기부를 했기에 많은 사람들이 모르고 있는 것뿐이었다.

그러나 제아무리 그런 고마운 비라고 해도 농부가 아니고 이제 막 출근 준비하고 있던 로빈에게는 이런 날씨가 그리 반갑지만은 않았다.

창문을 통해서 본 밖의 하늘은 검은 먹구름으로 가득 차 있었고 덩달아 마을의 주위도 한밤처럼 껌껌했다.

"여전히 변덕스러운 날씨야. 하필이면 꼭 외출할 때 날씨가 이런 법이니 원."

당장 비가 쏟아져도 이상하지 않을 것 같으나 아직까지 한 방울도 내리지 않았다.

우산이라는 물건 자체가 비가 내리는 그 잠시에만 가치가 빛나는 물건인지라 괜히 들고 갔다가 분실이나 도난당할 확률이 크다 보니 영 꺼림칙했지만, 벌써 이 년간 이런 안일한 생각 덕분에 온몸이 비로 홀딱 젖은 경험이 있는 로빈은 망설임없이 우산을 챙겨 들고 밖으로 나왔다.

주위는 허름한 유곽만이 존재하는 곳이라 그런지 이런 날씨에 사람의 발걸음은 더욱 없었다. 이곳의 주민들도 대부분 어제 왔다가 하루 더 연장한 손님과 시간을 보내는 이들을 제외하면 대부분은 아이들과 놀아주거나 휴식을 취하고 있었다.

걸어가면서 그들의 모습을 보다가 가끔 눈이 맞으면 서로 목례를 취했다.

이곳에 온 지 벌써 이 년이 넘어서고 있다. 그동안 로빈은 나름대로 사람을 고용해 보기도 하고, 스스로 찾아 뛰어보기도 하고 또 인맥을 통해 알아보기도 했지만 끝내 자신과 관계된 이나 단서를 찾아낼 수 없었다.

뭐, 솔직히 말해서 지금 자신의 모습이 싫은 것은 아니다. 굳이 남들에게 떳떳히 밝히지 못할 직업을 가지고 있지만, 주위에는 좋은 사람들뿐이고 또 과거의 기억 따위가 없어도 얼마든지 혼자 살아나갈 자신도 있었다. 그래도 마음 한구석 어딘가에 남겨져 있는 알 길 없는 정체성은 언제나 불안감으로 존재하고 있었다.

아마 그 탓일 것이다. 최근에 이상한 꿈을 자주 꾸게 되는 것은.

신성왕국에 사는 평범한 호스트 로빈으로 살 것인가? 아니면 어떻게 해서든 알 수 없는 자신의 과거 모습을 되찾을 것인가?

생각이 거기에까지 이르렀을 때, 로빈은 어느새 번화가를 걷고 있었다. 보통 때는 사람들로 북적거리는 번화가이지만 날씨 탓인지 거리에는 서둘러 어디론가 향하는 사람들의 모습뿐이었다. 그리고 거리로 따지자면 목적지에 한 절반쯤 이르렀을 때, 마치 기다렸다는 듯이 하늘에서 빗방울이 떨어지기 시작했다.

툭… 툭… 투툭툭. 쏴아아아아!

"우산을 들고 온 보람이 있는데."

일 분도 채 지나지 않아 몸을 홀딱 젖게 만들 정도의 빗방울이 쏟아져 내려왔다. 로빈은 불평을 하거나 소리를 지르며 비를 피하는 인파 속에서 유유히 우산을 펼쳤다.

준비가 다 되어 있다 보니 빗속을 여유롭게 걸어가는 것도 그리 싫지만은 않았다. 하지만 이런 날은 역시 집 안 침대 속에서 빗소리를 듣는 것이 가장 행복할 것 같다는 망상을 하며 서둘러 뛰어가는 사람

들과 지나쳤을 때, 묘한 느낌에 로빈은 자리에 멈춰 서 뒤를 돌아보았
다.

사방팔방 이리저리 뛰어다니는 사람들, 그러나 그 속에 단 한 명만
이 인형처럼 멍하니 비를 맞고 서 있었다.

출근 시간도 다 되어가는데, 괜한 사람의 일에 휘말릴 생각이 없는
로빈은 가던 길을 마저 가려 했지만, 다시금 발을 멈추고 말았다. 무언
가 마음에 걸려 되돌아보았더니 자신이 알고 있는 사람인 것이다.

"하아, 정말. 왜 이런 데서 꼭 아는 사람을 만나는 건지."

결국 못 본 척하고 가버리지 못한 자신에게 혼잣말로 짜증을 살짝
내며 로빈은 멈춰 있는 사람에게로 다가가서 말없이 뒤에서 우산으로
비를 막아주었다.

잠시 뒤, 비를 맞지 않고 있음을 깨달았는지 상대는 맥이 빠진 움직
임으로 서서히 고개를 돌렸다.

머리를 타고 흘러내린 빗물이 마치 눈물 같아 보였다. 그리고 집을
잃은 강아지 같은 애처로운 표정을 본 순간 그만 두근거리고 말았다.

홀로 비를 맞고 있던 사람은 다름 아닌, 로빈에게 수련의 탑에서 검
술의 기본을 가르쳐 주었던 실피시였다.

장마철임에도 실피시의 마음만은 봄이 온 것처럼 화창하기 짝이 없
었다.

그도 그럴 것이 오늘은 아버지와 만나기로 선약이 된 날이기 때문이
다.

그녀의 아버지인 헤이스팅스 백작은 코롬 왕국에 있는 한 명의 공작
을 능가하고 가장 힘이 있는 권력자 중 한 사람으로 손꼽히고 있다.

그가 실피시 말고 그 어떤 아이도 가지지 못했을 때는 주위에서 음모론까지 나돌아다녔을 정도로 많은 관심을 받고 있는 그는 그만큼 맡은 임무와 일이 많기에 그녀가 집에 있을 적에도 일 년에 한 번 제대로 만나지 못했다.

그런데 그런 아버지가 오늘 자신을 직접 만나러 오겠다고 전문을 보낸 것이다.

우선 실피시는 항상 묶어오던 머리를 확 풀어 내렸다. 먼 기억 속에서 그녀의 아버지는 자신의 단정한 생머리를 보며 칭찬해 주었던 기억이 아직도 남아 있었다. 옷 역시 아버지가 좋아하는 색인 청색에 금실로 화려하게 무늬가 새겨진 옷을 입었다. 사치스러움이 느껴졌지만, 이것이 라디언스 신전에 오면서 그녀가 들고 온 유일한 짐이었다.

모든 준비를 마친 실피시의 모습은 전과는 비교도 되지 않을 정도로 아름답게 변모했다. 꾸몄다라는 말보다 다시 태어났다는 말이 더 올바른 표현일 것 같은 그 광경은 여자의 변신은 무죄라는 말을 다시금 실감하게 해줄 정도로 가치가 있었다.

평소 롤 헤어 머리를 하고 다닐 때의 그녀는 어딘지 모르게 쉽게 친해지기 어려울 것 같은 느낌이 감돌았지만, 현재 그녀의 모습은 마치 사랑에 빠진 처녀와도 같이 빛났다. 그 차이는 너무나 커서 동일 인물이라고는 조금도 생각이 들지 못할 정도였다. 그 증거로 그녀가 라디언스 신전을 빠져나가는 동안, 그 누구도 그녀를 알아보지 못했다.

그녀는 약속 시간보다 한 시간이나 일찍 광장에 나왔다. 그리고 혹시 어디 이상한 곳이 없는지, 옷이 주름은 지지 않았는지 등 안절부절못하며 어서 아버지가 오기를 기다렸다.

그녀에게 있어 아버지는 존경하는 스승이자, 자랑이며 마지막으로 자신의 모든 것이나 마찬가지였다. 아버지의 말씀은 그녀에게 있어 언제나 옳았으며 아버지는 정의였다.

실피시가 원하는 것은 언제나 아버지에게 도움이 되는 것뿐, 그리고 아버지가 자랑스러워할 만한 자식이 되는 것이었다.

그리고 지금, 자신의 바람은 틀림없이 이루어진 것이라 믿어 의심치 않았다. 그 증거로 자신을 만나러 오겠다고 이렇게 아버지에게서 연락이 오지 않았는가?

그녀가 입고 있는 옷은 사 년 전, 어머니의 초상화를 보고 그때 옷을 만든 장인이 치수만 그녀에게 맞추어서 똑같이 만든 것이었다. 그리고 언젠가 아버지와 만나는 날 입으려고 마음먹고 있었는데 오늘에서야 이 옷을 입을 수 있게 된 것이다.

일 년, 또 일 년이 지날 때마다 실피시는 자신의 몸이 성장하지 않도록 빌었고 그 기도를 신께서 들어주셨는지 언제부터인가 그녀는 성장을 멈추고 말았다.

"조금 늦으시네."

광장의 시계는 약속 시간에서 한 시간이 넘어서고 있었다. 금방이라도 얼굴을 보일 것 같은 아버지의 모습은 이상하게 보이지 않았다. 그렇게 또 한 시간, 또 한 시간.

시간이 어느새 세 시간을 훌쩍 넘고 있었을 때, 그녀의 밝은 표정과 웃음은 점차 사라지고 고개는 바닥으로 가라앉아 갔다.

다다다다다닥.

마차 소리가 들려왔다. 고개를 돌린 실피시의 얼굴에는 놀랄 정도로 아름다운 미소가 생겨났다. 그 마차는 헤이스팅스 가문의 상징이 그려져 있었다.

이윽고 마차는 멈추고서 문이 열렸다. 터질 것처럼 두근거리는 심장에 얼굴에 열이 오르고 호흡이 거칠어질 것 같아 걱정이 일었다.

마차 안에서 누군가가 나오며 그녀에게 말했다.

"실피시리안 헤이스팅스 아가씨 되십니까?"

처음 보는 남자의 물음에 그녀의 얼굴에서 웃음이 사라져 버렸다.

다른 게 없었다. 늘 반복되는 일상과 똑같았다. 혼자서 맞이하는 생일에 축하한다는 아버지의 편지 한 장. 그것이 일 년에 단 한 번밖에 없는 부녀 간의 커뮤니케이션이었다.

"죄송합니다. 백작님께서 바쁜 일이 생겨서 곧바로 본국으로 돌아가셨습니다. 아가씨께 바로 연락을 드리라는 명이 있었지만, 약간의 문제가 생기는 바람에 늦어지고 말았습니다. 용서해 주십시오."

중년의 남자는 가엾게도 식은땀을 줄줄 흘리고 있었다. 그 역시 그녀에 대한 소문을 들었으리라.

그뿐만이 아니다. 그녀들을 수호신이라고 환호하는 사람들. 그들이 자신들을 바라보는 눈동자의 겉은 존경과 경외라는 감정으로 색칠되어 있는지 몰라도 그 안에는 모두 공포와 안도가 숨겨져 있었다. 그 모습이 너무나 역겨워 견딜 수가 없었다.

"아니요. 괜찮습니다. 보나마나 아버님께서 제대로 약속 장소도 가르쳐 주지 않으신 거겠지요. 그다지 변하지 않은 것 같아서 오히려 기쁘네요. 말도 많이 지쳐 있군요. 아마 신성왕국 전 지역을 돌아다녔을 텐데 가서 쉬도록 하세요."

"기쁘시다는 그 말씀 제가 꼭 백작님께 전해 드리겠습니다. 아아, 백작님께서 이렇게 훌륭한 따님을 두셔서 부러울 것이 없겠군요. 허허허."

사내는 죽었다가 살아난 사람처럼 기뻐하며 부리나케 도망치듯 저 도로 너머로 사라져 갔다. 그 후로 몇 시간이나 흘렀지만, 그녀는 미동도 없이 그 자리에 가만히 서 있었다.

"비가 올 것… 같네. 어서 돌아가지 않으면… 젖겠어."

맑은 하늘의 저편에서 검은 먹구름이 몰려오고 있었다. 서둘러 달려가도 어쩌지 못할 정도로 먹구름은 빨리 몰려왔지만, 그녀의 걸음은 거북이보다 훨씬 더 느렸다.

툭. 툭. 쏴아아아아!

소나기가 내리기 시작하자 주위 사람들의 움직임이 모두 빨라졌지만, 유독 그녀만은 더욱 느려져 가더니 결국 제자리에서 한 걸음도 움직이지 못했다.

"아버님께 말을 한다고 했어. 그런데……."

빗물이 얼굴을 타고 바닥으로 떨어졌다. 하지만 그중에서 유난히 성분이 다른 두 개의 물방울이 바닥으로 떨어졌다.

"기쁠 리가… 없잖아."

두 종류의 액체가 그녀의 발밑에서 섞이며 땅으로 흡수되어 갔다.

왜 모두 자신을 두고 떠나려는 것일까? 왜 아무도 내게는 다가오려고 하지 않는 것인가?

그때, 비가 내리는 것이 멈추었다. 아니, 무언가가 비를 가로막고 있는 것이다. 그것의 정체를 확인하려고 고개를 돌리자 한번 본 적이 있는 남자가 자신을 걱정스럽게 지켜보고 있었다.

"혹시, 나 기억하겠어? 뭐 하는 거야? 감기 들려고 작정했어?"

없다. 모든 이의 눈 속에 존재하는 거리감이. 상대를 무서워하고 시체를 바라보는 것처럼 무기력한 빛이 이 두 눈에는 전혀 존재하지 않는다.

실피시는 거의 본능적으로 손을 뻗어 로빈의 어깨를 움켜잡았다.

"흑, 흑, 으아, 으아아앙!"

그리고 마치 어린아이처럼 소리 내어 울음을 터뜨리고 말았다.

수증기가 맺힌 천장에서 물방울이 또옥또옥 아래로 떨어져 내렸다.

첨벙.

뜨거운 물이 가득 찬 작은 나무 욕조 안에서 가만히 있던 실피시는 거칠게 손으로 물을 퍼서 얼굴을 식혔다.

'미쳤어. 내가 어쩌자고 그런 남자를 잡고 울어버린 거야.'

좀 전의 일이 후회막심이긴 하나 이미 지나 버린 일 어쩌겠는가? 거기에 그녀는 그만 손을 잡고 이끄는 힘에 거절 한번 못하고 주인을 따라가는 강아지처럼 졸졸 따라와 이곳에서 목욕까지 하게 되었다.

'평정심, 평정심을 유지해, 실피시.'

커다랗게 호흡을 두 번. 모자라는 것 같아서 다시 두 번 내쉰 실피시는 통 속에서 빠져나왔다.

탈칵.

문이 열리는 소리가 들리면서 안에서 따뜻한 물로 몸을 씻고 마른 실내용 드레스로 갈아입은 실피시가 모습을 드러냈다.

옅은 홍조를 머금은 채 아직 마르지 못한 물기로 젖어 있는 그녀의 모습은 일반 남성의 시선으로 본다면 이성을 잃게 만들 정도로 매력적이었지만, 로빈은 의외로 덤덤히 그녀를 바라보며 말했다.

"우리들이 쓰는 욕실을 쓰게 해서 미안해."

"아뇨. 씻게 해주신 것도 모자라 수고스럽게 보초까지 서주시다니,

그 호의에 감사드리겠습니다, 로빈."

"아하하, 저번 같은 일이 있으면 정말 곤란하니깐 말이야."

로빈이 그렇게 대꾸하자 안 그래도 막 목욕을 하고 나온 실피시의 얼굴이 뜨겁게 달아올랐다. 저번 같은 일이라면, 피치 못할 사정으로 그만 자신의 알몸을 그대로 보인 바로 그것을 뜻하리라. 사정이야 어쨌든 결국 여장을 한 채 그녀를 속인 것은 자신이므로 어딘가 늦은 시간 음습한 골목에서 자주 출몰한다는 바바리맨과 동격으로 보아도 할 말 없는 로빈이었다.

그만 자신이 말실수했음을 깨달은 로빈은 얼른 화제를 돌리기로 했다.

"앗차, 그러고 보니 체격도 비슷하고 해서 내가 입는 옷을 가져왔는데. 어때? 일단 지금 입고 온 옷을 말리고 있으니까 잠시만 참아줘."

"네? 저기 이건, 여자 옷인 것 같습니다만."

로빈이 짓궂은 미소를 지어 보이자 그녀는 로빈이 무척 귀여워 보인다는 생각이 들었다. 그날 본 남성의 상징은 충분히 어른일지 몰라도.

"케미 아줌마에게 이야기 못 들었어? 내가 하는 일에 대해서."

"호스트라고 들었습니다. 저 그런데 케미 아줌마라는 호칭은 좀……."

"괜찮아. 원래 호칭이나 존댓말은 정말 자신이 존경하는 사람들에게만 쓰면 되는 거라고 말한 사람이 바로 케미 아줌마. 난 손님의 기호에 맞게 활동해 줄 의무가 있어. 그게 바로 프로라는 거니깐. 거기에 네가 아줌마의 일을 대신하기 위해 왔으니 이제 상관은 없을 거 아냐."

실피시는 깜짝 놀라면서 말했다.

"어, 어떻게 당신이 그 기밀을?"

잠시 놀랐으나 생각을 해보니 그리 놀랄 만한 일이 아님을 깨달았다. 좀 전에 만난 아버지의 가신도 자신에 대해서 아는 눈치였는데, 왈큐레 중 세 사람으로부터 신뢰를 받고 있는 그가 모를 리가 없었다.

"응? 들었거든. 케미 아줌마나 레이티아는 이곳에 자주 오니깐. 씨드는 와도 이야기 한번 제대로 안 하지만."

로빈의 말을 전적으로 믿을 수 없지만, 지금껏 그에 대한 케미의 행동으로 보아 거짓말이라고는 하기 힘들었다. 전례로 그녀는 눈앞의 로빈이라는 남자를 위해 수련의 탑에조차 출입을 허락했으며 이곳에 자주 만난다는 사실은 방금에도 또 확인할 수 있었다.

"그런데 그것도 기밀이었어? 하아, 나참. 그거 알아? 만약 방금 같은 사실을 안다는 것만으로 목이 날아간다면 난 벌써 백번도 더 죽었다는 것을. 최소한 나는 케미나 레이티아가 정치에 참여 안 하는 것에 감사하고 있어. 만약 그랬다면 정말 나는 끌려가서 목이 베일지도 모르니깐 말이야."

로빈 딴에는 농담을 한 것 같지만, 방금 로빈의 말이 나타내는 심각성을 깨달은 실피시는 차마 웃음이 생겨나지 않았다.

그때 한 가지 의문이 생긴다.

만일 방금 그의 말이 모두 진실이라면, 도대체 무엇 때문에 케미는 이런 평범한 남자에게 기밀을 들려줄 정도로 신뢰하고 있느냐는 것이다.

"그런데 언제까지 그렇게 존댓말을 계속 쓸 거야?"

"……?"

무슨 말인지 이해를 못한 그녀가 아무 말을 하지 않자 로빈은 무안한지 검지손가락으로 볼을 긁었다.

“수련의 탑에서 함께 친구처럼 지내자고 약속했잖아. 그 약속은 여장을 하고 있었을 때 이야기라서 무효인 건가?”

“아!”

그제야 알겠다는 듯이 작게 소리를 외쳤다. 비록 호의는 고마우나 가벼운 말투가 그리 마음에 들지 않았었는데 알고 보니 그때의 약속을 기억하고 있었던 모양이다.

“뭐, 마음에 들지 않으면 어쩔 수 없지. 결과적으로 명백히 속인 데다가 거기에 그런 추한 모습까지 보이고 말았으니 있던 정도 떨어질 만해.”

점점 힘이 빠지는 목소리로 중얼거리자 실피시는 당황하며 고개를 저었다.

“아, 아니요. 절대 그렇지 않습니다.”

“그러면서 또 존댓말이잖아. 결국 나같이 노출광에 사기꾼과는 친구가 될 수 없다는 거지?”

“그런 게 아닙니… 아니… 야.”

결국 존대를 그만둔 실피시는 불만 가득한 표정을 하고 있었다.

“큭, 푸흡!”

“웃지… 마. 하아, 정말, 좀 마음의 여유를 가지게 해주면 안 되는 거야? 그리고 나는 이런 말투가 익숙하지 않단 말이야. 이제부터는 원래대로 말할 거야.”

쑥스러운 건지, 부끄러운 건지 알 수 없는 표정을 지으며 땀을 훔쳤다. 로빈은 그 모습에 귀엽다고 칭찬하자 새빨개진 얼굴로 실피시는 바보 같은 소리 말라고 외쳤다.

그때 문밖에서 소리가 들려왔다.

“로빈, 뭐 하고 있는 거니? 너 차례가 다가온단 말이야. 빨리 옷 갈아입고 준비해서 나와.”

“앗차!”

로빈은 얼른 탈의실로 들어갔고 그 뒤로 요란한 소리가 들려왔다. 겨우 옷 하나 갈아입는 것 가지고 왜 저렇게 소란이 일어나는지 알 수 없었지만, 아무튼 곧 문이 열리고 로빈이 다시 모습을 드러냈다.

“짜잔, 나 어때? 예뻐?”

손가락을 볼에 갖다 대고 윙크를 하는 미녀의 모습에 실피시는 솔직한 의문을 표했다.

“누구… 세요?”

로미오 하우스는 평범한 호스트바가 아니었다.

다른 나라에서 흔히 찾아볼 수 있는 퇴폐적인 곳과는 달리 여기는 어디까지나 순수한 만남의 장과 문화의 장을 융합시킨 형태를 가지고 있었다.

똑바로 말하자면, 최소한 이렇게 하지 않는 이상은 이 신성왕국에서 영업 허가 자체가 나오지 않았기에 별수없었지만, 고풍스럽고 사치스러우며 또한 홀 자체가 하나의 박물관이자 미술관 또한 오페라 하우스가 통합되어 져 있는 것 같을 정도로 수준 높은 문화가 어울려지고 있는 이곳 분위기는 이미 타국에까지 널리 알려질 정도로 유명세를 타고 있었다.

실피시는 2층의 난관에 서서 로빈의 공연을 바라보며 그가 부르는 노래를 듣고 있었다.

스스로 가성(假聲)의 달인이라고 자부하더니 그 말마따나 성가대의 합창에 견주어도 결코 뒤지지 않을 정도의 아름다운 목소리로 대중의 혼을 빨아들이고 있었다.

신성왕국 내에서도 딱 한 곳밖에 존재하지 않는 호스트바라고 하더니 용케 이 신성한 땅에서 영업을 할 수 있을 정도로 높은 문화적 수준을 보였다.

"하지만 설마 베일에 가려진 화이트 로즈가 바로 그였다니. 믿을 수 없어."

그녀 또한 얼마 전 장미 축제 기간에 모습을 나타내었던 화이트 로즈를 멀리서나마 보았던 사람 중 한 명이었다.

바람에 나풀거리는 새 하얀 머리와 그 아름다운 미소는 진정 인간이라는 생각이 들지 않을 정도로 아름다운 사람이라고 감탄했었는데, 그녀가 바로 로빈이었다니.

두 눈으로 직접 보고도 믿어지지가 않았다.

화이트 로즈의 자리는 곧 대륙 최고의 미인으로 인정받는 것과도 같았다. 아름다우면서 착하고 자상하며 기품있는 화이트 로즈의 칭호를 가지기 위해 매해 수만 명의 인파가 몰려들며, 신성왕국 사람들에게 있어서 화이트 로즈란 안식 그 자체였다.

만약 이 사실이 알려진다면…….

생각해 보고 자시고도 없이 참혹한 결과에 절로 몸이 떨려왔다. 단순히 자살 소동이나 폭도(暴徒) 같은 소란으로 끝나면 다행일 것이다.

"신비한 아이지? 눈을 떼기가 힘들 정도로."

잠시 다른 생각을 하느라 정신이 팔려 있을 때, 듬직한 몸매의 한 중년 여성이 말을 걸며 다가왔다.

"아, 저기."

"그렇게 경계할 필요는 없어. 굳이 나에 대해서 소개하자면, 아가씨의 옷을 빨아서 말린 사람 정도로만 기억해 주면 돼."

중년 여성은 곱게 접은 실피시의 옷을 건네주었다.

"죄송합니다. 괜히 저 때문에 수고를 끼치게 해드려서. 제 이름은 실피시리안이라고 합니다."

"사람들은 나를 빅마마라고 부르지. 일단은 이곳의 관리인 직을 맡고 있지만, 실은 철부지 녀석들의 잔소리꾼 정도일 뿐이야. 만나서 반가워."

빅마마가 손을 내밀어 악수를 청하자 실피시는 예의 바르게 인사를 받았다.

"귀한 천으로 만들어진 옷이더군. 고생을 하긴 했지만 그만큼 신경을 썼으니 걱정 마."

"정말 감사드립니다. 어떻게 이 은혜를 갚을지."

"뭐, 곧 왈큐레가 되실 분께 미리 투자를 한 셈 정도 치지. 아아, 그렇게 걱정스러운 얼굴은 하지 마. 로빈 아가가 입을 멋대로 놀린 게 아니라 예전에 케미님께 아가씨에 대해서 약간 이야기를 들었을 뿐이니깐. 곧 아가씨를 로빈 아가와 내게 정식으로 소개시켜 주겠다고."

악수를 나눈 빅마마는 실피시의 옆으로 가서 난간에 기대며 무대가 있는 곳으로 시선을 옮기며 말했다.

"어때, 저 아이는? 재밌는 녀석이지?"

"재미있다고 해야 할지 놀랍다고 해야 할지."

그 짧은 말 속에서도 로빈에 대한 그녀의 평가가 얼마나 복잡한지를 절실히 느낄 수 있었다.

“정확히 말을 한다면 대단한 녀석이라는 표현이 옳겠지. 다른 것은 다 제쳐 두고도 벌써 내가 아는 왈큐레만 세 명을 울린 녀석이니까 말이야. 아무튼 여자 울리는 데 도가 튼 녀석이야.”

“그, 그게 아니라……. 네? 방금 뭐라고?”

울렸다는 말에 실피시는 부끄러워서 고개를 들지도 못하다가 곧바로 되물었다.

“그러니까… 보자, 첫 번째가 레이티아님이셨고, 두 번째가 씨드님, 그리고 세 번째가 자네로군. 아직 왈큐레가 된 것은 아니지만 확정이 된 거나 마찬가지이니 이의는 없지?”

그녀는 그런 것보다 케미와 자신 말고도 다른 왈큐레가 로빈과 인연이 있다는 말에 더욱 놀랐다.

“저… 빅마마, 하나 여쭈어봐도 되겠습니까?”

얼마든지라고 두 손을 펼치며 권유하는 빅마마를 향해 심호흡을 하고, 며칠 전 그와의 첫 만남에서 오늘에 이르기까지 자신의 감정을 마구 흔들어놓고 있는 자에 대해 질문했다.

“도대체 그는 누구죠?”

마치, 그런 질문을 할 것을 미리 알고 있었다는 듯이 빅마마의 이야기는 시작되었다.

빅마마는 라이드 상회의 사람이었다. 라이드 상회는 미들랜드 왕국에서도 1, 2위를 다투는 유명한 상회라 실피시도 잘 알고 있었다.

그녀도 로빈에 대해서는 완전히 알지 못한다고 말했다. 로빈과의 만남은 빅마마가 모시고 있는 라이드 상회의 총수 마리아 아가씨로부터 한 아이를 인재로 만들어달라는 부탁을 받아들이면서부터 시작되었다.

그렇게 로빈과 만난 일주일 후. 결국 빅마마는 인정할 수밖에 없었다. 이 세상에는 속칭 '천재'라 칭해지는 인간이 존재하고 있음을.

"나는 항상 이렇게 생각해 왔지. 하나의 뛰어난 재능을 가진 이는 그만큼 부족한 부분을 갖게 된다고. 즉, 이 세상에 완벽한 인간은 존재하지 않는다고 말이야. 하지만 아무리 찾아보려 해도 저 아이에게는 그런 부분이 없었어. 속칭 완전무결한 인간이었지. 하나를 가르치면 열을 깨닫는데, 나는 자신의 부족함을 느끼고 곧장 이곳 그랜드 펠릭스에 입학을 시켰지. 그 결과 입학한 지 단 한 달 만에 수석을 차지했지. 모든 상급생들을 제치고 말이야. 이거 영 다른 이야기를 하고 말았군."

"아니요, 어느 정도 그에 대해서 아는 데 도움이 되었습니다."

빅마마가 근처에 있는 어린 미동(美童)에게 손짓을 하자, 웨이터 복을 입은 미동은 금방 크리스탈 물잔에 물을 담아서 가지고 왔다. 단숨에 잔을 비운 빅마마의 이야기는 계속되었다.

"로빈 아가는 사실 기억상실증을 앓고 있단다."

"기억상실증이요?"

생소한 병명에 그게 무엇인지 되묻자 빅마마는 알 수 없는 사정으로 인해 기억을 전부, 혹은 부분적으로 잃게 되는 것이라고 말했다.

"그래서인지, 저 녀석은 절대 먼저 남이 싫어하는 일을 하거나 남을 미워하지 않아. 아니, 오히려 약간이라도 인연이 생겨나면 어떻게 해서든 가까워지려고 필사적으로 몸부림치고 노력하지. 그 모습을 보고 있으면 마치 자신을 버리지 말아달라고 낑낑대는 강아지 같아서 불쌍하게 느껴질 때가 종종 있어."

남과 가까워지려고 필사적으로 몸부림치고 노력하지.

자신을 버리지 말아달라고 낑낑대는 강아지 같아서……

그 두 마디가 머리 속에서 벗어나지가 않았다.

그러고 보니 과거 케미는 자신에게 말했다. 로빈을 꼭 소개시켜 주겠다고. 분명 같이 잘 어울릴 수 있겠다고.

그때는 그 말의 의미를 깨달을 수 없었지만, 지금 빅마마로부터 들은 이야기와 오늘 있었던 일들을 합치자 그 이유를 알 수 있었다.

"닮… 았어."

그랬다.

옆에 있고 보는 것만으로도 편안하고, 안정되는 기분이 느껴졌던 까닭.

그것은 거울을 보며 자신의 모습에 자신감을 가지는 것 같은 느낌이고, 그것은 같은 병을 지닌 사람들이 모여 서로의 처지를 이해하는 것 같은 느낌이었다.

그는 너무나도 자신과 닮아 있었다.

믿고 의지할 만한 친구, 함께 오랫동안 서로를 쳐다보며 정을 키워 온 가족, 일심동체가 되어 서로의 마음을 이해해 주는 연인. 이런 인연을 단 한 번도 겪어보지 못한 그녀들이기에 로빈의 존재는 그런 인연을 모두 초월한 신뢰와 믿음, 그리고 정을 느끼게 된 것이다.

실피시는 못생긴 오리인 줄 알고 핍박받고 자라난 아기 백조가 성장한 뒤 자신과 닮은 다른 백조들과 만났을 때 느낀 그 기쁨을 알 수 있을 것 같았다.

욱씬욱씬.

두통이라는 게 이렇게 짜증나는 것일 줄이야.

이 년 동안 감기 한번 걸려본 적이 없는 로빈은 수업을 받던 도중 컨디션이 견디기 힘들 정도로 좋지 않음을 깨닫고 조퇴서를 내고 집으로 돌아왔다.

정오쯤이라 유곽촌 주위는 고요할 정도로 잠잠했다. 평소에는 한참 시끄러울 때 잠이 들지만, 가끔씩은 고요함도 나쁘지 않다고 생각하며 딱딱한 침대에 몸을 눕혔다.

단순히 컨디션이 안 좋은 것인지 아니면 어디 아픈 곳이 있는 건지, 삼 일 밤낮을 꼬박 새어도 지칠 줄 모르던 육체는 눕자마자 잠에 빠져 버렸다.

잠이 들자 최근에 계속 그러하듯 또다시 새로운 긴 꿈이 눈앞에 펼쳐졌다.

그 끝은 언제나 자신의 죽음. 하지만 그 후에는 또 새로운 이의 꿈이 나타났다.

"형, 로빈 형! 빨리 일어나 봐!"

매일같이 반복되는 꿈에 선잠이 들었던 로빈은 다급히 자신을 깨우는 기척을 느꼈다.

"응? 톰, 무슨 일이니?"

톰은 유곽촌 출신의 소년 중 한 명으로 주로 호객 행위를 맡고 있는 아이였다. 무언가 큰일이 벌어졌는지 소년은 다급한 모습으로 로빈에게 말했다.

"나도 잘 모르겠어. 큰 싸움이 난 것 같은데, 누나들이 형이 오지 않으면 해결이 안 된다면서 빨리 데리고 와야 한다고 성화야."

로빈은 그 말에 부스스한 머리와 얼굴도 신경 쓰지 않고 곧장 소년을 따라 밖으로 나갔다.

큰 싸움이라. 무슨 일이 생긴 것일까?

로빈은 싸움이라는 말을 듣자 얼마 전, 자신에게 치근거리던 한 버르장머리가 없는 청년을 혼내주었던 일이 기억났지만 이내 고개를 저었다.

누가 잘못을 하고 벌을 받아야 하는지 명백하게 가려져 있는 데에도 불구하고, 쓸데없이 나설 정도로 멍청한 인간은 이 세상에 그 누구도 없을 터(하지만 그때 그 하늘 높은 줄 모르는 남자라면 가능할 것 같다는 생각도 들었다).

그럼 혹, 누군가가 말썽을 피워서 자신보고 해결해 달라고 부른 게 아닐까 하고 생각했지만 그것 역시 아닐 확률이 매우 높았다.

유곽촌 내에서 다툼이 벌어지거나 주정뱅이가 소란을 일으키는 것은 흔한 일이다.

그런 손님들로부터 일대의 평화와 원활한 유통의 흐름을 방해받지 않게, 일명 해결사들이 존재하는데 지금까지 그들이 일을 잘 처리해 왔다.

웅성웅성웅성!

정말 큰일이 벌어졌는지 장사를 해야 할 시간에 주민들이 모두 밖으로 나와 있었고, 보통 문제가 벌어진 곳에서 중재자 역할을 하는 페트는 발을 동동 굴리며 로빈을 기다리고 있었다.

"로빈! 여기야, 여기."

페트도 로빈을 보았는지 이름을 부르며 손을 크게 흔들었다.

"큰일이라니요?"

"말도 마. 이번 일은 이곳 유곽촌이 통째로 사라져 버릴지도 모르는 위기야."

그런 위기는 이제껏 단 한 번이라도 존재한 역사가 없었기에 로빈은 긴장했다.

"자자, 비켜요! 빨리 비켜요!"

페트는 그 가녀린 몸으로 어디에서 힘이 솟아나는지 앞에서 길을 막고 있는 구경꾼들을 뚫고 그 안으로 로빈을 밀어 넣었다.

"로빈, 너만이 이 위기에서 우리들을 구해줄 수 있다는 것을 잊지 마. 제발 부탁해."

사정도 영문도 모르고 그 손길에 구경꾼들의 중심으로 들어간 로빈은 뜻밖의 인물을 그곳에서 보고 말았다.

"레이티아."

그녀의 이름을 부르는 로빈의 눈살이 찌푸려졌다.

최근 그녀와 만나지 못한 날 동안 그녀에게 무슨 일이 있었기에 이렇게 변해 버린 것일까? 얼마나 굶었는지 몸은 앙상하게 뼈만 남아 있었고 태양처럼 강하고 아름답게 빛나던 그 모습은 건드리기만 해도 부러질 것처럼 약해 보였다.

화가 났다. 너를 그렇게 만든 이가 도대체 누구냐고 당장 외치고 싶었다. 하지만 그것은 그녀가 바라지 않기에 로빈은 의문과 함께 화를 집어삼켰다.

"로빈."

약해 빠진 목소리로 그녀가 로빈의 이름을 불렀다.

"그래, 나야. 레이티아."

레이티아의 얼굴은 눈물만 흘리고 있지 않을 뿐, 울고 있었다. 그녀가 이토록 도움을 원하는데 주위 사람들은 하나같이 두려워하거나 신기한 동물을 바라보는 것 같은 눈을 하고 있었다. 그것이 너무 화가 나서 견딜 수가 없었다.

"로빈, 미안. 하지만 나 죽고 싶을 정도로 보고 싶어서… 미안, 정말 미안해."

언젠가 로빈은 레이티아와 약속을 한 적이 있었다.

'알겠지? 무슨 일이 있더라도 너는 이곳에 와서는 안 돼. 설령 네가 왔더라도 나는 모른 척할 거야. 알겠어?

'…정말 안 돼?'

'그래.'

'…진짜진짜 안 돼?'

'어.'

'…죽고 싶을 정도로 보고 싶어도 오면 안 돼?'

이 눈치코치없는 아가씨가 이런 곳에 오게 된다면 무슨 일이 벌어질지 몰라 걱정이 되어서 정한 약속이지만, 끝내 마지막 애처로운 표정에 로빈은 지고 말았다.

레이티아는 한번 한 약속은 꼭 지키는 사람이었다. 그 뒤로 레이티아는 더욱 로빈과 자주 만났지만, 단 한 번도 유곽에 온 적이 없었다.

페트가 얼마나 놀랬을까?

불의 왈큐레인 그녀가 이런 더럽고 천한 곳에 잠시라도 있었다는 사실이—신관들 입장에서—만약 라디언스 교단에 알려지기라도 하게 되면, 이곳의 주민들은 사람들이 던지는 돌멩이를 맞으며 추방당하는 일이 생길 수도 있었다.

로빈은 자신이 어떻게 해야 할지 선뜻 정할 수 없었다.

이곳에서 그녀에게 무슨 일이 있었는지 짐작하는 것은 그리 어려운 일이 아니었다.

레이티아의 발밑으로는 아홉 명 의 사내들이 쓰러져 있었고 하나도 빠짐없이 손이나 발이 기괴하게 뒤틀려 있었다. 아마도 그녀의 충고를 무시하고 접근했다가 이런 꼴이 되었을 것이다.

레이티아, 그리고 유곽의 식구들. 둘 중 그 누구도 포기할 수 없는 로빈은 우선 빨리 이 자리를 벗어나기로 했다.

다행히 그녀의 초췌한 모습은 그저 허약해 보이는 미녀에 불과했기에 그녀를 알아본 사람이 없기만을 바랄 뿐이었다.

"일단 들어와. 좁고 더럽기는 하지만, 여기가 일단 내 집이야."

좀 전, 톰이라는 이름의 소년이 로빈을 깨우러 들어왔다가 밝혀놓았던 불이 여전히 남아 있었기에 어둡지는 않았다.

집 안에 있는 가구라고는 딱딱한 침대 하나뿐이라 로빈은 이불을 치우고 자리를 만들어주려 했다.

"……!!"

레이티아는 로빈의 등으로 몸을 붙이며 로빈의 이름을 반복해서 불렀다.

"로빈. 로빈."

등에 닿은 레이티아의 팔은 미세하게 떨고 있었다.

"무슨 일이야. 나한테 설명하기 힘든 일이야?"

이런 모습은 그가 알고 있는 레이티아의 모습이 아니었다. 도대체 이 순진무구하고 착하기만 한 아가씨에게 무슨 일이 생겼던 걸까?

"난 다투기 싫은데 다들 날 미워해. 난, 난 정말 싸우기 싫은데, 다들 나와 싸우려고 그래. 난 어떻게 해야 하는 거야? 왜 다들 나를 공격하려는 거야?"

울먹이는 그녀의 목소리는 그녀가 지금 얼마나 힘들고 혼란한 상태인지 알 것 같았다. 로빈은 등을 돌려서 두 손을 그녀의 어깨에 올렸다.

"레티, 괜찮아. 네가 뭐 때문에 이렇게 아파하고 혼란스러워하는지 말해 주지 않는 이상 나는 알 수가 없어. 나라는 인간은 너에 비하면 작고 초라하고 보잘것없는 존재니깐."

"그렇지 않아! 나는 절대 그런 생각을 한 적이 없단 말이야! 너마저 그런 식으로 떠나가면 내겐 아무도 남지 않는단 말이야!"

방금 로빈의 어떤 말이 그녀의 심경을 잘못 건드린 듯 레이티아는 로빈의 손을 뿌리치며 자신의 두 손으로 귀를 막고 크게 외쳤다.

"왜 넌 혼자라는 그런 못난 생각을 하는 거야?"

"케미 언니도 날 버렸단 말이야. 내가 꼴 보기 싫어진 게 분명해. 이젠 로빈을 제외하면 내겐 아무도 없어. 로빈, 너만은 날 버리지 않을 거지? 계속 이렇게 내 옆에 있어줄 거지? 나 뭐든지 할 테니까. 로빈이 원하는 건 뭐든지 할 테니까 제발 버리지 말아줘."

이 자식, 방금 자기가 한 말 중에 얼마나 위험한 대사가 들어 있는지 알고 의도적으로 한 것일까?

잠시 딴생각이 들었지만 그녀의 눈에서 흘러내리는 눈물이 로빈의 마음에 평정을 되찾게 해주었다.

"이야기를 들어줘, 레티."

단호하지도, 상냥하지도 않은 그 중간 정도의 말투로 로빈은 진지하게 말했다.

"분명히 너는 대단해. 하지만 나는 맹세코 너를 무서워하거나 피하려 해본 적이 없어. 오히려 나를 피했던 건 너였잖아."

어른께 야단을 맞는 어린아이처럼 레이티아는 바짝 긴장하며 바닥만 쳐다보고 있었다. 그리고 언제 울음을 터뜨릴지 모를 것 같은 모습은 얼른 위로해 달라고 재촉하는 듯이 보였다.

로빈은 아주 천천히 레이티아를 끌어안았지만 달리 반항은 없었다. 한 손은 등에 한 손은 머리에 올린 로빈은 위에서 아래로 부드럽게 쓰다듬어 주었다.

"난 지금까지 내색을 한 적은 없었지만, 너와 만났던 날은 하루하루가 즐거웠어. 하지만 가장 즐거웠던 것은 어떤 일이 생길 때마다 나에게 와서 이야기를 들려주고 함께 의논하고 고민할 때였어."

지금 스스로 귀를 막은 이 어린양에게는 위선적인 위로나 호통은 전혀 들리지 않을 것이다. 그렇기에 로빈은 그저 자신이 느낀 사실을 말했다.

"난 답을 내줄 수는 없고 단순히 들어주기밖에 못하는 녀석이야. 그래서 너의 고민을 알게 되면 될수록 더욱 기뻤지. 하지만 이번은 아니잖아. 역시 내가 믿음직스럽지 못하기 때문이야?"

"아냐! 그런 게 아니야! 난 그저……."

그것으로 충분했다. 그 한마디가 듣고 싶었다.

로빈은 쓰다듬던 팔을 풀고 약간 떨어져 레이티아와 정면으로 눈을 마주했다. 일만의 군대도 어찌 못할 그 존재가 지금은 단 한 명의 소녀가 되어 있었다.

"미안해. 난 그럴 마음이 없는데. 로빈을 만나는 게 무서웠어. 내겐 로빈밖에 안 남았다고 생각하니, 무서웠어."

"알아. 네 잘못이 아니야."

"변명일지 몰라도 난……."

"더 이상 말하지 마. 변명도, 네 잘못도 아니야, 레티. 무슨 일이 너를 그렇게 괴롭히는지 나는 몰라. 하지만 이것만은 나는 알 수 있어. 네가 잘못한 것이 아니야."

"흑, 흐윽. 으아아앙!"

레이티아는 어쩌면 이 말을 듣고 싶었던 것일지도 모른다.

자신의 잘못도 아닌 죄책감은 그녀를 구속했고 이런 몰골이 될 정도로 괴롭혔다.

로빈은 울면서 자신에게 안긴 레이티아를 달래주는 동안 과거 술에 취한 케미가 했던 말이 기억났다.

그녀의 말에 의하면 레이티아는 물론 왈큐레들은 대부분 고아 출신이라고 했다.

그녀들은 아주 어린 시절부터 왈큐레가 되기 위한 훈련을 받으며 자라왔기 때문에, 할 줄 아는 것이라고는 그저 싸우는 것밖에 모른다고 했다. 시계 안에 들어 있는 한 가지 일밖에 하지 못하는 태엽처럼 말이다.

그리고 케미는 덧붙였다.

"왈큐레가 되는 것은 자신을 잃게 되는 거야. 네 명의 소녀들은 밑바닥에서 가장 높은 자리로 올라가는 대가로 많은 것을 지불해야 하지. 혹시 그거 아니? 끝없이 무기력한 눈동자를? 그것은 정말 역겹기 짝이 없는 썩은 눈이야. 저 사람이 우리를 지켜줄 거야. 저 존재가 우리를 구원해 줄 거야. 저 힘만 계속 내려오면 우리들은 영원히 평화롭게 살 수 있을 거야. 이런 나조차도 솔직히 말해 몇 번이나 죽고 싶었지. 하지만 국가의 입장에서 볼 때, 겨우 우리 네 명이 고통당하는 것만으로 수십만 명이 걱정없이 살 수 있으니 완전히 남는 장사 아니겠어? 이런 생각을 하는 내가 잘못된 건지, 아니면 다수를 위한 소수의 희생이 당연한 건지 잘 모르겠지만."

무엇이 옳은지는 알 수 없다. 이 세상에 완벽한 답이란 존재하지 않으니까.

하지만, 아무리 용을 써도 어찌할 수 없는 이 세상을 뒤흔들 만한 힘을 갖게 된다면, 로빈은 여러 사람보다 소수의 소중한 사람들을 위해 쓰고 싶다고 생각했다.

"로빈, 우선 멈추고 진정해 봐."

"저리 비켜. 다치기 전에."

분노가 한계에 달한 로빈의 두 눈에는 아무도 보이지 않았다.

로미오 하우스에서 경비를 맡고 있는 덩치 좋은 남자의 멱살을 잡은 로빈은 중력의 영향을 전혀 받지 않는 듯이 가볍게 뒤로 던졌다.

경악스러운 광경에 마지막 길을 막고 있던 두 동료는 그만 바닥에 주저앉고 말았고 로빈은 더 이상의 방해 없이 문을 활짝 열 수 있었다.

그러자 안에서부터 강한 술 냄새가 화악 풍겨져 나왔다.

"응, 왔니? 그 모습 보아하니 레이티아랑 만난 것 같구나, 로빈. 그 애는 지금 뭐 하고 있니?"

"잠에 드는 것을 보고 곧바로 이곳으로 왔습니다."

방 안에는 케미가 술에 취해 소파에 기대어 누워 있었다. 보자마자 멱살을 잡고 언성을 높이려 했던 로빈은 맞은편에 앉아서 진지하게 말했다.

"전부 말해요. 레이티아에게 무슨 일이 있었는지, 뭣 때문에 저렇게 괴로워하는지 하나도 빠짐없이 모두."

　실종되었던 레이티아가 다시 나타났다는 말에 케미는 안도했다. 그 모습을 본 로빈은 자신도 모르게 화가 한 꺼풀 식었다.

　케미는 지금껏 있었던 이야기를 말하기 전에 우선 레이티아와 네메시스 두 사람의 과거 이야기를 하기 시작했다. 현재 물과 불처럼 섞이지 못하는 두 사람의 이야기를.

　"두 사람은 함께 신전 고아원에 들어왔단다. 라디언스 신전에서는 고아 중에서도 뛰어난 아이를 선별해 데리고 와서 신관으로 키우는데, 그 해는 유난히도 뛰어난 재능과 자질을 지닌 두 명의 소녀가 들어왔지. 그게 바로 레이티아와 네메시스였어."

　옛 기억을 떠올렸는지 작은 미소가 케미의 입가에 걸렸다.

　"정말 재미있는 아이들이었어. 처음 두 아이는 외모만 다를 뿐, 성격도 하는 짓도 전부 비슷해서 친자매처럼 친했고 사람들은 언제나 그 두 아이를 보며 미소를 지었었지. 하지만 그 아이들이 그렇게 친해진 데에는 아무도 신경 쓰지 못한 공통점이 있었어."

　"공통점이라면?"

　더 이상 비밀을 없기로 하였는지 그녀는 곧바로 대답했다.

　"부모가 아이들을 팔았더군. 단, 레이티아의 경우는 가족이 너무 많아서 어쩔 수 없는 선택이었던 것 같은 데 비해 네메시스는 약간 좋지 않은 일을 겪었지. 친아버지가 어린 그녀를 겁탈하려고 했다가 어머니가 딸을 질투해서 몰래 노예 상인에게 팔아버렸는데 운 좋게 팔라딘에 의해서 구원을 받았다고 들었어."

　독한 브랜디를 다시 한 모금 마셨다.

　"하지만 성장하면서 두 아이의 성격은 약간씩 변하기 시작했어. 애초에 출신도 태생도 다른 두 아이가 그렇게 비슷했던 게 이상했지.

그래도 사이좋은 아이들이었는데, 두 사람을 갈라 버리게 된 결정적인 일이 벌어졌지. 그것이 바로 왈큐레. 너도 알다시피 레이티아는 바보라서 욕심이 없어. 그에 비해 네메시스의 그 작은 몸 안에는 복수심이라는 괴물이 꿈틀거렸지. 하루라도 빨리 출세해서 부모에게 복수하겠다라고. 그녀의 꿈을 이룰 수 있는 것이 바로 왈큐레라는 존재였지만, 결과적으로 당시 공석이 된 불의 왈큐레는 레이티아가 되고 말았어."

이야기가 그쯤 오게 되니 로빈도 자연스레 알 것 같았다.

네메시스라는 사람은 자존심이 강하며 지고는 못사는 성격의 소유자일 터. 그런 그녀가 언제나 자신의 아래일 거라고 믿어 의심치 않은 레이티아에게 진 것은 수치나 다름없었을 것이다. 그 정도로 레이티아는 멍하고 바보스러운 면이 적잖아 있으니까.

"성장할수록 분명해졌지. 네메시스의 자질도 범상치 않았지만 왈큐레가 될 정도의 수준은 아니었어. 그러나 네메시스는 모든 인연을 끊고 수련에만 집중했고 이 년 후, 그 누구보다 압도적인 힘으로 물의 왈큐레가 되었지. 왈큐레가 된 그녀는 부모에게 복수하기 위해 곧바로 고향으로 달려갔으나 그곳에서 얻게 된 것은 며칠 전에 미쳐 버린 자신의 어머니가 남편을 칼로 찌르고 자신 또한 자결했단 소식뿐이었어. 그 결과 자신의 과거를 모두 끊어버릴 기회를 놓쳐 버린 네메시스의 검은 마음은……."

"모두 레이… 티아에게로 옮겨진 것이로군요."

정말 문제도 많은 아가씨들이다. 도대체 이런 체제 속에서 그동안 내분이 벌어지지 않은 것이 다행일 뿐이다. 아니, 이제 내분이 시작되는 건가.

"그래서 지금까지 들은 이야기로 가장 좋은 결말은 레이티아가 그녀를 이기고 패배를 인정하는 것 같은데, 가능할 것 같습니까?"

"둘 다 무리지. 레이티아는 끝내 자신의 실력을 제대로 발휘하지 않을 테고, 네메시스의 끓어 넘치는 증오는 자신의 한계를 넘어서게 만들어주지. 게다가 그 네메시스가 패배를 인정한다는 것은 세상이 뒤집어지지 않는 한 무리일 거야."

기가 차다는 듯이 로빈이 반문했다.

"이해가 안 돼요. 그런 사기(邪氣)로 똘똘 뭉친 이가 어떻게 왈큐레가 될 수 있었던 거죠?"

"신화를 본 적 없니? 신조차 감정에 따라 종종 실수를 저지르시곤 하는데 인간이라고 어찌할까? 우리들은 신의 힘을 잠시 담은 그릇일 뿐, 성스러운 존재가 아니란다. 소수의 사람들을 제외 하고는 아무도 그 사실을 알려고도 하지 않지만 말이지. 정말 안타까운 일이야."

변명도 되지 않는 말을 듣고 로빈은 허탈해질 수밖에 없었다.

사람들은 입을 모아 이 나라를 '불굴의 성'이라고 칭하지만, 로빈의 눈에 비친 신성왕국은 모래 위에 지어진 성과 다를 바가 없었다.

"재밌는 이야기를 하나 더 해줄까? 백 년 전만 해도 이 나라를 움직일 수 있던 자는 교황 성하뿐이셨지. 하지만 지금 그분의 자리가 비어 있는 결과, 12추기경과 왈큐레라는 두 개의 달이 태양이 없는 자리를 틈타서 서로가 태양이 되기 위해 안간힘을 다하고 있어."

그리고 케미는 '무슨 바보 놀음인지' 하고 작게 덧붙였지만 로빈은 용케 그 말을 알아들을 수 있었다.

"근 백 년간 열두 명의 그 늙은이들은 자신들이 힘을 갖기 위해 온갖 짓을 다 했지. 재물을 모으고 권력을 탐했지만, 딱히 그것을 금지

한 규율 또한 없었기에 제재를 받지 않았어. 왈큐레들은 강해. 또한 민중으로부터 숭배받고 있지. 하지만 거기에도 한계가 있어. 그 미묘한 관계는 내가 글로리아 퀸이 되는 시점에서 힘을 끌어 모은 12추기경들에게 밀리기 시작했고 두 세력에 피할 수 없는 싸움이 시작되려는 순간, 나는 모든 권한을 그들에게 넘김으로 싸움은 일어나지 않고 두 세력은 모두 원하는 것을 손에 넣었지. 그들은 권력을, 나는 평화를."

그 말과 함께 오싹할 정도의 느낌이 로빈을 스쳐 지나갔다. 지금 이 이야기는 어느 나라에나 있을 법한 비사처럼 들릴지도 모르겠지만 엄연히 현재 벌어지고 있는 일이기도 했다.

"그 당시 나의 결정을 절대 반대하고 있던 이와 세력이 있었어. 추기경단의 신전 기사단. 글로리아 퀸의 발키리 부대. 그 둘을 잇는 신성 왕국 마지막 세력. 바로 팔라딘(Paladin)들이었지. 그들은 전대 물의 왈큐레와 합세하여 12추기경들을 몰아내려 했지만 나의 강력한 반대 앞에 참을 수밖에 없었지. 하지만."

"하지만, 지금 레이티아와 네메시스의 대결로 혹 네메시스가 글로리아 퀸이 된다면. 단순히 두 사람의 승패를 떠나 거대한 파벌 싸움이 벌어진다. 이 이야기로군요."

"현 글로리아 퀸인 나조차 팔라딘들의 힘을 전부 알지 못해. 그들은 자신들만의 독자적인 연락 체계를 사용하여 정보를 공유하며 그 연락 방법은 몇 개인지조차도 파악하지 못하고 있지. 만약 네메시스가 글로리아 퀸이 되는 날은, 이 신성왕국의 절반은 잿더미가 되는 거지."

약하다.

어디가 신들의 대지이고, 어디가 성지[Holy land]란 말인가.

빛의 신의 보살핌을 받고 있는 나라도 평범한 나라와 다를 바가 없는 연약한 인간이 다스리는 나라였다.

"그런 이야기를 평범하게 하지 말란 말입니다. 제길, 차라리 아무것도 모르는 우민이 되는 게 백배 낫지, 아무것도 못하는 나한테 왜 자꾸 그런 이야기를 전부 가르쳐 주는 거죠?"

"너는 자격이 되니까."

언젠가, 내색한 적은 한 번도 없으나 속으로 가지고 있던 일말의 불안.

남들에 비해 약간 뛰어난 정도에 불과한 자신을 왜 그녀와 같은 자리에 있는 자가 특별하게 대해주는 걸까. 재미나 취미로? 아니면 자신이 마음에 들었기에?

그럴 리가 없다는 것을 알면서도 로빈은 희망을 가져왔다. 그녀의 행동과 마음 씀씀이가 모두 아무런 사심이 없는 호의이기를.

그것이 너무 큰 욕심인 것을 잘 알지만 바라는 것은 나쁘지 않다고 생각했다.

한데 역시 아픈 것이다. 상처의 크기는 관계없다. 상처를 입는 그 자체가 아팠다.

"너를 처음 본 순간 나는 느낄 수 있었어. 마치 쌍둥이처럼 닮은 동질감. 수십 번의 죽음을 겪고 세상의 나락에 도달한 자에게서만 느껴지는 동류의 기운. 어째서 이런 어린아이에게서 그런 힘을 느꼈는지 알 수 없지만 만약 이 아이라면, 왈큐레들 중 누군가가 진심으로 의지할 수 있는 마음의 반려[Partner]가 될 수 있을 것이다라고 생각했어. 그리고 너는 내 생각대로 잘해주었지."

"지금, 무슨 말을 하고 있는 거야, 당신."

짧고, 분노로 타오르는 어린 사자가 노려보며 되물었다. 하나 상대는 사자가 감히 쳐다볼 수 없는 신의 사도. 가만히 노려보기도 버거운 눈빛을 아무렇지 않게 받으며 자신이 할 말을 또박또박 말했다.

"지금 너는 레이티아를 움직일 수 있는 유일한 열쇠란다. 이곳 신성 왕국의 평화를 지키기 위해서라도 너는 레이티아에게 말해야 해, 로빈. '싸워' 라고. 그 한마디면 모든 것이 행복하게 끝나는 거야. 12추기경과 왈큐레들은 아무런 대립 없이 또 한 시대를 평화롭게 보낼 수 있겠지. 그리고 너는 글로리아 퀸을 움직일 수 있는 유일한 자가 될 것이고."

로빈이 입을 다물자 예상 못한 고요가 한동안 흘렀다.

"기가 막힌 유혹이로군요, 케미님. 나로 하여금 그녀가 하기 싫어하는 짓을 하게 만들고, 여자가 벌어오는 돈이나 꿀꺽 하는 쓰레기가 되라는 말씀이십니까? 유감이지만, 제 취향 밖의 일이라 사양하겠습니다."

케미는 역시나라는 의미의 한숨을 내쉬었다. 그런 그녀의 눈은 한없는 미안함과 안타까움이 쓰며 있었지만, 그녀 역시 물러설 곳이 없었다.

사방이 막혀 있는 공간에 한줄기의 바람이 휙! 하고 일어나더니 곧바로 로빈은 목에서 뜨거운 통증을 느꼈다.

손에 묻는 것은 붉은 선혈. 보이지도 않는 바람의 칼날은 지금 당장 자신의 목을 베어버릴 수 있었음을 인정해야 했다.

"결국 약한 자는 강한 자에게 굴복당하는 운명. 네가 계속 거절하면 나는 이 자리에서 너를 인질로 잡을 거야. 그리고 레이티아에게 이렇게 말하면 돼. '로빈이 죽는 것을 보기 싫으면 네메시스를 이겨' 라고."

진심이라는 것을 알 수 있었지만 로빈은 떨려오지 않았다. 오히려 죽음의 기운이 짙게 자신을 향해 다가올수록 오히려 마음은 안정되어만 갔다.

"한 인간이 당신에게 실망할 것입니다."

"어쩔 수 없잖니. 죽는 것도 아니고, 단지 나를 싫어하게 되는 걸로 평화가 유지되는데. 미움받는 것은 익숙해."

미움받는 것은 익숙하다라… 과연. 설마 이 말을 레이티아도 아닌 그녀에게서 듣게 되리라고는 생각해 본 적이 없었는데.

결국은 똑같은 것이리라. 외롭고, 힘들고, 진정 마음의 구원을 받지 못한 채 세상에 혼자만 있는 것 같은 기분을 느끼는 것은 모두 다 마찬가지.

단, 그녀들에게는 남들에겐 없는 힘과 권력이 있기에 좀 더 눈에 잘 띄었을 뿐.

'그나저나 이 상황에서 도망치는 것은 불가능하겠지.'

아마 지금부터 한 백 년간 도망치는 연습만 한다 해도 힘들 것이다. 그녀의 능력은 바람. 즉, 대기가 존재하는 곳에는 모든 물리력을 행사할 수 있다.

"결투 시간은 앞으로 15시간 후. 설득 아니면 인질. 너는 이 두 가지의 선택권밖에 가지고 있지 않아."

'이것이야말로 세상의 진리다' 라고 확정을 내리는 듯이 단호하게 대답했다. 절체절명의 상황에서 결코 피할 수 없다고 생각 들었다.

"누구 맘대로."

기적인가? 앳되지만, 온정이 느껴지지 않는 소녀의 목소리가 들려왔다. 익숙한 그 목소리의 주인공은 구세주라는 말이 가히 어울릴 정도의 사람이었다.

"씨드!"

왈큐레를 막을 수 있는 자는 왈큐레뿐. 로빈은 뜻하지 않은 구원에 감사했다. 하지만 그녀의 등장에 케미는 의외로 놀라지 않고 덤덤히 받아넘겼다.

"아아, 그래. 로빈에게 마음을 연 사람은 레이티아뿐만이 아니었지. 그런데 그 메두사(Medusa)는 너무 심하잖아."

평소와 다를 바 없는 씨드의 모습에는 지금껏 단 한 번도 본 적이 없었던 단도 한 자루가 있었다.

날에서 자루까지 모두 흑칠이 되어 있는 단도는 그 자체만으로도 사기를 풀풀 풍기고 있었다.

"억울하게 죽어 대지에 묻힌 사자(死者)들의 원혼이 모여 이루어진 강력한 저주의 집합체. 살짝 닿는 것만으로도 몸이 석화되기 시작하고, 심장에 찔리면 왈큐레조차 돌이 되어버릴 수밖에 없는 금단의 무기. 그런 걸 나에게 들이밀다니. 아무리 오랜 전우라 해도 심한 거 아냐?"

"너희들과 나는 달라. 당시 힘의 범란이 벌어졌을 때, 나는 어리고 자질이 한참 부족함에도 상대적으로 가장 나았기에 대지의 엘레멘탈을 받아들였을 뿐. 내가 다룰 수 있는 힘은 너희들의 절반 정도. 그러니 반칙이 아니야."

말을 마친 씨드는 탁자를 향해 메두사를 집어 던졌다. 푹, 소리를 내며 꽂히자 나무 탁자는 빠른 속도로 석화(石化)되어 가며 돌 탁자로 변해 버렸다.

"헤에, 토목 공사에 쓰이면 효과적이겠는걸."

"귀찮아서 싫어."

"저기, 당신들 지금 분위기 안 좋은 거 아니었습니까?"

빠른 분위기 전환 페이스에 미처 따라가지 못한 로빈이 물었다.

"하지만 나도 씨드도 애초에 전혀 진심이 아니었으니까. 난 그냥 너의 결단을 듣고 싶었을 뿐이고 씨드도 진심이었다면 내 편인 척 다가와서 심장을 노렸을걸."

그런 이야기를 웃으면서 하지 말란 말이야! 라고 절규를 하는 것처럼 로빈의 얼굴이 일그러졌다.

"이 년 전 레이티아를 네게 소개시켜 줬을 때, 우리 앞에서 울음을 터뜨리던 그 아이를 보며 나는 맹세했어. 너희들에게 신성왕국의 미래를 맡겨보자고."

위가 따끔따끔 아프고 식은땀이 삐질 흘러내렸다.

"그거 왠지 좀 전의 양자택일보다 더 피 말리는 것 같은데요."

"당연하지. 내 호의를 무시했으니 이 정도는 혼 좀 나보라고. 얌전하게 인질이 되어주었으면 편했겠지만, 사실 나도 그런 것은 싫으니까."

그제야 깨닫게 되었다. 이 사람은 한 점 보이지 않는 어둠 속에서 길을 보여주기 위해 노력하는 달이라는 것을.

그 빛은 약하지만, 홀로 외로이 걸어가는 여행객에게는 더없는 안내자.

"그런데 씨드님은 갑자기 어떻게. 혹시 또 케미님에게 끌려온 겁니까?"

씨드는 불만 가득한 표정을 지으며 고개를 끄덕였다.

저 사람은 아무리 잘봐주려 해도 역시 술주정꾼 그 이상으로는 봐줄 수가 없다고 로빈은 생각했다.

“로빈, 괜찮을까 정말?”

“걱정 마세요. 아무 일 없게 제가 처신을 잘할 테니.”

로미오의 하우스에서 돌아오는 로빈을 보는 주민들마다 불안한 표정을 숨기지 못했다.

“로빈을 믿기는 하지만, 휴우.”

“젠장, 건드릴 여자가 없어서 저런 위험한 여자를 끌어들이다니.”

모두가 사태의 심각성과 얼마나 커다란 일이 벌어졌는지를 잘 알고 있는 듯했다.

개중에는 숨기지 않고 로빈에게 불만을 토로하거나, 로빈이 지나갈 때 괜히 옆에 있는 상자를 강하게 발로 차는 이들도 제법 되었다.

지금껏 자신들을 많이 도와준 일이 없었다면 모두가 합심하여 당장 내쫓아 버렸을지도 모르는 일이다.

이것이 자신이 이 년간 얻은 모든 것인가?

인간관계란 이리도 가벼운 것이었다니.

한탄이 절로 나왔다.

“다들 이게 무슨 짓이야! 얼른 일이나 하지 못해!”

어디선가 익숙한 호통 소리가 들려왔다. 그 호통의 주인공은 페트였다. 이 유곽촌의 책임자 노릇을 하고 있는 그녀의 외침에 옹기종기 모여 있던 이들은 슬금슬금 자신의 자리로 돌아갔다.

“신경 쓰지 마, 로빈. 저들은 모든 것을 잃었다가 이곳에서 겨우 다시 살 곳을 얻은 자들이……”

우연히 로빈의 눈동자를 쳐다본 페트는 더 이상 말을 잇지 못했다. 언제나 총명하게 빛나던 눈동자는 실망과 연민으로 눌러 붙어 있었다.

　지금껏 아무런 대가도 없이 자신들을 돌봐주는 데 앞장섰던 로빈이 이 한 번의 일로 자신들을 떠날지 모른다는 생각에 그녀는 경직되고 말았다.

　"다 똑같네요, 페트. 결국은 자신의 이익을 위해서만 살아가요. 적어도 여기만은 아닐 거라고 믿었는데. 그래서 나의 안식처가 되어준다고 생각했는데."

　"그, 그건."

　자신도 모르게 당장이라도 떠나가 버릴 것 같은 로빈의 팔을 붙잡으려 했지만 로빈은 그녀의 손을 탁! 뿌리쳤다.

　"미안해요, 페트. 지금까지 제 행동에 한 점 후회도 없었지만, 앞으로는 자신이 없어요. 아무런 문제가 없도록 할게요. 그러니 모두에게 그렇게 전해주세요."

　"로빈."

　로빈은 그대로 등을 돌리고는 아무런 말도 하지 않고 자신의 집으로 향했다. 그의 등과 어깨는 지금껏 본 로빈의 모습 중에서 가장 작고 초라해 보였다.

　아직 어두컴컴한 이른 새벽.

　"으음."

　로빈의 침대에 누워 잠에 빠졌다가 감겨오는 눈을 겨우 살며시 떠보자 자신을 바라보며 미소를 짓는 로빈의 모습이 보였다.

　"일어났어, 레이티아?"

　자고 일어나니 누군가가 자신의 옆에 있다는 게 이렇게 기분이 좋은 일이었구나. 지금껏 알지 못한 새로운 사실을 깨닫게 된 것에 작은 감동을 느꼈다.

차가운 손이 그녀의 이마에서 느껴졌다. 미열이 있는 것도 아닌데 유난히 차가운 손이 그리 기분 좋을 수가 없었다.

"에헤헤."

얼굴에 홍조가 일어나는 게 부끄러운지 얇은 이불을 푹 뒤집어썼다.

"바보 같은 웃음소리를 보니 레이티아가 맞구나. 배고프지? 스튜 끓여줄게."

"응."

침대에서 벌떡 일어나며 대답하는 그녀의 한마디가 유쾌했다.

잠도 한숨 자지 못한 로빈이지만, 피곤함도 잊은 채 조잡하게 만들어져 있는 화덕 안에 불을 피우고 스튜를 만들기 시작했다.

"이런 곳에서 살면 행복하겠다."

"하아? 딱딱하기 짝이 없는 침대, 단칸방에 주방조차도 없음. 겨울이면 찬바람에 잠도 못 자고 비가 오면 물바다가 되는 곳이?"

레이티아는 이번에도 에헤헤라고 웃으면서 양반다리를 하며 로빈을 바라보았다.

"하지만 이곳에는 로빈이 있는걸. 이 침대에도, 베개에도, 낡은 집에도 온통 로빈의 흔적과 냄새가 있어서 좋아."

야채를 썰던 로빈은 식칼을 떨어뜨릴 뻔했다.

"그런 부끄러운 말은 마음속으로나 생각해. 그리고 양반다리 하지 마. 여자애들은 다리 모양 망가져."

말을 하는 도중에도 칼은 한 번도 움직임을 멈추지 않았다. 비싼 쇠고기와 당근과 감자 등을 눈 깜짝할 사이에 예쁜 모양으로 썰어서 야채만 먼저 스튜 안에 넣고, 쇠고기는 살짝 프라이팬에 볶은 뒤에 넣는

다. 미리 만들어놓은 소스를 붓고 거품을 걷어내면서 눌러 붙지 않게 계속 저어준다.

눈 깜짝할 사이에 만들어진 가벼운 스튜는 자신이 생각해도 맛있었다.

"이거 정말 내가 만든 건가."

"맛있어. 한 그릇 더 먹어도 돼?"

대충의 요리법을 미리 알고 있기는 했지만, 처음 하는 일에 자신이 이토록 능숙하게 할 줄이야.

"결혼하게 되면 호스트 그만두고 요리사나 할까?"

탈칵.

레이티아의 스푼이 바닥에 떨어졌다.

"뭐 하는 거야, 레이티아. 어린애처럼 스푼을 바닥에 떨어뜨리고."

덥석, 바닥에 떨어진 스푼을 줍기 위해 내민 손을 잡은 레이티아는 진지하게 말했다.

"결혼… 할 거야, 로빈?"

"그, 글쎄. 아마 언젠가는. 그러니깐 먼 미래에 어쩌면 할지도……."

프레서가 느껴지는 그녀의 강력한 모습은 또 처음 보는지라 묘한 압력에 밀리며 로빈은 대답했다.

"저, 아기 못 낳는 여자는 싫어해?"

그제야 눈앞의 이 어리숙한 아가씨가 무슨 말을 하고 싶은지를 깨달았다.

왈큐레는 인간을 초월하는 힘을 손에 넣는 대가로 가장 먼저 평범함과 인간을 잃게 된다. 잃게 되는 인간이 무엇인지 자세히 말하자면 생식 능력을 예로 들 수 있다. 즉, 그녀들의 경우 아기를 가질 수 없는 몸이라는 것이다.

"그런 건 중요하지 않아. 아이야 얼마든지 입양을 할 수도 있고, 중요한 것은 두 사람이 서로를 대하는 마음이지 아이는 중요하지 않다고 생각해."

레이티아를 달래주기 위한 말이기도 했지만 로빈의 생각이기도 했다. 그녀들의 이야기를 들으면 안타깝기는 하지만 동정심을 가져본 적은 단 한번도 없었다.

활짝 피는 꽃처럼 밝아지는 레이티아의 얼굴은 몇 시간 전 그녀와는 전혀 다른 인물이 되어 있었다.

"그럼, 로빈. 나와 결혼해 줘."

로빈은 그 한마디에 공성기에 매달려 발사되는 것 같은 충격을 받고 말았다.

"쿠, 쿨럭! 쿨럭! 바, 방금 너 뭐라고?"

신관들의 결혼은 엄격하게 금지되어 있다. 그들은 신에게 바쳐진 몸으로 순결한 몸을 죽을 때까지 지켜야 하는 의무를 지니고 있는 것이다.

여기서 말하는 순결, 즉 육체적인 순결과 결혼에 어떠한 차이가 있는지 로빈은 이해할 수 없었다.

결혼이란, 즉 두 사람이 하나가 되어 평생을 함께 보내겠다고 하는 순수한 의식이다. 그렇기에 결혼식은 대부분 교회나 신전에서 행해지며 많은 사람들의 축복 속에서 진행된다.

그런데 신관들로 하여금 더럽혀지면 안 되기에 결혼을 해서는 안 된다라고 말하는 것은, 즉 결혼이 더러운 행위라고 매도하는 것과 별반 다르지 않지 않은가?

　그렇지만 분명한 것은 현재 라디언스 교단은 신관들의 결혼을 인정하지 않고 있고 그것은 왈큐레라 해도 예외가 있을 수 없다는 것이다.

　"결혼이 애들 장난도 아니고, 그렇게 가볍게 말할 만한 게 아냐. 그리고 무엇보다 교단 측의 사람인 네가 어떻게 결혼을 한다는 거야. 현실을 보라고."

　로빈은 냉정하다 싶을 정도로 차갑게 말했다. 그런 탓인지 레이티아는 더욱 풀이 죽어버리며 소심한 레이티아로 다시 되돌아가기 시작했다.

　"하아. 네가 꼭 알아야 할 이야기가 있어."

　로빈은 케미로부터 듣게 된 이야기를 모두 레이티아에게 설명해 주기 시작했다. 보다 간결하고 보다 핵심적인 내용을 추슬러서 전해주었다. 그랬음에도 불구하고 그녀는 잘 이해를 하지 못하는 것처럼 보였으나 가장 중요한 부분은 이해한 것 같았다.

　만약 자신이 네메시스에게 져서 그녀가 글로리아 퀸이 될 경우. 이 땅에는 한번 시작하면 어느 한쪽이 물러서기 전까지는 절대 끝내지 못할 거대한 전쟁이 벌어지게 되리라는 것을 말이다.

　"결국 로빈도 나보고 싸우라고 하는 거구나."

　아니, 그녀는 전혀 이해를 하지 못했다.

　"난 내가 듣게 된 사실만을 케미 아줌마 대신 네게 들려준 것뿐이야. 선택은 너의, 아니, 우리의 몫이라고 했어."

　'너'라고 책임을 떠넘기는 행동이 너무 비겁하다고 느낀 로빈은 즉시 정정했다.

　"왜 내가 싸워야 하는 거야! 난, 난 싸우는 게 싫어. 무섭단 말이야. 그런데 왜 다들 날보고 싸우라고 강요하는 거야!"

그녀의 내면적인 문제는 로빈이 생각한 것 이상으로 상처 입고 있었다.

하지만 도망칠 수 있는 것으로 모든 문제가 해결될 만큼, 이 세상은 만만하지 않아.

"레티, 도망은 누구나 칠 수 있지만, 앞으로 나아가는 것은 아무나 할 수 없는 일이야."

"레티라고 상냥하게 부르지 마! 로빈 너만은, 너만은 믿었는데. 날, 날 지켜줄 거라고 생각했는데. 흑, 흑!"

최강의 왈큐레가 평범한 인간에 불과한 자신에게 지켜지기를 바라다니, 지극히 앞뒤가 안 맞는 내용이지만, 결국 이것이 강함이라는 것일 터.

강함에는 형체가 존재하지 않는다. 외적인 강함이 있으면 내적인 강함 또한 있는 것이 세상의 법칙.

그녀는 내적인 강함이 어린아이처럼 약했을 뿐이다.

"나도 참 박쥐 같은 놈이지. 잘 들어, 레이티아. 누군가 대신 해줄 수 있는 일이라면 다른 사람이 벌써 해줬어. 너처럼 멍청이에 바보를 누가 믿고 의지하고 싶어할 것 같아?"

"히이잉. 너무해."

이제는 어린애처럼 울음을 터뜨리는 그녀였지만 묘하게 욕을 들었음에도 불구하고 좀 전보다는 화를 내지 않았다.

"이 바보야. 좀 전의 말에는 그렇게 화를 내면서 너를 욕하는 데에는 아무 말도 반박 못하냐."

로빈은 품에서 손수건을 꺼내 레이티아의 얼굴과 눈물을 닦아주었다.

"너는 몰라도 내게는 하나의 꿈이 있어. 내가 아는 사람들과 평화롭고 행복하게 오래오래 살아가는 것. 한데 그 평화가 무너지면, 나는 평화를 되찾기 위해 싸울 테야. 만약 이 신성왕국에 내전이 일어나면 나는 가장 먼저 너와 케미님들, 그리고 로미오 하우스의 가족들을 지켜주기 위해 지원하겠지. 그리고 얼마 후면 나는 수많은 병사들의 시체 중 하나가 되어 있을 거야. 내게 존재하는 힘이란 고작 그 정도에 불과하니까."

"싫어. 로빈이 죽는다니… 그런 건 싫어."

로빈은 미소를 지었다.

"강요는 누구도 하지 않아, 레티. 하지만 나 역시 죽기 싫고 너도 싸우기 싫어. 그럼 우리 이 방법은 어때?"

케미는 자신들이 어떠한 선택을 해도 자유라고 말했다. 그렇다면 로빈은 누구도 상상조차 못한 제3의 선택을 내놓기로 마음먹었다.

"도망치자, 레티."

"도, 도망?"

로빈의 두 눈은 방금 그 말이 진심임을 다시 한 번 확인시켜 주었다.

"좀 전에 나에게 말했지. 결혼해 달라고. 솔직히 말할게. 기뻤어. 너무나 기뻤지만, 그 꿈은 이 땅에 있는 한 절대 이루어질 수 없는 꿈이야. 그래서 나는 그렇게 차갑게 말했어."

"로… 빈."

"내전이 벌어지면 최소한 일 년 안에는 끝나지 않을 거야. 그동안 우리는 저 이트루 제국이 속한 네르갈의 사막으로 가는 거야. 그 넓은 땅에서 우리들을 찾아낼 수 있는 사람들은 아무도 없을걸. 죽음의 대지라 칭해지는 그곳은 우리 둘만을 위한 축복의 파라다이스가 되는 거야."

기뻤다.

레이티아는 너무나 기뻐 이것이 현실인지 꿈인지 분간하기 힘들 정도로 기뻤다. 눈에서 흘러내리는 눈물이 앞을 흐리멍텅하게 가리는 것으로 이게 현실임을 깨닫자, 더욱더 눈물이 자신의 시야를 가렸다.

"아! 저, 저기 그 말은 설마?"

"그래. 너만 괜찮다면 나의 반려가 되어줘, 레티."

편안하고 따스한 온기가 그녀를 감싸주었다.

도대체 언제였을까? 이런 기분을 마지막으로 느꼈던 것은.

이제 더 이상 떠오르지도 않는 먼 과거에 이런 비슷한 경험을 가졌던 적이 있는 것 같다.

그건 아마도, 두 손으로 무언가를 쥐지도, 두 발로 걷지도, 언어조차도 습득하지 못했던 아주 갓난아기였을 적의 일.

어머니라는 존재의 품에 안겼을 때와 비슷한 느낌이었다.

레이티아가 살며시 일어났을 때 로빈은 아직도 깊은 잠에 빠져 있었다. 두 사람은 절실히 느낄 수 있었다. 그들의 육체는 하나가 아닐지라도 지금 이 순간 마음만은 분명히 하나가 되어 있다는 것을.

"이것이 반려라는 의미인가."

이유없이 가슴이 두근거리며, 항상 비어 있던 것 같은 한 부분이 가득 차서 넘쳐흐를 만큼 풍족하다.

즐거운 미소가 끊이지 않고 당장 저 하늘 끝까지 날아오를 것만 같은 행복감에 취해 있었다.

"로빈의 마음 고마워. 하지만 신성왕국의 힘은 로빈이 생각하는 정도로 약하지 않아. 분명 몇십 년이 걸리더라도 이 세상 끝까지 쫓아올 게 분명해. 난 추격해 오는 사람들을 결코 해치울 수 없을 거야. 그렇게 되면 결국 우리 두 사람은 이별할 수밖에 없겠지. 미안해, 로빈. 나는 너도 좋아하지만 이곳의 모든 사람들도 좋아해. 그러니간 이 방법밖에 없다고 생각해. 나는 바보이니간 이해해 줘."

레이티아는 잠들기 전에 걸어놓았던 자신의 붉은 외투를 품속에 안고 대신 로빈이 입고 다니는 로브를 둘렀다.

자신의 존재가 이곳에서 어떠한 의미를 줄 것인지 그녀 역시 잘 알고 있었기 때문이다.

"사실 아직도 무섭고 겁이 많이 나. 하지만 해보겠어. 우리들을 위해서."

로빈의 뺨에 입을 맞춘 레이티아는 문을 열고 앞으로 걸어나갔다.

"결투 시간까지는 앞으로 5분… 인가."

케미는 약간 초조한 모습으로 시계를 보았다. 그녀가 있는 곳은 수련의 탑 최상층 외부 격투장. 이미 한 시간 전부터 네메시스는 몸을 풀고 있었다.

그녀에게서 느껴지는 투기로 보아 이미 몸도 컨디션도 만전. 이럴 때 사람은 자신의 힘의 한계를 넘는다고 한다.

만약 레이티아가 나타난다고 해도 보통 때의 그녀라면 죽음은 용케 피하더라도 사지(四肢) 중 하나는 버려야 할 것이다.

뚜벅, 뚜벅, 뚜벅.

최상층의 외부 격투장임에도 불구하고 안정적이고 결코 울리지 않는 발자국 소리가 어두운 복도 안에서부터 들려왔다.

느낄 수 있다.

극도로 단련된 날카로운 마나가 모습도 드러내지 않은 인물에게서부터 쏟아져 나오고 있는 것을.

평범한 자에게는 바람에 불과하나 자신을 적대하는 자에게 그 하나하나가 둘도 없는 명검처럼 예리한 칼날이 돌풍처럼 쏟아져 나오고 있었다.

그야말로 마력의 폭풍.

그 주인공이 모습을 드러내었다.

"레이… 티아?"

케미조차도 놀라 버린 이의 모습은 한마디로 패자의 모습을 지니고 있었다.

평소에는 항상 숨기고 다니던 스팅은 이미 전투 태세를 갖추고 있다는 듯이 오른손에 쥐어져 있었고 얼굴에는 이제껏 한번도 보지 못한 위엄이 가득 차 있었다. 그리고 가장 큰 변화라고 하면 검붉은 생머리였던 그 머리는 어떻게 된 영문인지 타오르는 홍염처럼 붉은색을 띠고 있었다.

실로 위풍당당.

"레이티아 레이 발시온. 지금 이곳에 도착했습니다."

단 한 번도 붙이지 않았던 왈큐레의 성. '레이 발시온'을 스스로 붙인 지금, 그녀는 더 이상 바보 레이티아가 아니었다.

그녀는 만인이 존경하며 자랑스러워하는 왈큐레 중에서도 가장 고귀한 자.

바로 글로리아 퀸이 될 사람이었다.

제21장
신성왕국의 주인

“절대, 절대 아니 되옵니다! 통촉해 주시옵소서! 성하!”

“쓰벌, 그럼 속된 말로 여기서 계집질 안 한 인간 있으면 나와봐.”

청년의 말에 홀 안에는 어색한 정적이 감돌았다. 그리고

“엘리스.”

청년이 누군가의 이름을 외치자 사내의 손바닥 위로 별로 만들어진 듯이 빛나는 은색의 천칭 저울이 나타나기 시작했다.

이 저울이야말로 슬레이브 ‘엘리스’의 진정한 모습. 그 힘이 발동되었을 때 거짓말을 한 자의 육체를 단숨에 얼어붙게 만드는 능력을 지닌 아스트라에아의 저울이다.

“크으음……”

“왜 다들 벙어리가 되셨나? 아니면 혹시 존경받는 추기경들께서 앞장서서 부정한 짓을 저질렀다고 인정하는 건가?”

“처, 천부당만부당하신 말씀이옵니다. 부디 성하의 뜻대로 하시옵소서.”

그들이 살아남을 수 있는 대답은 결국 이것밖에는 없었다.

그 모습에 청년의 뒤에서 한 여자 마족이 배를 잡고 웃었지만, 모두 분을 삼키고 쥐 죽은 듯이 조용히 입을 다물었다.

“좋아, 만장일치로 신관들도 결혼 가능한 것으로 변경. 뭐 해? 볼일 다 봤으면 나가. 아, 그리고 건드린 신관 애들, 책임 안 지면 죽는다. 알겠냐?”

한때는 나는 새도 떨어뜨린다던 열두 명의 노인은 눈물을 머금고 비 맞은 강아지마냥 힘없이 회의실을 빠져나갈 수밖에 없었다.

바보의 탈을 벗기로 드디어 결심을 한 것인가.

얼마 전만 해도 검붉은색의 머리카락이 단번에 붉은색으로 변한 것을 보면 그 변화는 충분히 알 수 있었다.

모든 힘을 받아들였다는 것을.

"나 현 글로리아 퀸 케미 레이 발시온이 명한다. 발키리들은 배틀 라운드를 생성하라!"

그녀가 외치자 라디언스 신전을 감싸듯이 존재하는 세 개의 탑. 수련의 탑, 전사의 탑, 휴식의 탑에서 각각 빛줄기가 튀어나오더니 서로 이어지기 시작했다.

이어지는 빛줄기는 이윽고 강력한 결계가 되어 삼각형 형태의 거대한 연무장을 생성시켰다.

신전을 보호하기 위한 대마법 결계이자, 무신을 초월한 자들에게 도

전하는 어리석은 자들의 처형장. 그것이 바로 이 배틀 라운드였다.

아래가 투명해서 곧바로 떨어질 것 같은 아슬아슬한 결계를 두 사람은 아무 망설임 없이 올라섰다. 그녀들에게 있어 대대적인 훈련은 꼭 이곳에서 이루어졌으므로 익숙했기 때문이다.

그녀들은 똑같은 제복을 입고 있었으나 붉은색과 파란색이라는 극과 극처럼 전혀 다른 머리카락이 바람에 흩날리고 있었다.

"레이티아, 이제 와서 네가 발버둥 친다고 해도 너는 날 이기지 못해."

"나는 더 이상… 도망가지 않아."

서로를 노려보던 두 사람.

마지막 말을 남기고 동시에 내부의 마나를 폭발시켰다.

마나의 폭발은 전신의 에너지를 급상승시킨다. 급상승된 에너지는 전신의 세포를 활성화시키고 미지의 부분조차 사용 가능하게끔 만들어 준다. 그 결과 기적과도 가까운 힘을 사용할 수 있게 되는 것이다.

공중을 밟고 달려가는 두 명의 기사.

챙!

결투의 시작과 동시에 도통 눈으로 따라가기 힘들 정도의 빠르기로 스팅과 람세스가 맞부딪쳤다.

카강!

마나를 머금은 서로의 공격이 맞부딪칠 때마다 강한 불꽃이 터졌다.

"겨우!"

빛이 아래에서 위로 지나간다.

"그 정도로!"

어느새 궤도를 바꾸어 이번에는 위에서 아래로 지나간다.

분명히 시간의 차이가 있었음에도 불구하고 눈 깜짝할 사이에 벌어진 창의 궤적은 순식간에 한 점을 중심으로 공중에 X자가 생겨났다.

그러나 이 고속의 공격을 레이티아는 종이 한 장 차이로 피해냈다.

"날 이길 수 없어."

레이티아의 제복의 흉부 부분이 찌직거리는 작은 소리와 함께 X자로 베어졌다.

검조차 벨 수 없다는 백년살이 누에의 실로 만들어진 그녀들의 제복이 풍압으로 인해 찢어진 것이다.

그것에 전혀 개의치 않고 뒤로 물러선 레이티아는 거대한 전각을 울리며 힘껏 스팅을 앞으로 내밀었다.

그건 찌르기가 아니다. 말 그대로 내민 것에 불과했고 그런 허술한 공격에 네메시스는 분노했다.

람세스의 뒤 끝부분이 스팅의 가느다란 검면을 위로 쳐올렸다. 순간 생겨나는 빈틈. 이 딜레이는 엄청난 것이다.

동시에 떠오른 람세스와 스팅, 그러나 차이는 명백했다.

떠오른 검은 아무것도 못하고 거둘 수밖에 없지만, 창은 궤적을 바꾸면서 곧바로 공격으로 이어지고 있었다.

실력 차이이기 이전에 병기의 차이이나 병기를 다루는 것도 사람. 즉, 실력의 일부라는 것을 인정하지 않는 자는 거의 없을 터.

창끝이 위로 오를수록 창의 날은 오히려 레이티아를 향해 갔다. 빠르게 손목이 회전한다. 스팅은 아직도 거두어지지 않았다. 보이는 것은 틈뿐. 람세스는 거침없이 레이티아의 심장을 향해 돌격했다.

팍!

이게 무슨 소리인가?

놀랍게도 번개처럼 빠르게 심장으로 향하던 람세스를 레이티아는 아무것도 쥐지 않은 왼손으로 힘껏 쳐냈다.

그 광경에 모든 발키리들의 눈이 놀라 동그랗게 떠졌다.

세상에, 찌르는 창을 손으로 쳐내다니.

보고 있는 이들의 마음속에는 역시 왈큐레라는 믿음과 자부심이 더욱더 강하게 자리잡았다.

지켜보고 있던 이들 이상으로 놀란 네메시스는 한 번의 도약으로 20미터가량 멀리 떨어졌다.

"역시 레이티아. 옛날부터 넌 그랬어. 남 앞에서는 멍청한 척, 착한 척하면서 뒤로는 온갖 더러운 속셈을 꾸미는 게 바로 너의 참모습이라는 사실을 잠시 잊고 있었어. 지금부터 진심으로 너를 상대해 주겠다!"

네메시스는 달려가기 시작했다. 제법 먼 거리였음에도 불구하고 접근하는 데에는 불과 몇 초도 걸리지 않았다.

"이 사기꾼!"

하나하나가 거목조차 뚫어버릴 것 같은 공격이 연속해서 다섯 번이나 쏟아져 나왔다.

캉! 캉! 캉! 캉! 캉!

람세스의 5연격을 모두 막아냈으나 네메시스의 접근을 막아낼 수는 없었다.

불과 세 걸음 앞으로 접근한 네메시스의 몸은 관성으로 인해 앞으로 끌려 나가면서 한 바퀴 회전하며 원심력을 더해 일찍이 없었던 일격을 날렸다.

"아니야. 난 남을 속인 적이 없어."

일격에 허리를 두 동강 낼 것 같은 일격을 막아내기란 무리라고 읽은 레이티아는 허리를 앞으로 숙이자 동시에 무시무시한 풍압이 그녀의 등을 스쳐 지나갔다.

치이익!

등이 타 들어갈 정도로 뜨거운 느낌은 결코 기분 탓만이 아닐 것이다. 그 증거로 레이티아의 옷 등 부분은 이미 검게 타 들어가 있었다.

"넌 타고난 사기꾼이야. 널 버린 부모들도 그런 기질을 미리 보고 내다 판 게 분명해!"

"아니야!"

결투 중이라는 것을 잊어버린 듯이 레이티아는 자세를 풀고 귀를 막으며 소리쳤다. 그 틈을 놓칠 네메시스가 아니었다.

픽!

"커억!"

쿠당탕!

네메시스의 갑주로 감싸여진 발이 인정사정없이 레이티아의 배를 찼고 그 충격에 그녀는 10미터가 넘게 굴러 나가떨어졌다.

"그럼 지금 여기에 있는 넌 뭐지. 싸움이 싫다면서 도망갈 땐 언제고, 또 여기에 나타났단 말이다. 넌 사기꾼이야. 형편없는 거짓말쟁이에다가 남이 속고 놀라는 모습을 보고 희열을 느끼는 더러운 년이야!"

레이티아는 극심한 고통을 이겨내면서 서서히 자리에서 일어서기 시작했다.

배를 움켜잡고 있는 그녀의 손이 빛나고 있는 것으로 보아 신성력을 사용해서 자신의 상태를 치료하는 것으로 추정되었다.

네메시스는 치료할 틈을 줄 생각이 없었다. 일어서자마자 곧바로 달려드는 모습에 레이티아는 치료를 멈추었다.

“난 더 이상 도망쳐서는 안 된다는 것을 깨달은 것뿐이야.”

그리고 다음 순간, 압도하는 것은 놀랍게도 네메시스가 아니라 레이티아였다.

챙캉! 캉!

람세스는 용맹하고 강력한 공격을 선보였으나 그 움직임은 약간의 힘만 주면 부러질 것 같은 레이티아의 레이피어, 스팅에게 완전히 차단될 뿐만 아니라 한 걸음씩 밀려가고 있었다.

공중에서 벌어지는 두 사람의 싸움은 신성왕국에 존재하는 모든 사람들이 볼 수 있었으며 또 감탄했다.

믿을 수가 없다. 네메시스의 얼굴이 그렇게 말하고 있었다.

자신이 지는 것 같아서 불쾌해진 그녀는 단번에 기어를 한 단계 더 올렸다.

아무렇지 않게 상대하는 레이티아를 향해 자신을 우습게 보지 말라고 외치는 것처럼 좀 전과는 비교도 할 수 없이 정교하고 빠르게 창을 휘둘렀다.

치리링! 창! 캥캥!

하나 더욱 무시무시해진 공격을 레이티아는 전과 비슷한 힘과 스피드로 모두 막고 있었다. 그것도 최소한의 움직임으로 살짝 비껴 쳐서 궤도를 완전히 옮기는 방식으로.

좀 전에 람세스를 손으로 쳐낸 일과 지금의 일을 볼 때 답은 명확했다. 즉, 그녀에게는 이 공격들이 전부 보인다는 것이다.

“크윽!”

모욕적이다. 언제나 밉살스러워 보이던 얼굴이 오늘은 갈아 마셔도 시원찮을 만큼 짜증나 보였다.

……!!

기의 자질이 달라졌다.

자신을 우습게 보는 행동에 모든 투지(鬪志)는 분노(忿怒)로 승화되고 투기(鬪氣)는 살기(殺氣)가 되어 레이티아에게 쏟아져 왔다.

이렇게 된 이상 별수없다는 얼굴로 레이티아 역시 좀 더 본격적으로 나섰다. 몸을 활성화시키는 마력은 흘러넘칠 정도로 많았다.

살기와 무념이 깃든 두 개의 신병이 동시에 맞부딪쳤다.

쿠구구궁!

마른하늘에 벼락이란 바로 이런 것이리라.

신기라 일컬어지는 무기들의 힘이 맞부딪치면 실은 이 정도로 끝나지 않겠으나, 화산 속에서 제련되었다고 알려진 스팅은 불길을 토해내지 않고, 만년설의 정기가 녹아 있다고 일컬어지는 람세스는 그 독특한 한기를 억누르고 있었다.

즉 두 사람 다 '엘레멘탈' 의 힘없이 순수한 마나와 육체만으로 승부를 벌이고 있었다.

캉! 캉! 캉!

한 치의 양보도 없는 공방이 펼쳐졌다. 끝없이 빨라지는 두 사람의 움직임은 이제는 미처 눈으로 따라잡기도 힘들 정도였다.

"하아아아압!"

다시금 마나의 폭발과 함께 네메시스의 몸이 3미터가량 날아올랐다. 그리고 먹잇감을 노리는 독수리처럼 힘껏 바닥으로 내려쳤다. 막을 수야 있기는 하지만 굳이 힘써 막을 필요 없는 그 공격을 레이티아는 피해냈다.

콰지지지직!

평범한 바닥이었다면 일대가 무너졌을 법한 강맹한 공격도 배틀 라운드라는 개념 앞에서는 잠시 그 부분이 진하게 빛을 발휘했을 뿐, 아무런 이상이 없었다.

"왜 그렇게 도망만 다니지? 도망가지 않는다고 하지 않았던가?"

"…난 더 이상 도망가지 않아. 하지만 망설이고 있는 것은 사실이야. 지금 내가 너를 이기면, 너는 지금 이상으로 나를 미워할 게 분명하니까."

"무슨 헛소리를 할 셈이냐!"

창의 끝에서 마나가 모여들었다. 람세스를 레이티아에 겨누고 땅을 박차는 순간, 가장 용맹한 공격이 적을 일격에 쓰러뜨리기 위해 달려들었다.

선명하게 보이는 파문은 그 돌격을 단순히 피하는 것만으로 끝이 나지 않음을 증명해 주었다. 파문의 정체는 대기의 충격파. 소리보다 더 빨리 움직일 때 발생하는 그 공격은 막지도 피해내지도 못하리라 의심치 않았다.

그러나 동시에 스팅의 검면에 빛이 번쩍였다.

빠지직, 콰과과과과광!

"아악!"

돌격해 오는 네메시스를 향해 스팅을 내려치자 그 끝에서 레이티아가 지닌 대부분의 마력이 마치 번개처럼 화하며 그녀에게 내려쳐진 것이다.

두 커다란 힘은 잠시 뇌전을 토해낼 정도로 마찰을 일으켰으나 생각하는 속도를 능가한 본능으로 인해 네메시스는 간신히 부상을 면할 수 있었다.

“…미안해. 난 널 이겨야 해.”

“네 녀석 따위가 나를 동정하는 말 따윈 집어치워! 난 이제 너의 그 딴 비겁한 신경전에 말려들 정도로 어리석지 않아!”

네메시스의 눈으로 저 멀리 있는 레이티아가 허공을 향해 스팅을 휘두르는 것이 보였다.

스팅이 휘두른 자리에는 검의 궤적이 사라지지 않고 오히려 앞으로 뻗어 나오는 환상이 보였다.

‘아냐, 환상이 아냐.’

그것을 인지하고 피하는 순간, 뒤에서 폭음이 들려왔다.

맞으면 부상까지는 아니더라도 몇 초간 혼란을 줄 정도의 힘이 담긴 뭉툭한 검기였다. 고작 몇 초에 불과할지 몰라도 그녀들에게 있어서 몇 초는 다 끝나가던 게임을 역전시킬 정도로 충분한 시간이었다.

쾅! 쾅! 쾅! 쾅!

레이티아가 스팅을 휘두를 때마다 어김없이 검기가 날아들어 왔고 현재로서는 그것을 피해내는 게 고작이었다. 네메시스의 특기는 어디까지나 접근전. 하나 그렇다고 해서 원거리 싸움에 대한 방법이 없는 것은 아니었다.

챙!

품속에서 작은 금속음과 함께 세 개의 단검이 튀어나왔다. 검을 휘두르는 순간에 맞춰서 단검을 던지자 검기와 단도는 중간에서 부딪쳐서 서로를 상쇄시켰다.

펑! 펑! 펑!

차례대로 세 차례의 공격을 모두 무효시키자 레이티아도 더 이상 사용할 필요를 못 느꼈는지 검을 멈추었다. 대신 마력을 전개해서 자신의 주위로 배리어를 생성시켰다.

그랜드 소드 마스터 급에 달하면 익히게 된다는 배리어(Barrier)는 물리 방어를 극대화시키는 것으로 동대륙으로 치자면 호신강기 급의 기술이었다.

아낌없이 원거리 공격을 뿜어내는 것뿐만이 아니라, 어떻게든 안을 파고들면 이길 수 있다고 보는 네메시스의 생각을 꿰뚫고 접근전 방어막을 생성하여 대비. 씨드였다면 이미 오랜 전투와 마력 남발로 여기서 마력이 바닥났을 거지만 마력을 잡아먹는 방어막을 미리 만들어놓고도 레이티아의 얼굴에는 약간의 긴장도 남아 있지 않았다.

상상조차 하기 힘들 정도로 무시무시한 마력 양이다.

그녀들의 진정한 힘은 엘레멘탈이지만, 기술을 얻기 위해서는 기초 체력이 필요하듯 마력이라는 스태미너를 잘 다룰 줄 알아야 한다.

그렇지만 레이티아의 수준은 단순히 마나를 익힌 정도가 아니었다.

정말 재능이 뛰어난지, 남들이 모르는 새 피눈물을 흘릴 정도로 수련에 임했는지 알 수 없으나 분명한 것은 그녀의 마력 용량은 대마법사를 능가하고 마나 제어는 그랜드 소드 마스터에 다다른 실력을 지녔다는 것이다.

"크윽!"

제아무리 강력한 신기도 엘레멘탈을 발동하지 않으면 아주 단단한 무기에 불과했고 그 단단한 무기는 배리어와 또 다른 신기에 아무런 힘을 쓸 수 없었다.

완벽 방어는 또다시 공격으로 이어져 갔고 결과적으로 네메시스는 지쳐 갈 뿐이었다.

"빌어먹을!"

‘이대로 패배해야 하는가? 다시 저런 아이에게 진다는 창피를 또 당해야 하는가.’

“엘레멘탈만 쓸 수 있다면 너 정도는!”

웅웅웅웅!

모든 것을 얼려 버릴 것 같은 한기가 람세스에게서 쏟아져 나왔다. 그 만년설의 기운이 레이티아를 덮치려는 순간, 이럴 때를 위해 극도로 결투에 집중하고 있던 케미와 씨드가 네메시스의 눈앞에 나타났다.

“거기까지.”

케미는 얼어붙은 한 손으로 람세스를 굳게 잡고 있었고 씨드의 메두사는 네메시스의 가슴에 닿기 직전이었다.

“뭐야! 고작 이런 걸로 내가 졌다고 말하고 싶은 겁니까! 난 지지 않았어! 저런 바보 따위에게 질 리가 없잖아! 다들 한통속이면서. 엘레멘탈만 쓸 수 있었다면 이기는 것은 나였어!”

“추한 짓은 이제 제발 그만 하렴.”

“추한 짓? 내, 내가?”

케미의 그 한마디에 충격을 받은 듯이 네메시스는 말을 더듬으며 뒤로 물러섰다.

“아냐, 내가 질 리가 없잖아. 내가 질 리가 없어! 저딴 바보에게 질 리가 없잖아. 아냐. 아냐. 절대 아냐. 아니라구. 아냐! 난 지지 않았단 말이야아아아아아아!”

네메시스가 폭주하려고 하자 케미는 빠르게 수도를 내려쳤다. 신경이 극도로 예민해져 있던 탓인지 네메시스는 그 일격에 정신을 잃고 축 늘어져 버렸다.

“승패의 결과에 따라 나는 이 자리에서 다음 글로리아 퀸은 바로 이곳에 있는 레이티아 레이 발시온임을 명한다.”

케미를 제외한 모든 왈큐레와 발키리들이 레이티아를 향해 무릎을 꿇고 머리를 조아렸다.

그 모습을 보며 레이티아는 어쩔 줄 몰라 하며 당황했다.

“가슴을 활짝 펴. 이제부터 너는 이 주인 없는 왕국에서 가장 고귀한 사람이자 새로운 주인이 되는 거야.”

케미의 말에 레이티아는 더욱더 불안해질 뿐이었다.

“제가 정말 글로리아 퀸을 맡아도 되는 걸까요, 케미 언니? 난 하나도 잘하는 것도 없고, 일을 망치기만 할 뿐인데.”

케미는 레이티아의 머리를 쓰다듬어 주며 말했다.

“괜찮아. 어중간하게 똑똑한 왕보다는 무식한 왕이 낫다는 말이 있잖니. 솔직히 말해서 네가 할 일이라고는 대신 도장 찍어주는 일밖에 없어. 나머지는 전부 12추기경들이 알아서 해줄 테니까.”

어중간하게 똑똑한 왕은 모든 일에 자신이 나서려 하고 실패하면 남 탓으로 돌린다. 하나 무식한 왕은 유능한 부하들에게 일을 맡기고 좋은 결과가 나오지 않으면 자신의 탓으로 돌린다.

“그거 칭찬 아닌 것 같은데요.”

“기분 탓이겠지. 아무튼 축하해, 레이티아. 다른 것도 아닌 네 마음의 해방을. 그나저나 로빈과 무슨 일이 있었기에 마음을 바꾼 것도 모자라, 이런 모습으로 나타난 거니?”

레이티아가 입고 있는 옷은 전대 불의 왈큐레가 입고 다니던 옷이었다. 지금의 네메시스를 케미가 돌봐주듯, 과거 케미가 어렸을 적 전대 불의 왈큐레로부터 많은 도움을 받았기에 그녀는 기억하고 있었다.

이 옷을 입고 있을 때의 그녀는 결코 물러서지 않겠다는 의지를 대신 표현하고 있다는 것을. 오죽하면 그녀가 이 옷을 입고 있을 때면 12추기경들조차 아무 말도 못하고 물러섰을까.

"음. 실은……."

레이티아는 몇 시간 전에 로빈과 있었던 이야기를 솔직하게 귓속말로 이야기해 주었다. 그리고 두 사람이 함께 길을 걷기로 맹세한 사실까지.

"힘든 길을 택했구나, 너희들은."

둘이 살림을 차리거나 아이를 키우는 것에는 크게 반대하고 싶은 마음이 없으나 문제는 이것이 비밀로 유지되어야 했다.

"괜찮을 거야. 그러기 위해서 글로리아 퀸이 되기로 결심한 거니까."

"하아."

한숨을 푹 내쉰 그녀는 절대 이 사실을 네메시스만은 알지 못하도록 단단히 입단속을 시켜야 되겠다고 결심했다.

고작 남자 하나 때문에 싸웠다는 것을 알게 되면 자신이라도 사생결단을 내고 싶겠다는 생각이 들었기 때문이다.

레이티아가 집 밖으로 나가는 것을 느낀 로빈은 슬며시 눈을 뜨고 몸을 일으켰다.

그녀는 그녀 나름대로 선택을 하여 앞으로 걷기 시작한 것이다. 그 선택을 막는 것은 미련한 바보 짓이나 마찬가지겠지.

그녀의 한 걸음을 본 로빈은 고뇌해야만 했다. 그녀 앞에서는 큰소리를 떵떵 쳤지만, 스스로 길을 선택해야 한다는 것은 정말 힘든 일이었다.

이 길이 과연 옳을까? 혹, 이 길은 틀린 것이 아닐까? 현재의 작은 선택이 미래의 자신을 얼마나 바꾸게 될지도 모르거늘 누가 함부로 선택할 수 있을까.

그럴 바에야 차라리 남에게 자신의 인생을 맡기는 것도 좋은 방법이다. 로빈은 지금껏 그렇게 해왔다.

하지만 지금부터는 다르다.

우선 그에게는 자신 말고도 가족이 생겼다.

레이티아. 겉으로는 강해 보이지만 실은 작고 여리고 외로움을 많이 타며 쉽게 삐치기도 하는 어디서나 볼 법한 평범한 여인.

그녀를 지키기 위해서라면 목숨도 바쳐야 한다. 그 각오를 하기란 좀처럼 쉬운 일이 아니었다.

레이티아가 떠나고 세 시간이 지났을까?

두 손으로 얼굴과 눈을 가린 채 고뇌하던 로빈은 자리에서 일어섰다.

마침 동쪽에서 해가 떠오르고 있는 터라 어둠이 가셨고, 거울 조각을 붙여서 만든 즉석 거울은 간신히 로빈의 얼굴부터 어깨까지를 비추어주었다.

로빈은 서랍에서 작은 단도를 하나 꺼내서 입에 물고 허리까지 내려오는 긴 머리를 한 군데로 모았다. 그리고.

싹뚝.

단도로 무언가를 베는 소리가 들릴 때마다, 상의가 흘러내린 것처럼 검게 염색된 머리카락이 로빈의 발밑으로 스르륵 쌓여갔다.

"좋아, 깔끔해졌는걸."

로빈은 남들보다 서너 배는 빨리 머리가 자라는 약간 이상한 특징을 가지고 있었기에 단 한 번도 이렇게 짧은 머리를 하고 있는 자신을 보지 못했다. 그래서인지 평범한 또래 남자들처럼 머리를 짧게 깎은 자신을 보자 약간 어색함이 감돌았다.

"그럼 나가볼까. 이제부터는 잃어버린 과거를 찾아 헤매는 나를 버리고 새로운 나를 만드는 거야, 로빈."

거울을 보며 스스로에게 말한 로빈은 가벼운 발걸음으로 밖으로 나갔다.

애초에 집이라는 개념보다 그저 하루 잠을 자는 곳에 불과했기에 짐이라고는 로브 몇 벌과 낡은 조리 도구 약간 정도였다. 결국 로빈이 이 집에서 들고 나올 것은 아무것도 없었다.

공수래공수거라기보다 애초에 이런 존재였던 것이다.

그러나 지금부터는 다르다. 설령 나 자신에게 의미가 없다 해도 그 의미를 부여해 줄 반려가 존재한다.

일찍 나간 레이티아가 과연 어떤 선택을 할지 자신은 모른다.

그가 아는 것은 어떤 일이 있더라도 레이티아는 자신을 버리지 않을 것이고 반대로 자신 또한 레이티아를 지켜줄 거라는 사실이었다.

"아, 저기 로빈. 벌써 일어났니?"

마침 문을 나서는 순간, 로빈은 페트와 마주쳤다.

"아, 페트. 무슨 일이에요?"

"응? 저 그러니까, 어제 사람들의 태도도 미안하다고 사과할 겸 혹시 레이티아님이 지금 계시면 배가 고프시지 않을까 해서."

페트의 손에는 새로 산 것으로 보이는 작은 냄비가 들려져 있었고 안에서는 맛있는 냄새가 풍겨오고 있었다.

"그녀는 새벽 일찍 돌아갔어요. 하지만 만약 여기 있었더라도 자기 때문에 냄비를 새로 샀다는 것을 알면 음식을 먹다가도 체할 녀석이에요, 페트."

"눈치챘구나. 미안해, 로빈. 그래도 아무리 보통 사람처럼 대하려고 해도 그분은 우리 같이 천한 것들과는 태생이 다른걸. 이 신성왕국을 지켜주시는 분께서 손을 뻗으면 닿을 곳에 있었다는 사실만으로 잠을 한숨도 자지 못할 정도야. 아마 나뿐만이 아닐걸."

안 그래도 어제는 유난히 자신의 집 주위를 서성거리는 짐승들이 넘쳤다.

불안감에 잠을 못 자는 사람들과는 달리 머리에 똥만 가득 차서 무언가 꼬리를 밟고 건수로 삼으려는 무뢰배들.

마음 같아서는 손수 지근지근 밟아버리고 싶었지만, 고작 하루 검을 배우고 몇 명을 쓰러뜨린 걸로 너무 기고만장한 게 아닌가 싶어서 꾹 참았다.

"페트, 그거 알아요? 왈큐레는 전부 고아 출신이라는 거. 레이티아는 굶어 죽기 직전인 부모에게 팔려서 이곳으로 온 아이예요. 나나 페트와 하나도 다를 바 없는 빈털터리 인생이었던 거죠. 그녀가 운이 좋았다고 말하는 게 아니에요. 그녀 또한 얻은 게 있는 만큼 우리 이상으로 잃은 게 많으니깐. 다만, 그 아이는 우리 같은 사람을 보고 더럽다면서 목을 베어버리는 쓰레기 같은 귀족이 아니에요. 그것만 알아주세요."

레이티아가 자신들과 같은 천민 출신이라는 사실에 놀라워하며 뒷말은 제대로 듣지 못한 페트를 지나치며 로빈은 말했다.

"그리고 제 집은 알아서 처분해 주세요. 이젠 필요가 없으니까."

털커덩!

냄비가 땅에 떨어지고 그 내용물이 바닥에 흘러내렸지만 쳐다보지도 않았다.

"로, 로빈, 우리에게 실망한 거니? 응? 그, 그래서 이렇게 가버리는 거야? 미안해. 내가 미안하다고 사과할 테니까 제발 떠나지 말아줘. 네가 없으면 또 이곳은 옛날처럼 엉망진창이 되어버릴 거야."

바닥에 무릎을 꿇고 고개를 숙이며 사과하는 페트를 얼른 일으킨 로빈은 그녀의 옷에 묻은 흙을 털어주며 말했다.

"이게 무슨 짓이에요, 페트. 내가 이곳에 와서 한 일이라고는 아이들이 굶지 않도록, 그리고 얼어 죽지 않도록 당신께 내가 번 돈을 맡긴 것뿐이에요. 그 대가로 나는 두 번 다시 아이들이 이곳에서 죽는 광경을 본 적이 없었죠. 그것만으로도 만족해요. 지금 이곳은 당신과 주민들이 만들어낸 곳이지 결코 제가 이루어낸 곳이 아니에요."

로빈의 말이 옳을지도 모른다. 그러나 지금껏 로빈이 있음으로서 자신들이 얻었던 이득은 겨우 그것뿐만이 아니었다.

로빈은 이 어둡고 습한 대지를 밝혀주는 햇빛이었고 이 땅에 유일하게 산 사람의 향이 느껴지는 인간이었다.

이곳의 주민들은 로빈을 만날 때마다 구원을 받는 것 같은 힘과 자신감을 얻었으며 활력을 되찾았다. 아이들은 누구나 로빈처럼 똑똑한 사람이 되기를 원하며 학교에서 괄시받아도 꾹 참고 공부를 시작했다. 그렇게 다들 저마다 자신의 재능을 살려 출세하기를 원했고 밝은 빛의 세계로 나가기를 원했다.

몇 푼의 돈으로 굶주림을 면하는 것보다 그들에게는 이런 의지가 더욱 중요했다. 그리고 아이들의 밝고 씩씩한 모습을 보면 어른들은 힘이 생기기 마련이다.

그런데 이 모든 것이 무너진다. 중심의 축이었던 로빈이 자신들에게 실망을 하고 자신들을 버림으로써.

페트는 남보다 한 치 앞을 더 볼 수 있는 사람이었다. 그랬기에 이곳 유곽의 책임자 자리를 맡게 된 것이었고.

그녀는 어제 자신이 생각했던 불길한 예감이 그대로 맞아떨어지게 되자 두렵고 슬프기 짝이 없었다. 그리고 이 모든 것이 어제 로빈을 질타한 사람들 때문이라고 생각했다.

"오해하지 마세요. 저는 이곳에 염증이 났다는 이유로 토라진 아이처럼 도망치는 게 아니에요. 난 이곳에 잃어버린 나 자신을 찾기 위해 왔어요. 비록 끝내 과거의 나는 찾을 수 없었지만, 대신 새로운 나로 살아가기로 결심한 것뿐이에요. 페트가 나를 좋게 봐주는 것은 알겠지만 나는 정말 아무것도 하지 않았어요. 그러나 이제부터는 무언가를 하고 싶어요. 아마 전 지금 하고 있는 것을 모두 그만둘 거예요. 호스트도, 학교도, 모두. 그리고 제가 하고 싶은 일을 찾을 생각이에요."

지금껏 로빈은 자신들을 위해 많이 애써왔다. 지금 그를 붙잡는 것은 오히려 서로의 관계를 더욱 안 좋게 만들 뿐이라는 사실을 알면서도 어쩔 수 없었다.

재물의 풍요는 금방 얻을 수 있을지 몰라도 마음의 풍요는 결코 쉽게 얻을 수 없는 것이니까.

그러나 로빈은 그런 간사한 자신을 오히려 위로해 주고 있었다.

바보처럼 또 언제 이런 판에 박힌 어른이 되어버린 걸까? 어리면서도 누구보다 어른스러운 로빈을 만난 후 자신만은 그처럼 변하겠다고 다짐했으면서.

"가끔은, 가끔은 이곳에 들러줘, 로빈. 그건 괜찮겠지?"

로빈은 미소를 지으며 말했다.

"네, 제 아내가 승낙하면요."

차라리 말을 말지. 그 누가 남편이 유곽에 가는 것을 승낙할까. 하지만 아내라는 말에 놀란 페트는 차마 그녀가 누구인지 묻는 것조차 잊어버리고 말았다.

이 년 전, 로미오 하우스의 개업 때부터 로빈은 이곳에 있었다.

비록 학업을 위해 아르바이트 정도로 일한 것에 불과하나 여자 같은 외모와 중간에 약간의 오해로 얽히게 된 화이트 로즈라는 아이템은 손님들을 충족시켜 주었고 그 덕택에 많은 득을 본 것 또한 사실이었다.

로빈보다 더 많은 연봉을 받는 이도 있었지만 모두 이곳의 최고 스타는 로빈임을 의심하는 사람은 없었다. 그런데 그런 로빈이 그만두겠다고 뜻을 밝힌 것이다.

그로 인해 지금 로미오 하우스는 시끄러운 소동이 한참 벌어지고 있었다.

"이야기는 다른 아가들에게 전부 들었다. 진심이니?"

단 두 사람밖에 없는 지배인실에서 빅마마는 진지하게 물었다.

"네, 빅마마. 로미오 하우스를 그만두겠습니다. 결혼한 유부남이 호스트바에서 일할 수는 없는 일이잖아요."

거침없고 단호한 목소리로 말하는 로빈에게서 더 이상 예전 같은 호스트의 모습은 찾아볼 수가 없었다. 긴 머리도, 옅은 화장도 하지 않은 채 평범한 옷을 입고 있는 그의 모습은 건실하고 예쁘장하게 생긴 동네 청년 정도에 불과했다.

"언젠가는 이런 날이 오게 될 줄은 예상하고 있었지만, 생각보다 많이 이르구나. 하긴 넌 항상 남들보다 몇 배는 더 빠른 아이였으니 이상할 것도 없지. 하지만 로빈 아가, 네가 호스트 일을 그만둔다고 해서 학교까지 그만둘 필요는 없잖니. 너만 원한다면 얼마든지 뒷바라지도 해줄 수 있고 아니면 마리아님이 계시는 라이드 상회로 취직하게 해줄 수도 있단다."

그가 이 년간이나 이곳에 머물렀던 이유 중에는 대륙의 심장부인 이곳에서 자신이 누구인지 알기 위한 것도 있지만 실제적인 이유는 갈 곳도 자신이 해야 할 것도 마땅히 없었기 때문이다.

그러나 이제는 달랐다.

로빈은 하루하루가 즐거울 정도로 마음이 풍족했으며 그 어떤 시련이 다가와도 이겨낼 수 있을 것 같았다.

얼마 전만 해도 자신이 이런 기분을 느끼게 될 줄은 꿈에도 생각도 못했지만, 지금의 로빈은 마치 새로 태어난 것만 같았다.

"빅마마는 친아들처럼 저희들을 보살펴 주었고 아가씨는 제 목숨까지 구해주셨지요. 두 분께 정말 평생 갚지 못할 은혜를 받은 것을 알고 있습니다. 하지만 당분간, 몇 년 만이라도 저는 제가 하고 싶은 일을 해보고 싶습니다. 빅마마와 마리아 누나의 생각은 어느 정도 알고 있지만, 당분간은 잠시 떨어져 있고 싶네요."

빅마마는 남들의 배는 더 되는 몸이 감동으로 떨려옴을 느낄 수 있었다. 이것이 자식을 떠나보내는 부모의 심정이라는 것일까?

어디 멀리 보내는 것도 아닌데 슬프기도 하고 기쁘기도 하고 좀처럼 감정을 컨트롤할 수 없었다.

"정말, 어리기만 한 줄 알았는데 어느새 이런 말을 할 정도로 컸다니."

빅마마는 손수건으로 글썽이는 눈물을 닦아냈다.

"그랜드 펠릭스 아카데미에서도 난리겠구나. 이 년 가까이 수석만 차지하던 학생이 갑자기 그만둔다니."

"안 그래도 그것 때문에 난리였죠. 그럭저럭 열심히 한 보람이 있었습니다. 임시 수료증과 언제든지 다시 입학할 수 있는 무료입학 증명서도 받았고. 듣자 하니 이 임시 수료증만 있어도 대륙에서 취직 못하는 곳이 없다고 하니 잘됐죠 뭐. 도움이 될지는 의문이지만."

대륙 삼대교육기관 중 하나이자 으뜸으로 치고 있는 그랜드 펠릭스의 임시 수료증은 곧 그 학교의 졸업증과 같은 역할을 하고 있었다.

말 그대로 그만한 존재를 거부할 곳은 이 세상 아무 데도 없다지만, 지금 자신이 새로 직장을 구하려는 곳에는 큰 도움을 받지 못할 것 같은 게 로빈의 생각이었다.

"그래, 네 뜻은 이제 알겠다. 그럼 앞으로 뭘 할 생각이니?"

빅마마는 제 갈 길을 찾아가려는 자식에게 물어보는 부모처럼 말했다.

"우선 라디언스 신전의 가드가 되려고 해요."

"가드(Guard)?"

로빈이 선택한 미래는 빅마마로서는 도저히 이해할 수가 없었다. 많고 많은 직업 중에서 고작 가드라니.

물론 가드가 부끄럽거나 아무나 할 수 있는 것은 아니지만, 로빈의 입장에서는 자신의 재능을 방치하고 썩게 만드는 일이나 다름이 없었다.

"그런 가는 팔로 랜스(Lance)나 들 수 있겠니?"

"그러기 위해서 가는 거 아니겠어요. 두고 보라고요. 몇 달 후에 날 만나면 못 알아볼 정도로 근육을 키워놓을 테니깐."

은근히 무시하는 말투에 로빈은 발끈해서 소리쳤다. 하지만 빅마마는 그 말에 더 안타까울 뿐이었다.

"네 팬들이 울겠구나. 그런데 하필이면 가드라니. 무슨 바람이 분 게냐?"

로빈은 말을 해야 하나 말아야 하나를 곰곰이 생각하다가 시선을 살짝 피하며 말했다.

"잠시라도 얼굴을 보지 않으면 바보처럼 외로움만 타는 녀석이 하나 있어서……."

힘겹게 말을 꺼내자 역시나 예상했던 것처럼 빅마마는 웃음을 참지 못하고 마구 놀려대기 시작했다.

"크히히히, 천하의 바람둥이 로빈이, 마누라 얼굴 한 번 더 보려고 직장까지 옮기는 공처가였을 줄이야. 크하하하하!"

로빈은 아무 변명도 하지 않고 그저 원망스럽다는 듯이 빅마마를 노려볼 뿐이었다.

"하아, 여기가 우리의 새집인가."

로빈은 전 재산을 털어서 유곽 근처 인적이 드문 곳에 집을 샀다. 모아놓은 돈이 얼마 없었기에 충분히 돈을 마련하지 못한 탓도 있지만, 그보다는 인적이 드문 곳이라는 이점 때문에 이곳을 선택한 것이다.

"으응. 정말 기뻐, 로빈!"

레이티아는 활짝 웃으면서 대답했다. 사치라던가 소비를 통해 기분 전환을 하는 이들의 기분을 전혀 알지 못했던 그였지만, 이런 대가를 위해서라면 억만금도 아깝지 않다는 생각이 들었다.

그렇게 자신도 모르는 사이에 벌써 길들여지고 있는 로빈이었다.

집은 그렇게 크지 않았지만 신혼이라는 느낌이 들 정도로 딱 알맞았다. 그리고 집 안에는 침대와 옷장, 요리 도구 이렇게 필수품밖에 없는 터라 약간은 삭막했지만, 이제부터 서서히 꾸며 나간다고 생각하니 오히려 그게 더 즐거웠다.

처음에 로빈이 집을 살 때, 레이티아는 자신도 돈을 보태겠다고 했다. 아무리 왈큐레이지만 신전에 있으면 밥이며 옷이며 모두 공짜로 나오는 그녀에게 무슨 돈이 있을까 하고 생각한 로빈도 순간 떠오르는 한 인물로 인해 제법 알부자일 수도 있다고 생각했다.

그 떠오른 자의 이름은 케미. 사치와 돈을 물 쓰듯이 쓰는 서민의 적. 과장해서 그녀가 하루아침에 들이는 술값만 해도 이만한 집 한 채를 더 살 수 있을지도 모른다.

하지만 로빈은 레이티아의 말을 정중히 거절했다.

"남편이 돈을 벌어오는 것은 가장으로서의 의무이자 보람이야. 남자가 되어서 여자의 돈을 받을 수 없지."

로빈은 지금껏 누구한테서 돈을 벌었는지 과거의 사실을 완전히 잊어버린 듯이 당당하게 말했다.

"그거 지극히 성차별적인 발언이야, 로빈. 아내도 얼마든지 능력만 있으면 가계에 도움을 줄 수 있다고."

하아, 결혼이 남자의 무덤이라더니 그 말이 결코 허튼소리가 아니었나 보다.

무조건 자기 말에 응, 응, 하고 말대답을 하지 않던 레이티아가 결혼을 약속한 지 얼마나 됐다고 벌써 이렇게 변했단 말인가.

"결혼하기 전과 결혼한 후는 다르다더니. 아무튼 절대 안 돼."

“우우, 로빈 고지식해.”

확실히 고지식한 면이 적잖아 있었지만 이것은 로빈이 꿈꿔왔던 일이었다. 힘든 하루의 일과를 마치고 돌아오면 불이 환하게 밝혀져 있고 굴뚝에서는 연기가 피어오르며 사람 소리가 들려오는 집으로 돌아오는 것.

현재 그들이 처한 사정 때문에 레이티아에게 살림을 요구할 수도, 자신의 꿈을 실현할 수도 없다는 것을 잘 아는 로빈은 그것마저 포기할 수 없었다.

“그리고 이제부터 나는 더 이상 호스트가 아냐. 앞으로 내가 하려는 일은 아무리 많이 받아도 전에 비하면 푼돈에 불과하겠지만. 그것으로 나는 계속 이 집을 꾸려 나가겠어.”

레이티아는 로빈에게 미안한 마음이 가득 생겨났다.

두 사람은 단지 말로 함께하기로 맹세했을 뿐, 신에게 반려가 되기로 맹세를 하지 않았고 육체적인 결합을 이룰 수도, 아이를 가질 수도 없었다.

서로의 일과를 마친 후 이 집에서 서너 시간 정도 함께 생활할 뿐. 그리고 밤이 깊으면 레이티아는 다시 신전 안으로 들어가야 했고 로빈은 홀로 이곳에 남게 된다.

남에게 자랑을 할 수도 없고 들켜서도 더 더욱 안 된다.

두 사람은 외부적으로는 모른 척을 하거나 안다 해도 약간의 안면이 있는 정도에 그쳐야 할 뿐, 절대 특별한 사이임을 나타내는 것도 안 되었다.

모든 것이 안 된다 투성이다.

신관의 결혼 금지는 이미 오랜 전통이 되어 있었다.

전통이란 깨뜨리기 힘들고 거역할 수 없기에 전통이라고 하는 것.

그것이 옳으냐, 그르냐를 따지기 전에 어떠한 형태로든 전통을 거역하게 되면 결국 남는 것은 아픔뿐이었다.

지금 두 사람의 결정은, 전통에 순응하면서도 자신들이 원하는 것을 이루고자 하는 두 젊은이의 마음이 이루어낸 것이다.

비록 힘들고 많은 고생이 뒤따르겠지만, 이것이 현재의 그들이 가질 수 있는 최선의 방책이라고 두 사람은 믿기로 했다.

"고마워. 정말 고마워, 로빈."

레이티아는 로빈을 끌어안으며 몇 번이고 고맙다고 말했다.

이 온기에 그녀는 구원받을 수 있었다. 하지만 정작 자신이 그에게 해준 것은 아무것도 없다는 생각이 그녀를 아프게 만들었다.

"만약 다른 사람이 생기면, 나 같은 것은 버리고 떠나도 괜찮아. 절대 원망하지 않을 테니까."

딱쿵!

말이 채 끝나기도 전에 로빈의 꿀밤이 작렬했다.

"아파, 로빈."

"아프라고 때린 거야. 너 말이야, 도대체 바람피우라고 권하는 마누라가 이 세상천지에 어디 있어! 그런 생각 할 시간이 있으면 얼른 힘을 키워서 신관들도 결혼할 수 있게 법을 바꾸는 게 어때?"

아마 그것은 무리일 터.

아무리 글로리아 퀸의 권한이 높다 해도 교황의 빈자리를 대신할 뿐, 교황의 권리를 가질 수는 없었다.

"헤헤, 응."

그러한 사실을 케미로부터 들었지만 레이티아는 내색하지 않고 밝은 표정으로 고개를 끄덕였다.

"음, 그럼 살림도 이제 다 꾸렸겠다, 신고식이나 해볼까?"

"신고식?"

무슨 뜻인지 되묻는 레이티아를 향해 음흉한 웃음을 지으며 로빈은 휙 하고 가벼운 그녀의 몸을 힘껏 들어서 함께 침대로 파묻혔다.

"꺄하하!"

비명을 지르는 건지 웃는 건지 도통 구별할 수 없었지만, 싫어하는 기색은 조금도 보이지 않았다.

새로 산 침대는 생각 이상으로 푹신푹신했기에 꽤 높게 떨어졌음에도 아프거나 하지는 않았다. 뭐, 돌침대였더라도 마나의 가호를 받는 그녀의 몸에 생채기 하나 날 거라고는 생각이 들지 않지만.

평소의 로빈이었다면 무시무시한 직업병으로 인해 작업 개시에 들어갔을지 몰라도 잠시 자신의 아래에 누워 있는 그녀의 모습을 지켜보더니 만사를 포기한 사람처럼 그대로 레이티아의 몸에 기대었다.

그 상태로 심장의 고동 소리가 들려오자 절로 편안해지며 잠이 쏟아지기 시작했다.

눈이 감기기 시작하는 로빈의 모습을 보며 레이티아는 자신의 아이를 감싸 안는 어머니처럼 사랑스럽게 로빈의 머리를 안고 등을 쓰다듬기 시작했다.

"그동안 혼자 수고했어. 잘 자, 로빈. 내가 옆에 있어줄게."

'아아, 정말 다행이야.'

로빈은 그렇게 작게 속삭이며 꿈의 안식으로 빠져 들어갔다.

같은 시간, 신성왕국에서 5킬로미터 정도 떨어진 근방.

"하아, 벌써 삼 년간이나 이게 뭐 하는 짓이람."

사람이 잘 찾지 않을 돌산 너머로 한탄하는 여자의 목소리가 들려왔다. 어떻게 이런 곳에 사람이, 그것도 이렇게 아름다운 여인이 있는 것일까?

하지만 이상한 것은 한숨을 푹푹 내쉬는 이 여인이 결코 낯설지 않다는 것이다.

"시끄럽기는, 그 입 좀 다물지 못하겠어?"

여자는 혼자가 아니었다.

그녀 옆에는 결코 누가 더 위인지 비교할 수 없을 정도로 아름다운 또 다른 여인이 막 잠에서 깨어난 듯이 말하고 있었다.

"누가 땅거미 아니랄까 봐 맨날 자빠져서 잠만 자고 있어. 이 계집애야, 너는 지겨운 것도 모르니? 벌써 삼 년이라고, 삼 년. 삼 년간 이곳에서 비 맞으며 눈 맞으면서 기다리고 있는데도 주인님은 코빼기 한 번 비추지 않고 있단 말이야. 정말 이곳에 주인님이 있는 게 맞는 거야?"

결국 잠이 깨버린 듯, 흙이 묻는 것도 신경 쓰지 않고 바닥에서 잠을 청하던 여인이 벌떡 일어나면서 소리쳤다.

"너 정말 마족 맞아? 수명이 몇백 년이나 되는 게 고작 삼 년도 못 기다리고 벌써 이러는 거야. 하루라도 빨리 주인님이랑 만나서 사랑받고 싶으면 네가 저 안에 찾으러 들어가면 되잖아. 누군 이곳에 죽치고 싶어서 있는 줄 알아!"

그랬다. 이 두 여인들은 바로 과거 로빈과 우연찮게 인연의 끈으로 연결이 된 마족 카리나와 이블스파이더퀸 나가, 바로 이 두 사람이었던 것이다.

나가가 머리와 옷에 묻은 흙도 털지 않고 멀리서 보이는 신성왕국을 손가락으로 가리키며 말하자 짜증난 목소리로 대꾸하던 카라나는 조금씩 수그러지고 말았다.

"흥! 꼴에 목숨은 아까운가 보지."

"너라면 저 괴물들이 모여 있는 곳에 가고 싶어? 정문을 통과하기도 전에 정체가 발각되어서 사로잡힐 것을 뻔히 알고 누가 가겠어! 게다가 그게 아니더라도 난 저곳에는 두 번 다시 가기 싫다고. 제길, 겨우 잊어가는데 그 빌어먹을 영감탱이들을 다시 떠올려 버렸잖아."

카라나는 과거에 저곳에서 인간들에게 당했던 불쾌한 기억이 떠올랐는지 자신의 머리를 잡고 괴로워했다.

다투는 와중에도 정이 생겨났던 것일까. 카라나를 마치 어린 동생처럼 가지고 놀던 나가도 지금만큼은 달래주어야겠다는 생각이 절실히 들었다.

"그러니까 가만히 참고 기다려 봐. 우리가 주인님이 좋아하는 그 중년 늙은이들을 전부 구해줬다는 것을 알게 되면 좋아서 몇 번이고 안아주실 테니까."

"그게 언제쯤인데?"

"그, 글쎄."

나이는 자기보다 많으면서 이렇게 어린아이처럼 묻는 계집애가 귀엽게 느껴지다니. 나가는 혹시 자신이 이상성욕자가 아닌지 곰곰이 생각했다.

이 아가씨들이 겪게 된 이야기는 이러했다.

나가가 로빈에게 묻혀놓은 체취를 통해서 갑작스럽게 행방불명된 로빈을 찾는 것은 어려운 일이 아니었다. 한데 문제는 바로 로빈이 있는 곳이 신성왕국이라는 사실이었다.

신성왕국은 자신들과 같은 어둠의 존재들은 감히 발도 들이고 싶지 않을 정도로 상성이 나쁜 곳이었다. 게다가 그곳에는 본신의 힘으로도 당해낼 수 있을지 의문이 드는 강자들이 워낙 좁은 지역에 밀집되어 있는 곳이라 한번 그들에게 걸린 이상 무사히 도망치기란 불가능에 가까웠다.

과거 로빈의 마음 깊은 곳에 잠들어 있는 포악한 존재로 인해 힘을 얻게 된 나가는 저 신성왕국이 얼마나 위험한지 뼈저리게 느낄 수 있었고, 또한 카리나는 힘이 없을 적에 사로잡혀 몹쓸 짓을 당했던 기억 때문에 저 도시 자체를 바라보기도 싫었다.

"이럴 줄 알았으면 그 아저씨들이랑 함께 있었던 게 더 재미있었을 걸."

두 사람 모두 인간의 연락 방식을 제대로 알지 못했던 탓이다.

삼 년 전, 그녀들이 로빈이 머물고 있는 리켈푸스의 저택에서 고양이와 거미로 변한 상태로 휴식을 취하고 있을 때, 갑자기 기사들이 쳐들어왔다.

그들이 무슨 죄를 지었는지는 몰라도 수많은 기사들은 아무도 빠져나갈 수 없게끔 포위를 한 채 네 사람을 마차에 태워 연행해 갔다.

그녀들이 마차에 동행한 것은 당연했다.

기사들의 이야기는 단순히 연행해 가는 것뿐이라고 말했으나 어둠의 종족인 카리나는 그들의 마음속에 있는 살심을 친숙하게 느낄 수 있었다.

마차는 수도를 빠져나와 계속해서 어디론가 향했다. 근 삼 일 만에 도착한 곳은 인적 하나 없는 깊은 산속이었으나, 이상할 정도로 짙은 피 냄새를 두 아가씨는 느낄 수 있었다.

아마 여기는 그들이 지금과 같은 일을 반복한 처형장일 것이다.

그렇게 판단한 두 사람은 마차에서 내려와 죽임을 당하기 직전 그들을 모두 구해내고 카리나의 특기인 최면을 이용하여 거짓 기억을 짜 넣었다.

네 명은 그 순간까지도 자신들이 죽을 뻔한 현실을 쉽게 받아들이지 못하는 듯했다.

자신들의 정체를 묻는 리켈푸스에게 카리나는 자신들의 주인이 이 사람들 앞에서는 약한 척 행동한다는 것을 알고 로빈을 보호해 주는 존재라고 설명했다.

의외로 이들은 그 사실을 잘 받아들여 주었다. 워낙 친구를 잘 만드는 녀석이라 마족 여자 친구 하나둘 정도 있는 것은 전혀 놀라운 일도 아니라는 것이 그들의 생각이었다. 덩달아 마족이 된 나가는 억울해했지만 아무튼 그렇게 두 사람은 그들과 함께 행동했다.

그들은 마법으로 모습을 숨기고 수도로 향했다. 그리고 그곳에서 그들은 또다시 커다란 충격을 받고 말았다.

거기에서 본 것은 다름 아닌 자신들과 똑같이 생긴 이들이 참수당하는 모습이었다.

도저히 황제의 행동을 두고 볼 수 없다고 판단한 그들은 각자 믿을 만한 이들과 힘을 모으기 시작했다. 그때 그녀들은 리켈푸스 일행을 도와 심심찮게 도움을 주었는데 하필이면 그때 나가가 다시 로빈이 있는 곳을 느낄 수 있게 된 것이다.

그러나, 로빈을 찾아 도착한 곳이 바로 이곳.

신성왕국임을 안 두 사람은 절망할 수밖에 없었다.

얼마 있으면 곧 나오겠지 하고 희망을 가졌지만 반년이 지나도 모습 한번 드러내지 않는 로빈 때문에 결국 지쳐 버린 두 사람은 일단 리켈 푸스 일행에게로 돌아가기로 마음먹었다.

하나 예전에 함께 지내던 곳에는 먼지 하나 없이 깡그리 흔적이 지워져 있었고 결국 그들의 행방을 찾지 못한 두 사람은 다시 이곳에 와서 벌써 삼 년째 로빈이 나오기만을 기다리고 있었던 것이다.

"하아! 제발 빨리 나와주세요, 주인님."

두 사람이 할 수 있는 일이라고는 어울리지 않게 하늘에 비는 것뿐이었다.

다음날.

로빈이 눈을 뜨자마자 달려간 곳은 라디언스 신전 근처에 위치한 가드 숙소였다.

다행히 시간이 잘 맞아떨어졌는지, 로빈은 운 좋게 곧바로 가드 대장과 만날 수 있었다.

가드 대장 직을 맡고 있는 사람은 얼굴에게 턱수염이 가득한 중년의 남자로 솔직히 말해서 병사라기보다 산적 두목에 더 가까워 보였다.

로빈은 그런 그에게 알 수 없는 호감이 생기며 예의 바르게 인사를 하고 자신이 온 용건을 말했다.

"자격이 안 되겠습니까?"

로빈은 자신이 들고 온 서류를 두루 살펴보며 복잡한 얼굴을 하고 있는 가드 대장을 향해 넌지시 물었다.

"로빈이라고 했나? 자네의 능력은 충분히 알겠네. 하지만 여기는 자네가 들고 온 이 학력 증명서나 수료증 하나가 없어서 몸으로밖에 돈을 벌 수 없거나 검술이나 무술에 약간 자신이 있는 자들이나 찾아오는 곳이야. 혹 가드에 대해서 환상을 가지고 이 일을 하려는 거라면 적극 반대하고 싶군. 충고하건대 이곳은 자네처럼 우수한 사람이 있을 만한 곳이 아니야. 굳이 이런 일과 관련된 일을 하고 싶다면, 신전 기사단에 내가 추천을 해주겠네. 그곳이라면 자네 같은 인재는 두 손을 들고 환영하겠지."

가드는 일반 병사가 아니라 말 그대로 경비원, 혹은 수문지기들을 통틀어 일컫는 말이다.

하지만 지금껏 단 한 번도 이 나라에 도전해 온 간 큰 세력은 존재하지 않기에 자연스럽게 경비원들은 잡일꾼으로 변해갔다.

현재 그들이 검술을 배우는 것은 나라에서 실시하는 검중 때문에 어쩔 수 없이 배울 뿐, 그나마 급료는 좋은 편이라 힘은 남아도는데 딱히 재주가 없는 이들이 하려고 하는 게 바로 가드 일이었다.

한데 만약 그랜드 펠릭스 아카데미 수료증까지 받은 이 고급 인력을 겨우 가드로 받아들였다가는 엄청난 비난을 받아야 할 것이다.

"나도 이런 말 하는 내 자신이 싫지만, 아무리 잘봐주려고 해도 지금 우리들이 하는 일은 잡일꾼에 불과하지. 일개 기사단의 참모(參謀)로 들어가도 손색이 없을 자네가 이런 곳에서 얻을 것이라고는 하나도 없을 것이네."

로빈이 가드 일을 선택한 것에는 두 가지의 이유가 있었다.

하나, 신전 내에서 일할 수 있다는 것. 둘, 하는 일이 의외로 적다는 것. 그에 비해서 기사단에 들어가는 것은 스케줄이 너무 꽉 차게 된다.

그가 이곳에 온 이유는 어디까지나 레이티아와 좀 더 얼굴을 마주하기 위함이지 팔자에도 없는 기사 생활을 하기 위함이 아니었다.

"그리고 무엇보다 중요한 것은. 실례되는 말이지만, 자네의 육체는 이 일을 하기에는 너무 부실해 보인다는 것일세. 그래도 꼭 이 일을 하고 싶다면 어쩔 수 없이 테스트를 거치겠네만."

그가 하고자 하는 말은 하나였다. 힘써야 하는 일을 하기에 로빈은 너무 연약하게 보인다는 것.

안 그래도 스스로 콤플렉스를 느끼고 있던 터라 로빈은 발끈하며 테스트를 하겠노라고 말했다.

테스트는 간단했다.

연무장 한가운데 놓여 있는 상자 이십 개를 논스톱으로 50미터 정도 떨어진 곳에 쌓아두는 것.

문제는 상자 한 개의 무게가 30~40킬로그램 정도는 될 정도로 크고 두껍다는 것에 있었다.

"Shit."

작게 욕설을 내뱉는 로빈. 그동안 그는 술병보다 더 무거운 것을 들어본 역사가 없었다.

"으랏차차차!"

미친 사람처럼 크게 소리를 지르며 기합을 넣은 로빈은 죽을 각오로 상자를 안고 나르기 시작했다.

30분 후.

"헉, 헉, 헉, 시, 시간 제한은 없었으니깐 통과한 거죠? 헉헉!"

30분이라는 긴 시간을 소모했지만, 끝내 단 한 번도 쉬지 않고 논스톱으로 일을 해낸 로빈을 보며 가드 대장은 천하에 둘도 없는 독종이라며 식은땀을 흘려댔다.

"음, 설마 끝내 해낼 줄이야. 이왕이면 좀 더 힘든 일을 시켰어야 했나."

혼잣말이었지만, 유감스럽게도 그 말을 로빈은 듣고야 말았다.

번쩍.

땀에 흠뻑 젖은 채 연신 숨을 몰아쉬면서도 안광을 번쩍이며 가드 대장을 노려보기를 멈추지 않았다.

'여기서 하나라도 더 시킨다면 저주할 거야. 죽여 버릴 거야.'

마치 그런 환청이 들려오는 것 같았다.

"그, 그만한 오기가 있으니 조금만 가꾸면 쓸 만해지겠군. 흠흠."

사실 테스트라는 것은 애초에 존재하지도 않았다. 다들 기피하려는 일이다 보니 전과가 없고 체격만 좋으면 당장 채용하는 게 이 일이었다.

하지만, 그가 봐도 로빈은 이곳에서 죽치고 있어야 할 재목이 아니었다. 그래서 일찍 포기하게끔 마침 눈앞에 보이는 무기 상자를 옮기게 해봤는데, 이 곱상하게 생긴 청년은 악바리로 모두 해낸 것이다.

"있지도 않은 테스트를 있는 것처럼 꾸며 말한 것은 사과함세. 하지만 덕분에 자네가 말만 앞선 이가 아님을 알게 되지 않았나? 그리고 가장 하고 싶은 말은 가드가 되면 하루하루 이보다 더 힘든 일을 해야 하네. 그런데도 따라올 수 있겠나?"

"물론입니다."

한 점의 망설임 없이 힘있게 대답하자 산적 두목처럼 생긴 흉흉한 얼굴에 미소가 생겨났다.

"오랜만에 보는 패기 넘치는 젊은이로군. 좋아, 지금부터 자네를 가드로 채용하지."

비록 모든 일이 수월하게 해결되었다고는 할 수 없었지만, 생각 외로 원하는 결과를 빨리 손에 넣게 된 로빈은 앞으로 모든 일들이 지금처럼 쉽고 즐겁게 해결될 것 같은 자신감이 생겨났다.

그렇게 로빈은 가드가 될 수 있었지만, 아직 그에게는 시련이 하나 남아 있었음을 로빈은 알지 못했다.

늦은 밤.

라디언스 신전 내부에서 남몰래 움직이는 한 그림자가 있었다.

그림자의 정체는 위대한 12추기경 중 한 사람이자 서열 7위인 브란쉬 추기경.

실질적으로 신성왕국을 다스리는 거물 중 한 명이 이 늦은 시간에 도대체 어디로 가는 것일까?

그가 멈추어 선 곳은 신전에서는 어디서나 흔히 볼 수 있을 법한 복도의 한 부분이었다. 복도에는 서로 마주 보고 있는 기사 장식이 쭈욱 나열되어 있었는데 그가 그중 한 기사의 검자루를 손에 쥐고 좌로 다섯 번, 우로 세 번 돌리자 놀랍게도 한쪽 벽에 비밀 통로가 생겨났다.

비밀 통로는 지하로 내려가는 계단으로 되어 있었다.

도대체 이런 시간에 지하에 무엇이 있기에 내려가는 것일까?

어느 정도 걸어가자 저 지하로부터 밝은 불빛이 보이기 시작했다. 브란쉬 추기경이 그 안으로 들어가자 비로소 이곳이 어디인지 알 수 있었다.

이곳은 바로 지하 감옥. 그것도 결코 공개할 수 없는 대역 죄인들을 가둬놓는 가장 비밀리에 관리되고 있는 곳이다.

둥글고 넓은 공간으로 되어 있는 지하 감옥은 일반적인 감옥과는 달리 환한 불빛으로 주위를 밝히고 있었다.

그곳으로 들어서자 온갖 고통과 애절함이 깃든 비명이 들려왔다. 감옥에 갇혀 있는 것은 단순한 죄인들이 아니었다.

그들은 바로 중간계로 왔다가 사로잡힌 마족들이었다.

간간이 그 마족들 사이에 인간도 있었지만, 그들이 이 사실을 퍼뜨릴 걱정은 하지 않아도 된다. 왜냐면 이곳에 온 이상 그들은 죽지 않는 한 밖으로 나갈 수 없기 때문이었다.

브란쉬는 이윽고 어느 문 앞에서 멈추었다. 그가 문 앞에 서자 철창이 올라가며 길을 열어주었고 그는 손쉽게 문을 열고 그 안으로 들어갔다.

문안은 작은 방 같은 공간이었고 그 안에는 전라의 마족 여인이 치욕스럽게 쇠사슬에 묶인 채 치부를 훤히 드러내고 있었다.

"더러운 것. 오늘도 네 년의 죄를 몸소 씻어주마. 영광으로 생각해라."

잔뜩 주름진 얼굴로 비릿한 웃음을 지으며 말하자 지쳐 보이는 마족 여인의 눈에는 수치스러우면서도 체념 섞인 빛이 떠올랐다.

그녀가 알기로 이곳에서 자신과 비슷한 처지에 처한 여자 마족들은 아직 다섯 명 정도가 더 있었다.

하루하루가 차라리 죽는 게 훨씬 나은 삶.

그나마 카라나라는 이름의 동족이 이곳에 있었을 때는 그녀가 가장 강하고 아름다웠기에 덜 괴롭힘을 당했었지만, 한때 그런 나쁜 생각을 한 죄를 받는 것인지 그녀가 죽고 난 후 자신들은 더욱 괴로움을 당하게 되었다.

이 늙은 인간들의 욕망은 끝이 없었다.

그들은 툭하면 자신들을 찾아와 자신들의 몸 안에 더러운 찌꺼기를 남김으로 욕망을 해소하거나 더러운 암퇘지라 욕하며 폭력을 휘둘렀다.

애초에 그리 강하지 않은 마족인 데다가 봉인으로 인해 힘까지 억압당한 그녀들은 지금까지 그런 고통을 당하며 살아 있는 것 자체가 저주나 다름이 없었다.

쭈글쭈글한 손길이 소름 끼치도록 그녀의 육체를 제멋대로 매만지기 시작했다.

그녀도 처음에는 반항을 해보기도 했지만, 결국 이래나저래나 변하는 것은 없었다. 그저 죽은 듯이 가만히 있는 게 모든 고통으로부터 빨리 해방된다는 사실을 알게 되었을 뿐.

끼이이익!

그때 이 늙은 인간이 나가기 전까지는 결코 열리지 않는 문이 처음으로 열렸다.

"누구냐! 내가 이곳에 있을 때는 그 누구도 들이지 말라고 했거…흐어억! 다, 당신은!"

눈에 가장 먼저 들어온 것은 파란색의 비단으로 짠 동대륙의 드레스였다. 이런 옷을 신전 내에서 입고 있는 사람이라면 단 한 사람밖에 없었다.

누군가가 이곳에 온 것도 놀라운데 그 상대가 설마 왈큐레 중 한 명인 네메시스라는 것을 본 브란쉬 추기경의 얼굴이 새파랗게 변해갔다.

"꽤나 고상한 취미를 가지고 있군요, 브란쉬 추기경 예하."

브란쉬는 허둥거리다가 다리에 힘이 빠졌는지 그만 주저앉은 채 뒤로 슬금슬금 물러서기 시작했다.

"어, 어떻게 왈큐레인 당신이 이런 곳에……."

"글쎄요. 원하는 것이 있어서 왔다면 이해하시겠습니까?"

한 걸음, 한 걸음 다가오는 네메시스의 왼손이 살짝 사라졌다고 생각되자 쇠사슬에 묶여 있던 마족여인의 몸이 힘없이 늘어졌다. 그 모습을 보자 얼굴에 핏기가 사라졌다.

"나, 날 협박할 셈이오?"

지금의 꼴이 어떠하든 그만한 이유와 능력이 되기에 추기경으로 임명된 자였다. 하나 그도 왈큐레 앞에서는 그 어떤 힘도 어린아이 재롱에 불과하다는 것을 알고 있기에 겁이 날 수밖에 없었다.

"협박이라니요. 저는 브란쉬 추기경 예하와 거래를 하기 위해 온 것입니다."

거래. 그 단어를 알게 되는 데에는 그리 오랜 시간이 걸리지 않았다.

눈앞에서 자신의 옷 단추를 풀기 시작하는 네메시스, 그리고 단추를 전부 풀자 안에 아무것도 입지 않고 있었는지 그대로 눈부시기까지 한 나신이 드러났다.

"자, 이 거래에 응하시겠습니까?"

소름이 끼치도록 부드러운 네메시스의 두 손이 그의 얼굴을 쓰다듬자 나이도 모르고 젊음이 되살아나기 시작했다.

이미 부끄러운 꼴을 다 보인 이상, 자포자기한 사람처럼 그는 네메시스를 눕히고 그 감미로운 육체를 탐하기 시작했다.

밀폐된 공간과 주위에 의식을 잃었지만 누군가가 있다는 사실이 그로 하여금 더욱더 흥분하게 만들어주었다.

하나 그는 미처 상상조차 하지 못했다.

같은 시간, 또 다른 추기경들도 비슷한 일을 겪고 있다는 것을.

서열 4위 추기경 헤트의 몸 시중을 받들고 있는 신관들은 빈번히 바뀌었다.

소문에 의하면 그녀들은 하나같이 임신을 했기에 신전에 있지 못하고 쫓겨났다는 말이 있지만, 그 누구도 진실을 알 수는 없었다.

같은 시간, 새로 자신의 시중을 맡게 된 어린 여자 신관을 맞이한 그는 또다시 색욕으로 물들기 시작했다.

그리고 거부하는 신관에게 자신이 마음만 먹으면 그녀는 물론 가족들까지 인생을 파멸시킬 수 있음을 상기시켜 주고, 또다시 한 사람의 피해자를 만들기 직전에 누군가의 방문을 받게 되었다.

그 결과.

"허어! 허어억!"

침대 위가 요란하게 들썩였다.

헤트의 몸 위에서 격렬하게 움직이고 있는 것은 바로 네메시스. 같은 시간 지하 감옥에 있는 그녀가 또 여기에는 어떻게 있는 것일까?

하지만 그 사실을 전혀 모르는 헤트는 지금껏 한 번도 경험해 보지 못한 쾌락의 절정에 취해 미친 듯이 숨을 들이켰다.

인간의 손이 닿지 않을 정도로 아름다운 여인 왈큐레. 그 누가 그녀들과 사랑을 나누는 꿈을 한 번쯤 꾸어보지 않았을까?

몇십 년도 전에 젊은 혈기로 꾼 꿈이 지금 현실로 이루어지고 있자 이게 꿈이면 영원히 깨어나지 않기를 바랄 정도였다.

이제는 늙고 쭈글쭈글해져 버린 두 손이 무거워 보이기까지 한 그녀의 풍만한 두 가슴을 강하게 쥐고 위 아래로 흔들어댔다.

당장이라도 심장마비가 될 것처럼 호흡은 거칠어졌지만, 이 순간이 최후이기를 바라지 않는 의지가 그의 혼을 필사적으로 붙잡고 있었다.

"흐어어어억!"

그리고 그만, 너무나 빨리 절정에 치닫고 말았으나 네메시스는 그에게서 떨어질 생각을 하지 않았다.

"이것으로 거래는 시작된 거라는 거 명심하기를."

너무나 강한 쾌락으로 인해 몽롱한 머리는 그저 끄덕이는 것 외에는 아무런 행동도 취할 수 없다.

"흐억!"

그리고 다시 그녀의 움직임이 시작되었다.

그의 방에서는 한동안 계속해서 죽어버릴 것 같은 헤트 추기경의 신음 소리가 새어 나왔다.

각각 자신들만의 은밀한 공간에서 벌어지고 있는 난잡한 행위를 모두 한자리에서 지켜보고 있는 자가 있었다.

마경(魔鏡).

람세스의 숨겨진 힘 중 하나.

네메시스는 이 마경을 통해 신전 내에서 벌어지고 있는 모든 정보를 얼마든지 수집할 수 있었다.

선대 물의 왈큐레가 미리 설치해 놓은 지점과 자신이 설치한 곳을 모두 합치면 이 신전 내에서 그녀의 눈을 피해가는 사각이란 존재할 수가 없었다.

현재 네메시스의 눈앞에는 정육면체의 여덟 개의 마경이 그녀를 중심으로 동그랗게 떠 있었고 그곳에는 한결같이 추기경들과 열락에 빠져 있는 또 다른 자신의 모습이 비추어지고 있었다.

"아무리 분신들이지만, 이런 모습을 보게 될 줄이야. 불쾌하기 짝이 없군."

그녀들은 모두 물의 엘레멘탈을 이용하여 만들어낸 네메시스의 분신들이었다.

지금 이 자리에서 그녀는 여덟 개체에 달하는 자신의 분신들을 모두 하나하나 조종하고 있었다.

이 분신의 장점이라면 비록 물로 만들어지지만 진짜 인간과 거의 유사한 분신을 만들어낸다는 것이지만 자신과 완벽하게 닮은 분신밖에 만들지 못한다는 단점이 있었다.

즉 저곳에 있는 분신들은 단지 본인이 아닐 뿐, 그들이 보는 몸과 얼굴은 전부 그녀의 본래 모습과 완벽하게 동일하다는 것이다.

그것이 그녀로 하여금 소름 끼치게 만들고 있었다.

이런 짓만은 하기 싫었지만 자신의 목적을 이루기 위해서 그녀는 인내할 수밖에 없었다.

"이깟 나라의 권력 싸움 같은 것은 내게 아무런 의미가 없어. 무슨 일이 있더라도. 하지만 너를 짓밟기 위해서라면 나는 무슨 짓이든 하겠다. 레이티아."

설령 죽는 한이 있더라도. 너만은 인정할 수 없다고 고하듯이 네메시스는 뇌까렸다.

"네가 먼저 말을 걸어봐."

"왜 매번 내가 나서야 하는 거야. 싫어. 네가 나가봐."

"난 말재간이 없어서 절대 무리야. 넌 어때?"

"나, 나도 말 못해."

장마가 끝나고 따스한 햇살이 밝게 비치고 있는 오후 한나절의 연무장. 그곳에는 경갑과 스피어(Spear)로 무장한 가드들이 모여 무언가 진지한 이야기를 나누며 서로에게 떠넘기고 있었다.

평균 연령 스물일곱 정도로 보이는 그들은 하나같이 우락부락한 사내들로, 세상 어느 천지를 가도 산 입에 거미줄 칠 일은 없어 보이는 이들이었다. 비록 남들에게 무식하고 있는 게 힘밖에 없다고 괄시받는 그들인지라 같은 동료들과의 신뢰는 타의 추종을 불허하는 수준이었다.

그런 그들이 지금 무슨 일로 이렇게 옥신각신 다투고 있는 걸까? 그들의 시선이 은근슬쩍 가리키는 곳에 바로 이번 일의 원흉이 있었다.

그 원흉이란 바로 같은 옷차림을 하고 열심히 훈련 중인 자그마한 사람이었다.

…그랬다. 작았던 것이다.

작은 키에 가는 다리, 탄탄한 히프와 잘록한 허리 유선형처럼 매끄러운 몸매의 라인과 잘못 건드리면 부서질 것처럼 연약해 보이는 어깨선.

아무리 인내하려고 해도 절로 눈에 들어오는 그 작은 육체가 훈련으로 인해 땀에 젖으며 더욱더 요염하게 드러나고 있었다.

만약 이자가 여자였다면 그들은 눈물을 흘리면서 감동을 하며 지금 이 순간을 영원히 간직하기 위해 숟가락이 구부러질 정도로 집중을 하거나 즉석에서 크로키(Croquis)를 그렸을 터였다.

하지만, 저 완벽하기까지 한 요염한 몸매의 소유자는 바로 남자. 자신들과 같은 수컷이라는 존재였던 것이다.

거기에 더욱더 기가 막힌 것은 몸매뿐만 아니라 사내자식이 웬만한 미인이라 소문난 아가씨들보다 훨씬 더 곱상한 외모를 하고 있다는 사실.

"신입이 한 명 들어온다고 해서 잔뜩 기대하고 있었더니. 도저히 안 돼. 난 절대 무리야."

"제길. 분명히 나랑 같은 물건이 달린 사내자식이라고 들었는데도 도저히 내키지가 않아."

"이것이 말로만 듣던 전의 상실인가."

이 땅에는 갓 들어온 사회 초병들을 따스하게 맞이하고 서로 친목을 쌓는 훌륭한 관례가 존재하고 있었다.

그것은 바로 신고식.

작게는 개인과 개인의 친밀감을 쌓기 위해, 크게는 사회의 혹독감을 깨닫고 나아가 단체 생활에 아무런 어려움 없이 적응하여 이 한 몸 바쳐 부국을 일으키는 원동력이 되기까지 하는 아주 중요한 의식.

…허튼 소리는 그만 하고, 솔직히 말해서 단순히 신입 괴롭히기라는 명분을 좀 더 우아하게 승화시킨 이 괴롭고 짓궂은 신고식을 거치지 않은 가드는 아무도 없었다.

그다지 유희 거리가 없는 이 직업에서 신고식이란 몇 되지 않는 최고의 즐거움 중 하나였기 때문이다.

"하지만 인간이 해서 되는 일이 있고, 안 되는 일이 있는 거야. 난 못해. 크흑!"

"차라리 내 양심을 가져가. 저 어린양에게 내가 당했던 그 끔찍한 일을 당하게 해야 한다니. 할 사람은 날 밟고 가!"

더러는 외모지상주의에 빠져 허덕이는 패배자들이라고 이들을 비판했으나 그들 역시 신입을 본 순간, 피도 눈물도 모르는 열혈남에서 부드러운 남자(?)로 변해갔다.

그들의 얼굴이나 외모, 몸집만 보면 이 세상 무서울 것이 없어 보이지만, 그런 그들에게도 약점이 있었으니 바로 어린아이와 여자에게는 약하다는 것. 한데 하필이면 이번 신입은 어린아이처럼 작고, 여자보다 훨씬 더 미인인 것이다.

그 탓인지 신입을 환영하기 위해 갖가지 환영 방법을 생각해 두던—환영을 빙자한 괴롭힘—그들은 오늘 아침 대장을 통해 정식으로 소개를 받았으나 그 이후 세 시간이 지나가고 있음에도 불구하고 말 한마디 건네지 못하고 끙끙 앓고 있었다.

"도대체 대장님은 무슨 생각으로 저렇게 호리호리한 녀석을 이런 곳에 데리고 온 거야. 제정신이야, 그 사람?"

"뻔하지 뭐. 그 인간도 남잔데 저 얼굴을 어떻게 당하겠어."

"저 신입은 힘쓰는 일보다 다른 목적으로 데리고 온 것이 아닐까? 비서나 경리로 말이야."

여러 가지 추측과 불만이 터져 나왔고 그중에는 바로 위에 말처럼 왠지 신빙성있을 것 같은 의견도 적지 않았다.

그때였다.

"저… 선배님들."

"우아아아악!"

의논에 너무 집중을 한 탓일까? 아니면 무언가 한 수 재간이 있었는지 모르겠지만 기척도 없이 갑작스레 들려오는 말소리에 스무 명이 넘는 사내들은 모두 혼비백산하며 뒤로 물러섰다.

"아, 저 뭔가 제가 실수라도……."

'니미럴. 목소리도 예쁘잖아.'

'한번 벗겨볼까? 남장을 한 여자일 거야.'

‘웃기지 마. 만약 진짜 그렇다면 우리들은 범죄자가 되는 거야. 하지만 너 혼자 하겠다면 말리지는 않겠어. 넌 할 수 있어. 불가능이란 아무것도 아냐.’

한 마리의 미꾸라지가 우물을 흙탕물로 바꾼다고 신입 한 사람의 존재로 인해 지금껏 유지해 오던 결속력에 금이 가고 있었다.

“하아! 나 직장 왕따 당하는 건가.”

정작 자신의 처한 상황을 제대로 이해하지 못하고 한숨을 내쉬며 걱정하는 청년. 그는 바로 로빈이었다.

출근 첫날부터 로빈은 뜻하지 않은 위기와 조우하게 되었다.

“로빈, 우선 자네 검술을 배운 적이 있는가?”

딱 한 번 실피시에게 잠깐 과외를 받은 적은 있지만, 그가 말하고자 하는 것은 하나라도 익힌 검수식이 있냐는 질문이었기에 고개를 흔들면서 아니요라고 대답했다.

“자네에게 미안하지만, 일주일 내로 신전 기사단의 기본 검술을 어떻게든 익혀주게. 자네의 선배들은 이미 모두 알고 있으니 아무나 붙잡고 부탁하면 친절하게 가르쳐 줄 걸세. 약간 짓궂은 녀석들이긴 하지만 전부 순둥이처럼 착한 녀석들이니 겁먹을 필요 없을 게야.”

이 주 정도 남은 대 미사가 문제의 시작이었다.

신성왕국의 가장 큰 행사라고 할 수 있는 대 미사는 신성왕국의 모든 핵심 인물들뿐만 아니라 대륙의 모든 나라에서 외교 인사들이 모여들 정도의 핵심 행사로 특히 이번에는 왈큐레의 전승식과 글로리아 퀸의 임명식이 한데 겹치기 때문에 그 중요성이 더욱 커졌다.

공교롭게도 그 행사 전, 신전 기사인 신전 기사단에서 사람을 보내

가드들의 몸가짐과 실력을 체크한다는 것이다.

"설마 이렇게 될 줄이야. 무책임해서 미안하네. 하지만 단지 기본 검술뿐이고 그것도 그저 형식에 불과하니 자네 같은 인재라면 일주일 동안 하루에 한 시간씩만 투자하면 금방 익힐 수 있을 걸세."

갑작스럽기는 하지만 이것이 돈을 받는 고용인의 입장으로서는 어쩔 수가 없었다.

까라면 까는 수밖에.

이렇게 된 일이거늘, 이상하게도 오늘 소개받은 선배이자 동료가 될 이 사람들이 첫날부터 노골적으로 자신을 피하는 것을 어렵지 않게 눈치챌 수 있었다.

무언가 실수를 하거나 신경을 건드린 일조차 없는 터라, 도대체 왜 그들이 이런 행동을 하는지 알 수 없었지만, 다가가면 도망가고 또 다가가면 또 도망가는 터라 결국 포기할 수밖에 없었다.

어느새 하늘은 붉은색으로 변해가고 있었다.

뭘까, 이 씁쓸한 기분은.

끝내 취직 첫날부터 그 누구와도 인사조차 제대로 나누지 못한 로빈이 힘없이 밖으로 나갈 때, 그는 뜻하지 않은 사람과 만나게 되었다.

"실피시!"

그녀는 잠시 동안 자신의 이름을 함부로 부르는 저 무례한 가드가 누구인지 유심히 쳐다보다가 깜짝 놀라고 말았다.

"아, 로빈, 그 모습은 대체. 아니, 그보다는 이곳에는 어떻게 있는 거죠?"

우연히 만난 사람은 다름 아닌 실피시.

그녀는 왈큐레 이전에도 무가 집안의 딸로 온갖 검술과 병기를 다루는 데 상당한 실력자라고 로빈은 기억하고 있었다.

그래, 이것이야말로 운명이리라.

로빈은 오늘부터 자신은 철저한 운명론자가 되기로 결심을 하며 진심을 담아 실피시에게 말했다.

"내게는 너밖에 없어!"

"에? 에?"

순간, 그녀의 얼굴이 턱에서부터 붉게 변하더니 머리끝에 다다르자 푸식 하고 새하얀 연기가 새어 나왔다.

"알겠습니까? 말이라는 것은 아! 다르고 어! 다른 법입니다. 누군가가 그런 말을 들었다면 크게 오해를 살 뻔하지 않았습니까? 도대체 당신이라는 사람은 매번 사람을 깜짝깜짝 놀라게만 만들고, 그게 아직 어린아이라는 증거입니다!"

"네에……."

실피시는 인적이 드문 곳에서 로빈에게 설교를 잔뜩 늘어놓고 있었다. 하지만 그 설교가 좀 지나침을 로빈은 전혀 인지하지도 못한 채 너무나 무서운 기세로 으르렁거리는 실피시의 꾸중을 조용히 들어야만 했다.

스물세 살. 아직 젊지만 이제껏 살아오면서 남에게 단 한 번도 '고백'이라는 것을 받아보지 못한 일명 철의 처녀인 그녀에게 로빈의 그 한마디는 대단히 대담하면서 두근거리게 만들었다. 그러나 이윽고,

"아무도 검술을 가르쳐 주지 않아. 제발 내게 기본 검술을 가르쳐 줘."

로빈의 입에서 이런 말이 나오자 말로 표현 못할 실망감과 괴리감이

한꺼번에 해일처럼 밀어닥치며 그녀를 이성 저 너머의 세계로 빠뜨려 버리고 말았다.

그녀의 설교가 시작된 지 30분 정도가 지나서야 그녀는 흥분을 가라앉히고 처음에 만났던 실피시로 돌아왔다.

"한데 지금 당신은 일할 시간 아니었나요? 무슨 일로 이런 곳까지."

라디언스 신전은 일반인에게 개방된 곳이 제한되어 있었다. 금지된 지역 중 한곳에 로빈이 있자 그녀는 또 케미나 다른 왈큐레 때문에 고생하고 있는 것이 아닌지 걱정이 되어 물었다.

"로미오 하우스는 그만뒀어. 그리고 지금 내 직업은 바로 이거지. 비록 오늘부터인 햇병아리 중의 햇병아리지만."

로빈은 보란 듯이 자신이 입고 있는 갑옷과 스피어를 그녀에게 보여주었다. 그러자 실피시는 로빈의 손을 꽉 잡았다.

"훌륭해요, 로빈. 잘 생각했어요. 아무리 돈을 많이 번다고 해도 역시 직접 땀을 흘려야 진정한 가치가 있다는 것을 당신도 깨달았군요."

약간은 진실과 달랐지만 자신의 선택에 이 정도로 후한 칭찬을 해준 것은 그녀가 처음인지라 로빈은 기분이 무척 좋아졌다.

"아, 너에게 부탁하고 싶은 게 있어. 사실 사정이 생겨서 그런데 내게 신전 기사단의 기본 검술을 가르쳐 주지 않겠어? 물론 보답할게."

잠시 곤란한 표정을 짓고 있다가 고개를 절레절레 흔들었다.

"처음 만났을 때 힘이 없었던 이유가 바로 그 때문이었군요. 대가는 필요없어요. 우리들은 친구… 라고 당신이 그렇게 말했으면서 잊으셨나요?"

친구라는 단어에서 그녀는 쑥스러운지 잠시 멈추었다가 기쁜 듯이 말을 이어갔다.

그녀의 승낙에 로빈은 안도의 한숨을 푹 쉬었다.

"다른 사람보다 네가 도와준다는 사실이 기뻐. 하지만 공짜로 부려 먹을 수는 없으니깐. 수련이 끝나면 내가 저녁을 살게. 분위기 좋은 식당을 나는 많이 알고 있거든."

고풍스럽고 귀한 여인들의 전문이었던 탓에 로빈은 사치나 무드에 관해서도 상당한 지식을 가지고 있었다.

"수련, 저녁 식사, 분위기 좋은 곳."

실피시는 엄지손가락으로 자신의 입술을 매만지며 방금 로빈이 한 말 중 신경 쓰이는 부분을 반복해서 중얼거렸다.

과거 사춘기일 때 그녀는 어느 날 묘한 꿈을 꾼 적이 있다.

어느 멋진 남자와 기분이 상쾌할 정도로 땀을 흠뻑 흘리면서 대련하고, 그 후 샤워를 하고 새 옷으로 갈아입은 뒤 서로 사이좋게 밤거리를 돌아다니다가 분위기 좋은 식당에서 로맨틱한 야경을 바라보며 저녁 식사를 한다. 그리고 마지막은 말하기가 창피하므로 여기서 끝.

어린 시절 꾸었던 꿈은 그녀가 진정 바라왔던 미래의 꿈이었는지도 모른다.

갑자기 옛 생각이 떠올라 창피해졌지만, 즉 요점은 방금 로빈이 제안한 것은 '데이트'라는 것과 비슷하지 않은가?

"저, 저라도 괜찮다면……."

자신도 모르게 엄지손가락을 물어뜯으며 말하자 로빈은 활짝 웃음을 지었다.

그 모습에 괜히 얼굴에 짙은 홍조가 생겨났다.

"자, 그럼 지금부터 해가 지기 전까지 빨리 부탁해! 예쁜 스승님."

"듣기 부, 부끄러운 말 하지 마세요!"

소리를 쳐보지만 로빈은 들은 체도 하지 않고 그녀를 끌고 아무도 없을 연무장으로 돌아가기 시작했다.

실피시는 순종적이고 겁이 많아 보일 것 같은 외모와는 달리 무지막지하다 싶을 정도로 엄한 사람이었다.

오늘로서 그녀에게 검술을 사사받게 된 지 육 일이 흘렀다.

이 정도의 기간은 처음부터 예상한 정도에 지나지 않았으나 문제는 지금 로빈은 검술을 사사받고 있는 것이 아니라 대련을 빙자한 폭력에 당하고 있는 사실이었다.

"으아아악!"

"내 검을 끝까지 보세요! 이 정도도 못 피해서는 기사라고도 할 수 없습니다."

"스톱! 난 기사가 아니라 그냥 가드에 불과하다고! 으헉!"

살려달라 애원하기도 하고 멈추라고 비명도 지르는 등 온갖 추태란 추태는 다 부리고 있지만 신기하게도 종이 한 장 차이로 실피시의 공격을 방어하거나 피하고 있었다.

물론 이것은 실피시가 본신의 능력의 10%도 채 보이지 않은 힘이었지만 로빈에게 있어서는 생사가 오고 가는 순간이었다.

검술을 가르치기로 약속한 날부터 이틀 후. 실피시의 목적은 검술 가르치기가 아닌 대련으로 변해 버렸다.

무인으로 그 재능이 출중하던 그녀조차 기본 검술을 배우는 데에는 최소 한 달 이상의 기간을 필요로 했다. 기초란 가장 중요한 것이기에, 또한 가장 많은 검리(劍理)를 담고 있어서 가장 중요시되는 부분이기 때문이다.

로빈이 일주일로 잡은 것은 검리가 아닌 단순한 형태를 배우기 위함
이었다. 그런데 일주일은커녕, 단 이틀 만에 실피시는 로빈에게 더 이
상 가르쳐 줄 것이 없었고 그 사실은 그녀에게 있어 커다란 충격이었
다.

이런 천재가 바로 자신의 옆에 있었을 줄이야. 직접 눈으로 보았음
에도, 직접 가르쳤음에도 불구하고 실감이 들지 않았다.

로빈에 비하면 자신 정도의 재능은 지극히 평범한 측에 속했다.

단지 검리를 한 번 듣는 것만으로 그것을 행할 수 있다면 최소한 검
의 경지를 나누는 단계 중, 검명과 검광, 검기 그 다음의 단계라 일컬어
지는 네 번째 길[Fourth road] 검도(劍道)에 이른 것이라 봐도 무관했다.

'확실히 알 수 없지만, 겉으로 보아서 그의 나이는 많이 잡아도 이십
대 초반. 그 정도의 나이에 검도의 경지에 오른 이가 과연 존재하였던
가?'

검기의 단계가 바로 사람들이 흔히 말하는 소드 마스터와 기사를 나
누는 경계점이다. 하나 저 나이에 소드 마스터를 능가하고 새로운 길
이 보이는 검도의 경지에 오를 정도의 인재는 그녀가 알기에 이 대륙
에서는 제국의 신동, 크로첼 에딕 외에는 아무도 없었다.

한데 또 한 명이 바로 자신의 눈앞에 있었을 줄이야.

흙탕물 속에서 진주를 찾아낸 느낌. 그리고 그녀는 결심했다.

이 진주를 다듬어 이 세상에서 가장 귀한 보배로 만들어 보이겠다
고.

"오늘은 여기까지."

"헉헉, 정말 날 죽이려고 했어. 너무해. 다섯 번이나 내 목숨을 노리
다니."

"비가 온 뒤에 땅이 굳는 법. 오늘 흘린 피는 결과적으로 자신을 더욱 강하게 만들어줄 겁니다. 로빈, 당신의 재능은 뛰어나요. 그 재능을 녹슬게 하고 싶지 않습니다."

미리 준비해 둔 수건으로 땀을 닦아내고 급하게 물을 마시고 있던 로빈은 푸하! 하는 소리와 함께 주전자를 바닥에 놓았다.

"녹슬어도 상관없다고. 쳇."

대 미사 날이 다가오자 가드들의 일은 늘어갔다.

라디언스 신전의 중앙이라 할 수 있는 그 거대한 글로리아 홀을 구석구석 청소하는 것은 물론 전부 새로운 장식품이나 의자로 교환을 했는데 그 일만 육 일째가 된 오늘에서야 끝이 보이고 있었다.

그리고 그 일을 마치면 곧바로 실피시와 만나서 그녀에게는 애들 장난에 불과하지만 로빈에게 있어서는 생사를 넘나드는 승부를 펼쳐야 했다.

자신이 바쁘게 움직이는 만큼 레이티아는 그 이상으로 바쁜 듯이 보였다. 이제 곧 새로운 글로리아 퀸이 될 몸이다 보니 바쁜 것은 인정하지만, 벌써 육 일 동안 한 번도 얼굴을 보지 못하자 점점 짜증이 치밀어 오르던 참이었다.

"하루가 멀다 하고 흰머리가 늘어나는 거 안 보여? 이러다가 제명대로 못살겠단 말이야. 좀 쉬엄쉬엄해 달라고."

"로빈은 처음부터 흰머리 아니었나요?"

"…안 통하네. 이상하게 예전부터 한 번도 성공해 본 역사가 없는 것 같단 말이야."

이제 이런 바보 짓은 그만 할까 하고 진지하게 고민하기 시작했다.

"그러고 보니 로빈, 당신은 어째서 호스트 일을 그만둔 거죠? 이런 말은 실례지만, 호스트 일을 부정적으로 보고는 있으나 당신은 그러니까 무척 잘 어울린다고 생각했습니다. 아, 아니, 호스트 일이 아니라 그 노래를 부르던 모습이 말입니다."

머리를 긁적이며 쑥스러운 표정을 지어 보였다.

"아, 역시 들었구나. 음음, 노래를 파는 것도 호스트 일도 솔직히 말해서 내 적성과 나쁘지는 않았어. 그래도 그 당시에는 딱히 할 일이 없으니깐. 다른 사람이 그것 말고는 다른 일을 시키지 않아서 했던 것뿐이야. 물론 지금은 다르지만."

"어떻게 다른지 들을 수 있을까요?"

"지금의 나는 이 세상에서 가장 소중히 여기고 있는 한 여자를 위해서 살아가고 있지. 그녀를 위해서 나는 호스트를 그만두고 이 일을 선택한 거야. 이곳에 있으면 우연이라도 그녀와 얼굴을 한번이나마 더 마주칠 수 없을까 해서."

심장이 격렬하게 뛰었다. 성실한 실피시는 그 이야기의 주인공이 자신일 리 없다고 생각했지만 혹시라는 간사한 마음이 점점 커져 갔다.

"그녀가 누구인지 알 수 있을까요?"

"물론. 너도 잘 아는 사람이야."

숨이 멈춰 버릴 것 같았다. 그 뒤에 들어갈 한 사람의 이름을 상상 속에서 자신의 이름으로 수십 번 바꾸어 불렀다. 그러나.

"레이티아. 들었는지 모르겠지만 그녀와 나는 서로의 반려가 되어주기로 맹세했어."

또 하나의 희망이 깨져 가고 또 하나의 절망이 생겨났다.

"그, 그런! 레이티아는 곧 글로리아 퀸이 되실 분이잖아요. 그런데 어떻게!"

"그러니까 비밀이지. 아무도 인정해 주지 않아. 신에게 맹세를 하지도 못했어. 그저 우리 둘이 서로를 돌봐주기로 서로에게 맹세한 것뿐이야. 그러니까 이 비밀 잘 간직해 줘. 난 실피시를 믿으니까."

알고 있었다. 용감하지 못한 자에게 기회란 오지 않는 것을. 그러나 그러나. 이 바라는 마음만은 진심이었거늘 언제나 결과는 이러했다.

"부디 두 사람의 앞에 좋은 일만 있기를 바랄게요."

"고마워. 넌 역시 둘도 없는 나의 친구야."

로빈은 그 말이 실피시에게 얼마나 잔인하게 들리는지 알지 못했다. 힘없는 실피시의 미소가 로빈의 미소를 마주했다.

그리고 시간은 금세 흘러 어느새 대 미사 날이 다가왔다.

대 미사를 하루 남기고.

라디언스 신전의 비밀 장소인 지하 신전, 원탁의 회의장에는 열두 명의 추기경들이 모여 있었다.

"모두 오랜만에 만나는군. 어째 예전보다 다들 젊어진 것 같구려."

"농이 느셨군요. 우선 이렇게 무사히 귀환하신 것을 축하드립니다, 하워드 경."

지금껏 비어져 있던 원탁의 맨 윗자리에 사십대 정도의 중년 남자가 자리를 차지하고 있었다.

이 원탁 상석(上席)의 주인이자 12추기경 중에서 가장 강한 권력과 높은 서열을 가지고 있는 자.

그가 근 삼 년 만에 돌아온 것이다.

"우선 내가 삼 년 동안 이루어낸 결과에 대해 말하기 전, 혹시라도 우리들의 이번 계획을 원치 않는 자가 있는지 알고 싶소. 단 한 명이라도 있으면 나는 이 계획을 결단코 실행하지 않을 생각이오."

주위의 공기가 착 가라앉으며 담배 연기처럼 탁하게 변해갔다.

그 일이라는 게 어떤 일인지 정확히 알 수는 없지만, 그들의 반응으로 보아 최소한 신성왕국의 운명이 걸린 정도의 일이라 추측할 수 있었다.

하나 끝내 아무도 나서지 않자 하워드 추기경은 한숨을 내쉬며 결단을 굳혔다.

"좋소. 이 모두가 우리 신성왕국을 발전시키는 데 가장 좋은 길임을 믿어 의심치 않겠소. 이 나라가 교황 성하를 잃고, 주인 없는 시간을 보내온 것도 어언 백 년. 그동안 딱히 불경스러운 일이 벌어진 적은 없었으나 발전도 없었소. 그 결과 이 나라는 점점 위태로워지고 있소이다."

쾅!

하워드 추기경의 주먹이 원탁을 강하게 내려쳤다.

"이 모든 게 바로 왈큐레 탓이오. 태생도 천하고 신에 대한 경건한 마음도 없는 어리석은 고아 년들이 운 좋게 얻은 힘에 우쭐해하면서 이 나라를 망쳐 가고 있음에 모두가 한탄하고 있소. 나는 이 망해져 가는 신성왕국을 바로잡기 위해서 그녀들의 힘을 제압해야 할 필요가 있다고 생각하고 기사단을 모으며 팔라딘들을 끌어들였으나 유감스럽게도 우리들의 힘만으로는 한계가 있었소. 그러나 나는 포기 않고 꾸준히 힘을 모색했소. 그 결과, 프하이엄 제국의 황제로부터 우리 12추기경들이 모든 권력을 제압할 때까지 원조를 받기로 약속했소이다."

하워드의 말은 지극히 충격적이었다. 그의 뜻에 모든 추기경이 하나가 되어 그를 지지했었다. 하지만 외세를 끌어들인다는 말에 적지 않은 근심이 앞섰다.

"하워드 예하, 당신께서 이 나라를 걱정하는 마음은 그 누구보다 저희들이 잘 알고 있습니다. 하지만 외세라니요? 다시 한 번 더 생각해 주시기 바랍니다. 제아무리 최근 평화가 지속되고 있다 해도 제국으로 개명 이후 대륙 통일이 건국 이념인 제국입니다. 언제 우리들의 등을 칠지 모를 일입니다."

황금 지팡이를 손에 쥔 서열 6위, 켈빈 추기경의 말에 하워드 추기경은 고개를 저었다.

"그것에 대해서는 걱정 마시오. 내가 지금껏 제국에 간 이유는 바로 그 때문이었소. 하나 현 프하이엄 제국의 황제, 카이젠 프하이엄 9세께서는 평화를 사랑하는 분이셨소. 최소한 그분이 현 황제인 이상 우리에게는 그 어떤 위협도 없을 것이오. 그리고 무엇보다 이 일을 진행하게 된 데에는 그분의 명이 있으셨소."

웅성웅성.

그분의 명이라는 말의 충격이 어지간히 컸는지 열두 명밖에 없는 회의장 안이 시장 바닥처럼 소란스러워졌다.

"조용. 내 말하지만, 현재 그분은 당시 십삼 세밖에 되지 않은 어린아이를 하나 찾지 못한 우리들의 무력함에 실망을 금치 못하고 무척 분노하고 계시오. 그래서 제국의 황제 폐하를 뵙게 되었고 그 도중에 나는 제국의 원조를 생각하게 된 것이오. 제국의 황제는 약속했소이다. 우리에 대한 침입은 절대 없을 것이며, 이 일이 끝난 후 자신들이 보호하고 있는 로빈이라는 아이의 신병을 우리에게 돌려줄 것을."

모두가 침묵을 유지했다.

제국은커녕 마족의 원조를 받는다 해도 그분께서 나선 이상, 그들이

할 수 있는 일은 아무것도 없었다.

"잊지 마시오. 우리들은 신의 종들. 교황 성하께서 없는 지금 우리가 따라야 하는 자는 바로 천족(天族)이자 백 년 전 우리들에게 '이 땅에 전란의 그림자가 뒤덮을 때 성물이 너희들의 지도자를 알려줄 것이다' 라는 신탁을 가져와 주신 아즈라엘님뿐이라는 것을."

교황을 대신하여 현재 신성왕국의 실세라 불리는 12추기경을 지배하고 있는 자.

그의 정체는 천족 아즈라엘 이었다.

성가대의 신비로운 노랫소리가 신성왕국 전역에서 들려왔다. 그 소리에 놀란 새들이 하늘 높이 날아올랐다.

대 미사 날이 다가오자 정작 가드들은 할 일이 없어졌다.

그도 그럴 것이 워낙 귀한 사람들이 많이 몰려오는 날이니만큼 보통 때 말단이 서는 보초도 지금은 명성 높은 신전 기사단이 모두 대신 맡고 있었기 때문이다.

그 덕분에 로빈은 비상 체제라는 명목으로 대기라고 쓰고 휴식이라고 읽는 시간을 보내고 있었다.

"이봐, 로빈."

"네, 무슨 일이십니까?"

첫 만남에서부터 이 주일. 처음에 서먹서먹하던 기운도 어느새 완화된 한 동료가 로빈을 불렀다.

"대장님께서 급하게 찾던데. 빨리 대장 방으로 가봐."

대장이 로빈을 찾는 것은 자주 있는 일이었다. 가드 사상 초유의 인재인 로빈의 입심을 누구보다 더욱 원하던 이가 바로 대장이었다.

그렇기에 무슨 모임이 있거나 의논이 벌어지는 일이 있으면 항상 로빈을 대동했고, 로빈은 그의 기대를 항상 충족시켜 주었다.

"오! 왔는가? 이리로 앉게."

방 안에는 대장뿐만 아니라 꽤 낯익은 느낌의 남자가 있었다.

자신들 같은 경갑이 아닌 화려한 은색과 청색이 섞인 플레이트 메일을 걸친 남자.

저런 무거운 갑옷을 입고 과연 움직일 수 있을까? 라는 생각을 했지만, 무리없이 커피잔을 드는 모습을 보니 역시 기사는 기사인가 보다 하고 작게 감탄했다.

"여기 이분은 제2신전 기사단의 단장님이신 바이넨 경이시네."

바이넨 경이라면 일주일 전 가드들의 훈련 정도를 살피기 위해 파견되었던 바로 그였다. 어쩐지 안면이 있었다고 생각한 로빈은 정중하게 고개를 숙였다.

"처음 뵙겠습니다. 가드 소속의 로빈이라고 합니다."

"반갑습니다, 로빈 경."

로빈은 한낱 가드에 불과한 자신에게 신전 기사단의 단장이 '경' 이라는 칭호를 붙이자 놀란 얼굴을 숨기지 못했다.

"당신의 이야기를 많이 들었습니다. 사실 능력으로 치자면 당신이 계실 곳은 저와 동등한 자리일지도 모른다는 것을요."

"지나친 칭찬을 해주시니 몸 둘 바를 모르겠습니다."

"지금 시간이 얼마 없는지라 거두절미하고 용건을 말하겠습니다. 로빈 경, 부디 오늘 하루만 저희 신전 기사단에 소속되어 주시지 않겠습니까?"

그가 말하는 사정은 이러했다.

현재 신전 기사단은 단 한 명도 빠짐없이 철저한 경비를 서는 데 투입되어 사람이 모자랄 지경에 이르렀는데 하필이면 글로리아 임명식장에서 근무를 서야 하는 기사 중 한 명이 갑작스런 고열로 병원에서 치료를 받고 있다는 것이다.

안 그래도 부족한 인력을 빼올 수 없다 보니 결국은 하루만 대리를 맡아줄 사람을 찾아 이곳에까지 오게 되었다.

잘하면 레이티아의 모습을 볼 수 있겠다고 생각한 로빈은 쾌히 승낙했다.

"그런 사정이면 어쩔 수 없겠지요. 그런데 왜 하필 제가?"

그는 사람의 시선을 흡수해 버리는 진지한 눈동자로 대답했다.

"일주일 전, 이곳에 훈련 사항을 확인하러 왔을 때, 저는 당신의 검에서 눈을 뗄 수가 없었습니다. 당신의 검은 이미 기본 검술에 들어 있는 모든 정수를 터득하고 신전 기사단 중에서도 소수만 익힌 상승의 검도를 이미 무의식 중에 선보이고 있더군요."

기가 찼다.

자신이 한 일이라고는 고작 일주일간 실피시와 대련한 것밖에 없는데 이런 과도한 칭찬을 받으니 어안이 벙벙해진달까.

로빈이 왈큐레로부터 직접 검술을 사사받았다는 사실을 알게 되었으면 그는 필히 로빈을 자신의 기사단으로 데려가기 위해 무슨 짓이든 저질렀을 터였다. 하나 그것을 알 리 없는 그는 각자에게는 말 못할 사정이 있는 것을 이해한다면서 귀찮게 하지 않았다.

로빈은 그런 배려가 마음에 들었으나 정작 걱정거리가 생겨났다.

"하지만 저는 제가 기사로서 어떻게 해야 하는지 전혀 모릅니다."

"그건 걱정 마십시오. 남은 시간 동안 충분히 가르쳐 드릴 수 있습니다. 일단 기사들의 기수식 취하는 방법에 대해서 아십니까?”

로빈은 망설이다가 ‘네’ 라고 답했고, 로빈의 대답에 그 누구보다 놀란 사람이 바로 바이넨이었다.

굳이 배우고 싶지 않았지만 실피시에 의해 반강제적으로 익혀둔 것이다.

“가르쳐 드려야 할 게 있을지 의문이군요. 그럼 오늘 하루 잘 부탁드리겠습니다. 로빈 경을 잘 빌리도록 하겠습니다.”

로빈은 기사단장 바이넨을 따라 일반인은 결코 들어가지 못할, 라디언스 신전에서도 가장 깊은 안쪽으로 들어가는 특권을 누리게 되자 그 사실만으로도 기분이 좋아졌다.

한 시간 동안 필요한 것을 빨리 습득하고 예비 갑옷을 입고 거울을 보자 옷이 날개라는 말이 실감났다. 비록 왜소한 몸이지만 육중한 갑옷을 입자 다른 기사들과 차이점을 느낄 수 없어서 좋았다.

준비가 모두 끝난 로빈은 주위의 친절한 기사들과 함께 신전 내부로 향했다.

거대하면서도 웅장한 신전 내부의 모습에 로빈은 압도되었다.

겉에서 볼 때는 단순히 커다란 건물이라고 생각을 해왔지만 건물의 안, 그것도 가장 핵심 부위라 일컬어지는 글로리아 홀 안으로 들어서게 되자 단순한 생각은 경외로 바뀌었다.

정말 이런 거대하고 멋진 건물을 인간이 만들었단 말인가?

타국의 사람들은 신성왕국의 사람들이 약간 거만한 면이 적잖아 있다고 이야기했는데 지금 보니 그게 당연한 것 같았다.

왜냐면 이만한 건물도 지어낸 사람들의 후손이거늘, 그 정도 자존심이 없다면 오히려 그게 더 이상할 것 같아서다.

로빈이 따로 익혀야 할 동작은 그다지 많지 않았다. 단지 기수식 한 번에, 발검, 착검, 그리고 그 다음부터는 쭉 통로에 서 있는 것이 로빈이 해야 할 일이었다.

단지 문제라면…….

너무나 명당자리라는 것.

뻥 뚫려 버린 인력을 메워준 로빈을 위한 선물인지 아니면 고열로 시달리고 있다는 병사가 지독하게 운이 나쁜 사람인지는 모르겠지만, 로빈은 글로리아 홀 안에서 식을 하기 위해 입장하는 사람들의 길목에 배치되어 있었다.

레이티아의 모습을 멀리서나마 볼 수 있다면 좋겠다고 생각했지만, 이 자리라면 얼굴은 물론 표정까지 세밀하게 볼 수 있었다.

'역시 결혼한 후부터 모든 일이 잘 풀리는 것 같다니깐.'

일주일째 독수공방―뜻은 다르지만, 아무튼―시킨 괘씸한 마누라 얼굴을 보게 된다는 게 은근히 두근거려 왔다.

홀 자체도 화려했지만, 그보다 더욱 화려한 것이 현재 이곳에 모인 사람들의 구성이었다.

절반은 신성왕국에서도 난다 긴다 하는 이들이 두루 모여 있었고 나머지 절반은 세계 각국에서 모여든 자들로 추정되었다.

하나같이, 자신이 더욱 거물임을 알리기 위해서인지 화려한 옷과 장식이 불빛에 반사되어 번쩍이는데 투구로 가린 눈이 다 아플 지경이었다.

로빈의 눈에는 이들이 곧 신성왕국이 얼마나 강한지를 나타내 주는 도표처럼 보였다. 만약 신성왕국이 별 볼일 없는 나라였다면 이 중에서 남아 있을 이는 극소수에 불과할 터이니까.

그렇게 드디어 식이 시작되었다.

로빈은 처음 보는 대 미사라는 것에 감동하며 심장이 뜨거워졌다.

신앙과 신비주의의 결합에 대해서 모르는 것도 아니다. 이른바 신지식인이라 칭해질 정도의 지식도 가지고 있고 그랜드 펠릭스에서 신학(神學)은 의무 수업 중 하나였기에 어느 정도 지루한 시간이 되지 않을까? 하고 걱정이 일기도 했다.

결과를 말하자면 너무나 어리석은 생각이었다.

빛의 신께 감사를 드리는 기도와 성가대의 합창, 그리고 심장을 울리는 파이프 오르간의 연주가 하늘 높은 줄 모르고 솟아 있는 천장과 홀 구석구석에까지 닿았고 그것은 신앙에 관심없는 로빈에게 있어서 약간 형식을 달리해서 변하는 것에 불과했음에도 불구하고 신앙심을 갖고 싶게 만들 정도로 가슴 떨리게 만들어주었다.

그리고 식이 시작된 지 한 시간여가 지난 후에 드디어 본 행사가 시작되는 듯 단상 위로 케미가 모습을 드러냈다.

"오오오오오!"

함성이 터져 나왔다.

항상 예복을 입고 다니던 그녀는 지금만은 마치 천사처럼 새하얀 천사의 깃털을 연상케 하는 옷을 입고 서 있었다.

귀를 기울이기만 해도 저 사람이 바로 전 글로리아 퀸인 케미 레이발시온이라며 속삭이는 자들의 말소리가 끊임없이 들려왔다.

왈큐레의 아름다움은 확실히 커다란 몫을 했다. 어느 노인은 자신이 어렸을 적 본 모습과 전혀 달라진 게 없는 그녀의 모습을 보며 신을 찬양하고 신성왕국에 대해 더욱 경외심을 가졌다.

사람들은 그 아름다움에 탄성을 지르면서도 신비롭고 위엄있는 모습에 절로 숙연해졌다.

로빈도 그중 한 사람이었다. 평소의 가볍고 장난 가득한 모습은 온데간데없이 강하고 아름다움을 숨기지 않는 그녀의 모습은 진정 글로리아 퀸이라는 이름이 어울리는 신의 사도이자 딸이었다.

태어나서 처음 보는 거대한 파이프 오르간에서 경건한 음악이 홀 안에 가득 울리면서 한 사람이 등장했다.

로빈의 예상대로 한가운데로 깔린 붉은 카페트를 밟으며 등장하는 사람은 실피시였다. 평소와 똑같은 제복을 입고 있는 그녀는 봄의 기운이 느껴지는 따스한 바람처럼 관중들의 시선을 스쳐 가며 케미의 앞으로 다가가 무릎을 꿇었다.

무릎을 꿇은 실피시는 아주 차분한 목소리로 신의 대한 맹세를 읊기 시작했다. 고운 미성이 마법처럼 홀 안 가득히 퍼져 나가자 자연스레 사람들은 흥에 취하기 시작했다. 그리고 기도문이 끝나자 케미가 말을 이었다.

"오 순결한 백합이여, 그대는 위대한 신의 사도이자 딸. 오 영광의 빛이여. 그대는 보다 앞에 서서 선을 행하는 별. 오 강맹한 용사여. 그대는 한 사람의 검이자 만인의 방패."

케미는 고개를 살짝 숙인 실피시의 머리에 손을 얹었다. 그녀의 손에서 몽롱한 빛이 반짝이더니 곧 그 빛은 실피시의 몸 전체로 퍼지기 시작했다.

실피시의 미간에 잠시 주름이 잡혔지만, 별다른 일 없이 빛은 모두 실피시의 몸 안으로 흘러들어 갔다.

"나 글로리아 퀸 케미 레이 발시온은 지금 여기서 그대가 새로운 신의 전사임을 선포하노라.”

로빈의 생각과는 달리 박수를 치거나 환호하는 사람은 없었다. 다만 뒤에서 성가대의 아름다운 합창이 들려올 뿐. 그제야 이것은 신성하기 그지없는 식이라는 것을 다시금 깨달았다.

자리에서 일어선 실피시는 지금까지 퇴장했던 사람들과 달리 12추기경들로 보이는 붉은 옷의 노인들과 그 옆에서 같은 제복을 입고 있는 씨드와 나머지 한 왈큐레가 있는 곳으로 가서 자리에 앉았다.

그리고 드디어 가장 핵심 행사이자 주인공이 나타날 시간이 되었다.

끼이이이이익— 쿠궁!

라디언스 신전 글로리아 홀의 정문이 활짝 열리자 밝은 빛이 안을 새하얗게 비추었다. 그 빛 한 중앙에서 검은 인영이 걸어오는 것이 느껴지더니 곧 빛을 벗고 그 모습을 드러내었다.

혹시 바보 같은 모습을 하고 있는 게 아닐지 걱정했던 로빈조차 그녀의 모습에 어안이 벙벙해졌다.

일주일 만에 본 그녀의 모습은 붉고 아리따운 한 송이의 꽃이었다.

마치 그녀만을 위해 존재하는 붉은색의 예복은 현재 이곳에 있는 그 누구보다 화려하고 또한 아름다웠다.

예복과 드레스의 중간의 모습을 하고 있는 옷은 특이하게도 앞부분이 터여서 다리가 살짝 보이는 반면, 뒤는 바닥에 끌어야 할 정도로 길었다.

여태까지의 옷은 대부분 가슴과 허리를 강조하는 것이 전부였고 치마 부분은 풍성하게 만드는 것이 유행이었다. 하나 이 한 번도 선보이지 못한 옷은 그만큼 사람들을 놀라게 하는 디자인이면서 동시에 이제 곧 글로리아 퀸이 될 고귀한 이가 입고 있자 천하에 둘도 없이 고귀한 드레스로 변해 버렸다.

그야말로 소문과 유행의 중심지라 할 수 있는 신성왕국이기에 가능한 일이었다.

레이티아는 실피시와 달리 케미가 서 있는 단상 위로 올라가서야 무릎을 꿇었다. 평균 육십 년에 한번 벌어지는 이 광경을 놓치게 되면 언제 다시 본단 말인가? 사람들은 모두 두 눈을 부릅뜨며 숨을 죽이고 새로운 글로리아 퀸이 탄생하는 순간을 집중했다.

그러나 그때, 그 누구도 예상치 못한 일이 벌어졌다.

쿠오오오오오!

빛의 신 라디언트의 신상이 서 있는 그 앞으로 거대한 빛의 기둥이 솟아나기 시작했다.

전례에도 없었던 일이 벌어지자 왈큐레들은 물론, 12추기경단, 그리고 그 휘하의 신전 기사들과 팔라딘조차 긴장하며 그 모습을 쳐다보았다.

파앗!

빛의 기둥이 크게 빛을 발하며 사그라지는 순간, 그곳에는 얼음기둥에 갇혀 있는 아름다운 여인이 모습을 드러냈다.

"뭐, 뭐지?"

"무슨 일이 벌어진 거야?"

갑작스런 혼란에 놀란 군중들의 웅성거림이 커지며 갑자기 생겨난 저 얼음관 속의 갇힌 미녀의 존재에 관해 의문을 갖기 시작했다.

그리고 왈큐레들과 12추기경들을 바라보며 의문을 풀어줄 것을 요구했지만, 그들조차 알 수 없었다.

아니, 12추기경들은 그 존재가 무엇인지 알고 있는 듯했다. 왜냐면 그들의 얼굴은 하나같이 경악으로 물들어 있었으니까.

"이럴 수가, 마, 말도 안 돼! 성물이 잠에서 깨어나다니!"

충격이 너무나 컸는지 12추기경들을 이끄는 하워드 추기경이 지금 이 자리가 어디인지조차 모르고 경악을 내질렀다.

그 소리와 동시에 얼음의 관이 부서지기 시작했다.

쿠구구궁!

그리고 얼음이 모두 떨어져 내리자 시체처럼 갇혀 있던 여인의 두 눈이 서서히 떠지기 시작했다.

사람들은 믿지 못할 광경에 경악했다. 신성왕국의 성물 이야기라면 그들이 어린 꼬마 시절부터 듣고 자라온 이야기가 아닌가?

너무나도 유명한 신성왕국에 내려진 신탁.

백 년 전, 신성왕국은 '콘클라베(Conclave)'로 선출된 교황이 얼마 살지 못하고 죽는 괴이한 일로 골머리를 썩고 있었다.

그때 신성왕국에 '이 땅에 전란의 그림자가 뒤덮을 때 성물이 너희들의 지도자를 알려줄 것이다' 라는 신탁이 내려왔고 그 이후 지금까지 신성왕국은 교황이 없는 나라로 더 이상 교국이라는 칭호조차 사용하지 못하고 있었다.

그런데 그 성물의 정체가 지금 이 많은 사람들 앞에서 드러난 것도 놀라운데 성물이 깨어났다는 것은, 즉 신이 선택한 교황이 이 자리에 나타났다는 것이지 않은가?

모두의 시선이 한가운데 있는 레이티아를 향했다. 저 글로리아 퀸이 신이 내린 교황이다. 그들은 믿어 의심치 않았다. 하지만 놀랍게도 눈을 뜨고 앞으로 나오는 성물은 케미와 레이티아를 가볍게 지나쳤다.

웅성웅성!

사람들의 머리가 빠르게 회전하기 시작했다.

만약 그녀들이 선택받은 교황의 재목이었다면 진작 오래전에 성물이 깨어났을 터. 그럼 그녀들을 지나친 이상 자신들 중에 교황이 있다는 것과 일맥상통했다.

그것을 빨리 깨달은 사람들의 눈에 탐욕이 일어났다. 저 성물의 선택만 받으면 자신들은 누워서 이 거대한 나라의 지배자가 되는 것이다.

주위에 존재하는 쟁쟁한 신전 기사단으로 인해 함부로 나서는 이는 없었으나 서로가 성물의 눈에 띄기 위해 필사적으로 움직였다.

"나, 나다! 내가 선택받은 자야!"

"무슨 소리! 나야말로 신의 선택을 받았다. 성물이여, 내게로 와!"

한두 사람의 외침으로 인해 사태를 깨달은 사람들은 서로 소리를 질러대며 자신이 선택받은 자라고 말하길 주저하지 않았다.

그러나 성물은 그들의 외침에도 시선 한번 바라보지 않은 채 공중을 걸어가더니 한 신전 기사단의 앞으로 다가갔다.

모든 이들의 심장이 터질 것처럼 뛰었다. 그리고 어느새 고요해진 홀 안으로 성물이 목소리가 퍼져 갔다.

"나의 이름은 엘리스. 이곳을 수호하기 위해 만들어진 태초의 슬레이브 중 하나. 열쇠를 가진 그대에게 묻습니다. 선택받은 자여, 그대는 나와 반려의 계약을 원하십니까?"

로빈은 난데없이 자신의 앞에 서서 묻는 말을 이해할 수 없었다. 하나 분명한 것은 지금 자신은 엄청난 위기에 몰렸다는 사실이었다.

모든 사람들의 시선이 자신에게로 몰려 있었다. 살벌하기까지 한 그 시선에 로빈은 처음으로 다리가 떨려왔다.

"누, 누구냐! 도대체 누구길래 성물이! 성물이!"

붉은 옷의 추기경이 자신에게 외쳤다.

대중의 시선에 압도되어 있던 로빈은 숨이 터질 것 같은 답답함에서 벗어나기 위해 투구를 벗어 들었다.

그러자 더욱 강하게 쏟아지는 시선에 금방 후회하며 다시 투구를 쓰고 도망쳐 버릴까 진심으로 생각했지만 로빈은 그럴 수가 없었다.

"로빈!"

자신의 이름을 부른 것은 다름 아닌 레이티아였다.

로빈은 한 걸음조차 뜻대로 움직이기 힘든 압박 속에서 아무런 행동도 취하지 못하고 가만히 있을 수밖에 없었다.

그런 로빈의 품 안에서 목걸이로 장식된 반지 하나가 아무도 모르게 빛을 발하며 있었다.

그 반지의 이름은 세라스의 반지.

천족 아즈라엘이 엘리스라는 이름의 성물이자 슬레이브를 깨우기 위해 무슨 수를 써서라도 얻으려 했던 바로 그 물건이었다.

이 대륙은 네 개의 세계로 이루어져 있다고 전해진다.

마계, 중간계, 천계. 그리고 마지막이 바로 신계이다.

태초에 이 대륙은 단 하나의 세계로 이루어져 있었다고 한다.

신은 곧 이 하나의 세계를 둘로 나누어 밤과 아침을 만들고 빛과 어둠의 종족들을 창조해 내셨다.

그들이 바로 현재의 천족과 마족이라 불리는 존재들이다.

천족은 착하고 아름다운 반면 마족은 강하고 흉측했다.

신은 자신들이 만들어낸 이 두 피조물들이 사이좋게 지내기를 원하셨다.

천족은 신의 말씀에 고이 따르며 어둠의 종족에게 선을 베풀기 시작했으나 사악한 어둠의 종족들은 자신들을 창조한 신조차 거부하며 자신들 중에 가장 강한 자를 모시기 시작했다.

신은 어둠의 종족들을 가엾게 여기며 빛과 어둠의 종족을 중재할 수 있는 또 하나의 종족들을 만들어내었으니 그들이 바로 현재에는 거의 멸종되었다고 전해지는 고대 종족들이다.

그러고도 넓게 느껴지는 이 세계에 활력을 불어넣기 위해 인간을 만드시고, 그들이 양식으로 삼을 온갖 동물과 식물들을 만드셨다.

천족과 마족, 고대 종족과 인간은 같은 땅에서 살며 함께 살아가게 되었다.

하나 시간이 흐르면 흐를수록 어둠과 빛의 갈등은 커지기만 했고, 중재하기 위한 고대 종족은 어둠의 종족에게 실망하며 그들을 배척하고 오직 빛의 종족들과 좋은 사이를 유지했다.

이에 앙심을 품은 어둠의 종족들은 인간들을 유혹해 그들에게 가져서는 안 될 힘을 건네주고, 무한의 가능성을 지닌 인간들의 장점을 이용하여 끝내 천족과 고대 종족에게 검을 들이대고야 말았다.

그것이 바로 라그나로크라 불리는 신마전쟁이다.

인간의 무한의 가능성을 얻은 마족들의 강함은 상상을 초월할 정도였고, 그로 인해 고대 종족은 대부분 멸망, 그리고 천족들도 멸망 직전에 이르렀다.

그때 보다 못한 신께서 결국 나서서 어둠의 종족들을 모두 땅속에 가둬 다시는 나오지 못하도록 하였으니 이것이 바로 마계이고, 수가 적어진 천족들을 보호하기 위해 그들에게 하늘에 집을 만들어 그곳을 벗어나지 못하게 하셨다.

결국 이 땅에 남은 것은 고대 종족과 인간들뿐이나 너무나 소수만 남은 고대 종족들은 수명으로 인해 하나둘 죽게 되고 끝내 이 대륙은 인간들의 땅이 되었다.

이것이 바로 사람들이 흔히 어렸을 때부터 듣고 자란 신화(神話)의 전체 줄거리이다.

그리고 이제부터 말할 내용은 그런 신화가 아닌 현실의 이야기.

백 년 전, 주인을 잃게 된 이 땅에 한 천사가 나타났다.

그 천사는 당분간 이 땅에 지도자가 나타나지 않을 거라는 신의 말씀을 전하고, 신물의 선택을 받는 자가 곧 이 땅의 주인이자 새로운 교황이 될 것이라는 신탁을 내렸다.

거기서 그 천사의 임무는 끝이 났어야 했다.

하나, 천사는 성물을 맞이한 순간, 자신의 마음 깊은 곳에서부터 도저히 말로 표현 못할 감정이 생겨나기 시작했다.

그것은, 굳이 인간의 언어로 표현하자면 '사랑' 이라는 뜻과 비슷한 감정이었다.

모든 사람들은 그 천사가 신의 말씀을 전한 뒤 다시 천계로 돌아갔다고 생각했지만, 이 땅에 열두 명의 인간만이 그 천사가 돌아가지 않고 성물의 옆에 머물고 있음을 알고 있었다.

그들이 바로 백 년 전의 12추기경들이었다.

라디언스 신전과 비밀리에 이어져 있는 지하 신전의 안에서 한 노인의 절규가 들려오고 있었다.

"으아아아아아아아! 엘리스! 나의 엘리스가!"

그 노인이 바로 천족 아즈라엘이자 자신의 눈앞에서 사랑하는 이가 사라지는 모습을 두 눈 뜨고 바라볼 수밖에 없었던 가련한 한 남자였다.

백 년. 자그마치 백 년간이었다.

그렇게 긴 시간 동안 아즈라엘은 단 한 번도 자리를 떠나본 적이 없었고 그녀에게서 눈을 뗀 적이 없었다.

하나 그 대가가 고작 이것인가? 정녕 그녀는 신의 안배대로 자신이 아닌 '이 나라를 구원해 줄 수 있는 자'를 선택한 것인가?

"과거 슬레이브의 탄생과 함께 혹시나 생길지 모를 그녀들의 폭주를 막기 위해 만들어진 절대 명령권이자 단 하나의 마스터 키, '세라스의 반지'만 좀 더 일찍 내 손에 들어왔으면 모든 것이 완벽했는데."

모든 슬레이브를 지배할 수 있는 힘. 그것이 바로 세라스의 반지가 지니고 있는 본질의 능력이었다.

그 반지만 손에 넣었다면 그는 엘리스의 주인이 되어 이 나라를 떠나 아무도 알 수 없는 먼 곳으로 떠났을 터였거늘, 충실한 심복이라 주장하던 그 무능력한 열두 명의 인간으로 인해 결국 모든 것이 수포로 돌아갔다.

"아직 끝나지 않았다."

우드드득!

그리고 동시에 그의 몸이 머리에서부터 꼬리뼈까지 갈라지더니, 마치 애벌레가 나비가 되듯 그 안에서 밝은 빛과 함께 무언가가 꿈틀꿈틀 기어나오기 시작했다.

기어나오는 것은 마름모꼴 모양의 정체를 알 수 없는 물체였다.

징그러우면서 끈적끈적한 액체가 뚝뚝 떨어지던 모습이 곧 빠르게 건조되더니 점점 부드럽고 포근한 무언가로 변해갔다.

파핫!

그 마름모꼴은 다름 아닌 아즈라엘의 등에 달린 두 장의 커다란 날개였다. 자신의 날개를 활짝 펼친 그는 가히 '천족'이라는 말이 어울리는 모습을 하고 있었다.

금발의 머리카락, 새하얀 피부, 실오라기 하나 거치지 않은 그의 나체는 평범한 인간들과 달리 중성체의 모습을 하고 있었음에도 도저히 눈을 뗄 수 없을 만큼 아름답게 느껴졌다.

"용서 못한다. 나는 무슨 수를 써서라도 엘리스를 되찾고 말겠다."

그 아름다움이 무색할 정도의 분노가 지하 신전을 뒤흔들었다.

지하에서 아즈라엘의 분노가 터져 나올 때, 이미 홀 안은 거짓말 같은 일이 현실로 벌어진 충격으로 숨 쉬는 소리조차 들리지 않을 정도로 고요했다.

모든 시선이 로빈과 그의 앞에서 드레스를 두 손으로 올린 채 무릎을 꿇고 있는 성물에 고정된 채 그 누구도 고개를 돌릴 생각조차 하지 못하고 있었다.

그때 누군가가 외쳤다.

"웃기지 마라! 이 크롬 왕국의 수상인 내가 겨우 저 새파란 젊은이보다 못할 리가 없다."

본인 스스로 그릇이 작음을 보여주는 크롬 왕국의 수상의 외침은 기폭제가 되었다.

"그래, 착오다! 이, 내가 겨우 기사에 불과한 자보다 못할 리 없어."

"나, 나는 태어나 평생 동안 라디언스님을 단 한 번도 잊어본 적이 없는 사람이다. 교황이 될 사람은 바로 나야!"

"아니야, 우리 집안은 대대로 신전에 기부를 해왔어. 그러니까 바로 나야."

신전 기사단들도 정신이 다른 곳에 집중해 있는 동안 틈이 생기자, 그곳을 시작으로 둑이 터진 듯이 욕망에 미쳐 버린 인간들이 이 자리가 어떤 자리인가도 잊어버리고 앞으로 달려나왔다.

"무엄하다!"

케미가 외치며 손을 휘두르자 폭도처럼 달려들면서 로빈과 성물을 손에 잡으려 했던 자들의 앞으로 무형의 마나가 쏟아졌다.

모든 엘레멘탈의 힘이 그녀에게서 실피시로 옮겨져 갔으나 그녀가 지금껏 단련한 마나의 힘은 아직 약소하나마 존재하고 있었다.

파앗!

"으아아!"

근 삼사십에 달하는 이들이 서로의 몸에 깔리고 뒹굴며 자신들이 있던 자리로 되돌아갔다.

"그대들을 초청한 것은 새로운 글로리아 퀸의 탄생을 축하하기 위함이지 이런 추태를 보려고 한 것이 아니었다! 빛의 신 라디언스님과 우리 신성왕국은 그대들의 이 행동을 두고두고 기억하겠다!"

케미의 목소리가 울려 퍼지자 대부분의 사람들이 뇌를 흔드는 고통에 귀를 막으며 주저앉았다.

이 자리가 어떠한 자리인가?

제국의 위협으로부터 약소국을 보호해 주는 울타리이자 90% 이상의 사람들이 믿고 따르는 빛의 신의 성지인 신성왕국에서도 가장 중요하기로 알려진 행사 중의 하나였음은 물론 백 년간 허무맹랑한 전설이 현실로 벌어진 시점이 아닌가?

만약 이 자리에서 신성왕국의 수뇌들이 저 젊은 기사를 인정하면,

자신들은 신성왕국을 구원하기 위해 선택되었다는 교황을 자신들의 손
으로 해하려고 한 것이 된다.

각국의 귀빈으로 참석한 그들이 스스로의 위치를 잊고 이런 어처구
니없는 짓을 저지르다니. 이런 일은 있을 수도 없고 있어서도 안 되는
일.

만약 신성왕국에서 이 일에 대해 확실히 짚고 넘어가도록 마음을 먹
고 각국에 알린다면, 국가적인 망신은 물론 패전국에 맞먹는 보상금을
지급해야 될 터였다. 그렇게 되면 그들이 자신들의 나라에서 서 있을
입지는 더 이상 없음은 물론이요, 자칫하면 목숨마저 위험하게 된다.

그제야 욕심에 물들었던 그들은 자신들의 어리석음을 한탄하며 가
장 먼저 선동한 거나 마찬가지인 코롬 왕국의 재상을 살기 띤 눈으로
노려보았다.

말을 마친 케미의 표정은 매우 힘들어 보였지만, 그녀의 한마디의
효과는 매우 컸다. 하지만 아직 적이 남아 있음을 그녀는 생각조차 하
지 못했다. 그것도 내부에.

하워드 추기경이 늙은 몸을 이끌면서 앞으로 걸어나왔다.

"로빈, 저, 저자가 로빈이라니! 이런 바보 같은 일이! 제국에 있어야
할 자가 왜 이곳에 갑자기 나타나서 성물을 잠에서 깨웠단 말인가! 안
돼! 그분의 분노가 이 신성왕국을 불바다로 만들 것이야!"

옆에서 그 이야기를 듣던 케미는 의문이 생겼다. 마치 그는 로빈을
알고 있는 듯한 말투가 아닌가?

그녀가 알기로 로빈은 기억을 잃고 그 과거를 찾기 위해 이 신성왕
국에 왔지만 끝내 자신의 과거를 찾지 못하고 새로운 자신으로 살아가
기로 맹세했다. 그런데 이렇게 가까운 곳에서 로빈을 아는 이가 있고,

또 그게 하워드 추기경이라는 사실에 놀랍기 그지없었다.

"하워드 추기경, 속히 식을 마치고 이 일에 관해 논의를……."

"아니야!"

케미의 말을 끊어버리는 하워드 추기경의 목소리가 홀 안에 울려 퍼졌다.

"아니야! 저자는 신이 내려주신 우리들의 지도자가 아니란 말이다! 뭐 하고 있는가? 신전 기사단은 당장 저 천한 산적을 잡아라! 아니, 죽여! 죽여 버려!"

그 한 사람이 곧 12추기경단 전체이기도 한 하워드의 외침에 홀 안은 다시금 웅성거림이 커졌다.

"하워드 추기경! 이게 무슨 짓입니까?"

케미가 한 걸음 앞으로 다가가며 따졌다.

하워드 추기경은 자신들을 늘 업신여기고 기피해 왔지만 그 능력만큼은 뛰어난 이로, 아무리 시급한 상황이었다 해도 평소의 그였다면 사람들을 전부 내보낸 후에 이런 일을 진행할 사람이었다.

그런데 지금 이 성급한 행동은 도대체 무어란 말인가?

본의 아니게 그 순간 그녀의 눈에 들어오는 광경. 그것은 하워드 추기경이 떨고 있는 모습이었다.

"자세히 말할 시간이 없네. 단 확실한 것은 저자는 결단코 선택받은 자가 아니라는 거야. 그분이, 그분이 계시거늘, 겨우 인간 따위가 선택받을 리 없지. 암, 그분께서 분노하시기 전에 저 천민의 손에서 반지를 빼앗아야 해."

필사적으로 설명하는 하워드 추기경의 말은 오히려 혼란을 가중시킬 뿐이었다. 이 노인이 왜 이토록 겁을 먹고 있는지 아무리 생각해도 알 방도가 없었다.

"당신은 무언가를 잘못 알고 계십니다. 그는 반지 비슷한 것도 가지고 있지 않습니다."

케미가 말했으나 더 이상 그의 귀에는 아무런 소리도 들리지 않는 듯이 오히려 소리쳤다.

"당연하지! 저자의 뱃속에 반지가 있단 말이다! 빨리 잡아서 배를 갈라!"

이 혼란한 외중에서도 신전 기사단는 본능적으로 명령에 따라 검을 뽑고 랜스를 들며 로빈을 향해 다가가고 있었다.

"죽여! 당장 죽여 버려!"

"안 돼! 그를 죽여서는 안 돼!"

상반되는 두 명령이 거의 동시라 할 만큼 들려왔지만, 유감스럽게도 그들의 상관은 케미가 아닌 하워드 추기경이었다.

어느새 로빈의 앞으로 다가간 한 기사가 자신의 랜스를 들어 힘껏 로빈의 목을 향해 찔렀다.

휘이이이잉!

뜨거운 바람이 불어왔다.

그 바람은 한순간에 불어와서, 명령에 따라 한 목숨을 죽이려 들던 기사의 몸은 그야말로 인정사정없이 날려 버렸다.

"안 돼! 로빈을 건드리지 마!"

퍼엉!

불꽃이 작렬함과 동시에 공중에 떠오른 기사는 닫혀 있던 정문을 활짝 열어젖히게 만들면서 앞으로 쓰러졌다.

붉은 천이 모두의 눈앞에 살랑거렸다. 아름다운 붉은색 눈동자에서는 사슬같이 시퍼런 안광이 쏟아져 나와 있었으며 그 안광은 살기를 담은 것처럼 주위의 모든 이들을 주눅 들게 만들었다. 그리고 마지막으로 자연적인 바람이 아닌, 기의 돌풍으로 펄럭이고 있는 드레스와 떠오르는 머리카락에 공포심이 극대화되며 귀빈들은 물론 기사들조차 당장이라도 무릎을 꿇고 엎드리고 싶었다.

불의 왈큐레이자 새로운 글로리아 퀸으로 임명된 자, 바로 레이티아였다.

"로빈, 괜찮아! 어디 다친 데 없어?"

레이티아는 어리석게도 친근하게 로빈의 이름을 외치며 넘어진 아기를 걱정하는 어머니처럼 여기저기 살펴보았다.

일단 안도하던 케미도 그 모습을 보며 '저 바보' 라고 중얼거렸지만, 정작 그녀를 가장 혼내어야 할 로빈은 놀란 나머지 아무런 행동도 취하지 못하고 그녀의 따스한 손길을 받기만 할 뿐이었다.

너무나 친밀한 두 사람의 모습을 보고 무.언.가. 이.상.하.다.고 느낀 사람은 한두 명이 아니었다.

하지만 방금 그녀가 보여준 무시무시한 일격에 그 누구도 선뜻 나서서 자신의 의문을 해결할 수가 없었다.

"하워드 추기경, 당신은 로빈에게 손끝 하나 건드릴 수 없습니다. 로빈은 나 레이티아 레이 발시온이 한 목숨을 바쳐서라도 지킬 것입니다."

이 순간, 케미는 레이티아의 행동이 지금껏 엉뚱한 모습 중에서 가장 어리석다는 생각이 들었다. 하지만 그것은 어디까지나 두 사람의 관계를 아는 그녀의 입장에서일 뿐, 대부분의 사람들은 이렇게 생각했다.

글로리아 퀸은 저 청년을 교황으로서 인정했다라고.

"하아!"

긴박하던 사태가 진정되어 가자 케미는 한숨을 내쉬었다.

뜻하지 않은 우연에 그녀는 불행 중 다행이라고 이번에야말로 진심으로 안도할 수 있었다. 백 년간 단 한 번도 벌어진 적이 없는 충격적인 일이 오늘 하루만 벌써 연속적으로 터져 나오고 있었다.

성물이 잠에서 깨어나질 않나, 그 성물이 선택한 자가 겨우 호스트였던 평범한 남자 아이에 불과하고, 욕망에 혹해 버린 자들은 혼란을 일으키고, 이 신성한 장소에서 급기야 피를 볼 뻔하기에 이르렀다.

의도했을 리는 절대 없겠지만, 아무튼 결과적으로 레이티아의 행동은 모든 사람들이 제정신을 차리게 하고 이곳에 있는 그 누구도 감히 로빈에게 함부로 덤벼들지 못하도록 만들었다. 평소의 그녀 행실로 보아 엄청난 성과임이 분명했다.

이것으로 겨우 이야기를 할 수 있는 분위기가 만들어졌다.

"하워드 추기경, 이제 겨우 대화를 할 수 있게 되었군요."

"크윽! 당신은 지금 엄청난 실수를 저지르고 있는 것이오. 당장 그 자를 죽이지 않으……."

"말조심하십시오! 성물이 선택하고 현 글로리아 퀸께서 인정하신 분입니다! 방금 상황을 보셨지요? 그가 계약에 응하기만 했다면 이미 우리들은 무릎을 꿇고 있어야 정상입니다! 나는 당신의 이야기를 듣기에 앞서 이 위대한 선택을 받은 분의 나이가 많고 적음과 과거는 아무런 문제가 되지 않을 것임을 선언하는 바입니다!"

지금 이러한 상황이 그가 가장 염려하고 있던 상황이었다. 아무리 많은 권력과 재물을 얻어 힘을 늘린다 해도 결국 개미 떼는 곰 한 마리를 이기지 못한다.

이 곰을 쓰러뜨리기 위해서는 적어도 늑대 떼를 불러오지 않고는 이길 수가 없었다. 신성왕국에도 늑대가 없는 것은 아니지만, 한 늑대는 곰과의 싸움에는 아무런 관심조차 없고, 또 한 늑대는 오히려 곰의 밑에서 재롱을 부리고 있다. 바로 팔라딘과 발키리들의 이야기이다.

결국 그의 마지막 남은 선택은 외부의 늑대의 도움을 얻는 것. 그들이 곰을 죽이는 것을 원하는 것이 아니라 곰이 나서지 못하도록 막기만 하면 충분했다.

하워드는 마음속으로 자신의 선택이 옳았음을 다시 상기했다.

"좋소. 무엇부터 알고 싶은 것이오?"

"하하하하하하!"

힘겹게 그가 말을 꺼내자 기다렸다는 듯이 한 여인의 웃음소리가 크게 들려왔다.

"그렇게 즐거운 듯이 웃는 이유를 알 수 있을까, 네메시스?"

네메시스는 마치 버릇없는 아이처럼 기분 나쁘게 조소를 지으면서 말했다.

"아뇨. 이제 더 이상 왈큐레도, 글로리아 퀸도 아닌 평범한 신관에 불과한 당신에게 하워드 추기경 예하씩이나 되시는 분께서 쩔쩔매는 꼴이 너무 우스꽝스러워서 저도 모르게 웃음이 나와 버렸군요."

그 말에 진리를 깨달은 사람마냥 하워드의 두 눈이 커졌다.

"…무슨 말을 하고 싶은 거지, 네메시스 레이 발시온? 나의 권한에 문제가 있다고 말하고 싶다면 이 식이 끝난 후에 말해도 늦지 않을 것 같은데."

"그건 당신의 생각일 뿐이죠. 이제 당신은 이 중에서 가장 낮은 신관에 불과해."

존댓말에서 한순간에 낮춤말로 변했다. 죽기 직전에 구원을 받은 사람마냥 하워드는 힘껏 손을 앞으로 뻗으며 명령했다.

"그렇다! 신전 기사단은 무엇을 하는 것인가? 당장 저자를 홀 밖으로 끌어내라!"

하워드로서는 왜 네메시스가 자신을 도와주는지 알 수 없었으나 그 도움을 받지 않을 이유가 없었다.

신전 기사단들에게 있어서도 레이티아는 공포스러운 존재일지 몰라도 이제 케미는 자신들에 비해 약간 강한 신관에 불과하다는 사실을 깨달았는지 금방 그녀를 향해 몰려들었다.

조금 잠잠해진 덕분에 약간이나마 원래의 모습을 되찾은 로빈은 곧바로 레이티아에게 뭐라고 속삭였다.

그리고 막 신전 기사들이 그녀를 포위하기 직전.

"잠깐! 나, 나는 케미님이 나를 대신하여 계속 이 일을 이대로 맡아주실 것을 허락합니다."

앞서 말했듯이 아직 그녀에 대한 공포감이 이 홀 안으로 뿌리 깊게 내려져 있었고 그 덕분에 기사들의 발은 거기에서 멈춰서 다시 뒤로 물러섰다.

"젠장할!"

이것으로 겨우 일이 쉽게 되어지려는가 했더니 또 레이티아의 방해로 인해 복잡해지자 하워드는 작게 욕설을 내뱉었다.

그녀의 현명한 대응에 케미는 한숨을 내쉬었다.

"하하하! 정말 끼리끼리 잘 노시는군요. 하지만 나는 이대로 두고 볼 수 없습니다. 이 나라를 망치려고 하는 당신네들의 그 파렴치한 행동을 말입니다!"

네메시스의 입에서 나온 파렴치한 행동이라는 말 한마디는 커다란 파문을 일으켰다.

왈큐레씩이나 되는 자가 함부로 말을 할 리가 없다는 사실은 모두가 잘 알고 있는 사실. 도대체 무슨 일이기에 왈큐레들끼리 지금 부딪치고 있는지 진실에 관한 의문이 더욱더 커져 갔다.

"방금 케미 당신은 이렇게 말했습니다. 그의 나이와 과거에 관해서 더 이상 아무런 문제가 없을 거라고 선언하셨지요. 하지만 그 발언도 그렇고 왠지 저기 글로리아 퀸께서 감싸고 있는 자를 잘 알고 계시는 것 같군요."

비릿한 조소가 지어진다.

그녀의 말을 듣고 난 후에야 곰곰이 생각해 보니 결코 제삼자의 입장이 아닌 것 같았다. 그리고 확실히 글로리아 퀸은 그 청년을 감싸고 있었다. 그 모습은 교황을 대한다고 하기보다 연인을 지킨다라는 표현이 더욱 어울리는 모습이었다.

"두 분께서 말을 못한다니 어쩔 수 없이 제가 말을 해야겠군요. 저기 있는 남자는 얼마 전 로미오 하우스라는 이름의 호스트바에서 일하던 창기입니다. 그리고 동시에 이곳에 있는 두 사람의 노리개이기도 하지요. 아니, 혹은 그 반대일지도."

"네메시스!"

현재 이곳은 외국의 사신들과 귀빈들 말고도 신성왕국의 유명 인사들조차 대거 모여 있는 자리였다.

이 땅의 시민들과 신관들이 교황과 나라에 대해 가지고 있는 자부심만은 거의 대륙 최고에 달하는 정도라 할 수 있었다.

그런데 이 신성한 장소에 몸을 파는 더러운 자가 있다는 사실만으로도 부끄럽고 화가 머리끝까지 치밀어 올라왔다.

거기에 다음 그녀의 말은 더욱 충격적이었다.

"인정하십시오. 두 분께서 자신의 일도 내팽개치고 저 청년을 만나러 다닌 사실이 이 서류에 정확하게 기록되어 있습니다. 일이 이렇게 되고도 모르시겠습니까? 저자는 당신들을 위하는 척하면서 실은 이것이 목적이었던 것입니다."

사람들의 분노는 더 이상 참지 못하는 수준에 이르렀다.

"꺼져라! 이곳은 감히 더러운 놈이 있어야 할 곳이 아니다!"

"꺼져! 이 쓰레기!"

"더러운 놈. 저런 놈은 두 번 다시 이 나라에 들어오지 못하도록 추방시켜야 해!"

"죽여! 죽여버려!"

광신도에 가까울 정도로 흥분하는 그들의 모습을 보자 레이티아조차 한 걸음 물러설 정도였다.

애초에 그녀에게 이 많은 사람들 앞에 있을 담력은 존재하지 않았다. 조금 전 나선 것도 로빈이 위험하지 않았다면 절대 불가능한 일이었을 터다 보니 당연한 모습이라 할 수 있었다.

"하지만 한 가지 궁금한 게 있습니다. 도대체 어째서 이런 자격조차 되지도 않은 자가 성물의 선택을 받게 되었을까?"

그거야말로 케미가 알고 싶은 부분이었다. 지금부터 그것을 알아내기 위해 하워드에게 정보를 얻을 생각이었거늘, 자신이 방해해 놓고도 능청스럽게 이야기를 계속해 갔다.

"조작이다! 저딴 놈이 선택받을 리가 없어! 무슨 조작이 있는 게 분명해!"

"성물은 조작이 불가능합니다. 만약 방법이 있다면, 유일하게 할 수 있는 사람은 아마도 글로리아 퀸 정도뿐일 터. 도대체 당신들은 무슨 짓을 준비하고 계셨던 겁니까? 설마 세 명이서 이 나라를 통째로 망하게 하려고 작정은 한 것은 아닙니까?"

케미는 보았다. 무표정으로 가장해 있는 네메시스의 뒤에 숨겨진 회심의 미소를.

그녀는 오래전부터 이날을 위해 준비해 왔을 것이다. 모든 것은 레이티아를 가장 잔인하게 짓밟기 위해서.

케미의 생각은 대부분 정확했다. 단 하나 그녀가 틀린 것은 원래 네메시스가 생각한 계획과 실행 날은 오늘이 아니라는 것. 하지만 로빈에 의해서 커다란 약점이 생겨 버린 것을 네메시스는 훌륭하게 이용하고 있었다.

"아니야! 로빈도, 케미 언니도, 나도 그런 생각을 한 적 없어!"

"글로리아 퀸 레이티아, 솔직히 말해서 나는 당신의 말은 이제 아무 것도 믿을 수 없습니다. 아니, 당신을 마지막으로 믿어보기 전에 하나 질문을 하겠습니다. 왈큐레의 몸으로 단순히 사내와 만난 것에 그치지 않고 남들 몰래 살림을 차리고 있는 당신의 순결성의 여부에 대해서 묻고 싶군요. 당신은 순결합니까?"

로빈은 안도했다. 하지만 이 다음에 나온 레이티아의 한마디는 모든 것을 무너뜨리고 말았다.

"그 질문이 처녀성의 존재를 말하는 거라면, 나는 순결하지 않아."

너무나 엄청난 충격에 사람들은 이제 외치는 것조차 멈추었다. 신의 딸이 순결을 저버리다니. 이게 무슨 망발인가?

"역시. 당신은 그로 인해 자신이 여자임을 깨닫게 되고 결국 그를 이 나라의 최고 권력자로 만들 속셈을 꾸몄습니까?"

"아니야! 절대 아니야!"

레이티아가 부정했으나 더 이상 그녀의 말을 믿는 이는 없었다. 모두의 눈동자가 그녀를 가리키며 더러운 년이라 칭하고 있었고, 좀 전까지 글로리아 퀸이라 칭송하던 모습도 온데간데 사라진 채 이 나라를 위해서라도 꼭 사라져야 할 해충으로 보기 시작했다.

"레이… 티아?"

"미안해, 로빈. 나중에 너에게 모두 말해 줄 테니까 우선 내 뒤로 숨어. 그리고 갑옷을 모두 벗어."

신성왕국의 국민들은 물론 그들의 움직임을 막아야 할 신전 기사단조차 무기를 꺼내 들고, 나라를 망치려고 한 천하의 역적 앞에 그녀의 힘은 이제 더러운 악마의 힘이나 마찬가지. 신의 힘을 받고 있는 자신들에게 패배란 있을 수 없다고 굳게 다짐하며 서서히 다가오기 시작했다.

모두가 하나같이 살의를 가지고 있는 모습은 절망이라는 말밖에는 생각이 나지 않을 정도였다.

로빈이 겨우 갑옷을 모두 벗어 던졌음을 전하자 레이티아가 고개를 돌려 로빈의 얼굴을 마주하더니 굳었던 얼굴을 숨기며 억지미소를 지었다.

"로빈, 우리 도망가자."

"뭐?"

그녀는 어느새 한 손에 스팅을 소환하여 무언가를 베고 다시 소환을 해제하였다.

반 바퀴 회전하는 동안 벌어진 일들은 그 다음 순간 그녀의 다리 부분에 길게 늘어놓여 있던 천이 투득 반듯하게 잘려진 후에야 무슨 일이 있었는지 대충 짐작하게 했다.

그렇게 방향을 바꾼 레이티아는 로빈의 허리를 잡은 뒤에 힘껏 도약했다.

글로리아 홀은 놀라울 정도로 높았기에 그녀는 그 어떤 어려움도 없이 한 번의 도약으로 정문 바로 앞에 착지하더니 그대로 밖으로 전력을 향해 달리기 시작했다.

"이게 무슨 짓이야, 레이티아!"

갑자기 도망이라는 말도 한심할 뿐이지만, 현재 그녀가 이 화려한 옷을 입고 있는 이상 도망은 애초에 성립되지 않는 단어였다.

그럼에도 불구하고 레이티아는 뭐가 좋은지 미소를 지으며 100미터를 5초에 끊어버릴 정도로 빠르게 달리고 있었다.

"도망친 곳에 낙원이란 있을 수 없어! 그걸 모르는 건 아니겠지!"

레이티아는 그렇게 빠르게 달리는 와중에도 조금도 호흡을 흐트리지 않으며 말했다.

"하지만 거기에는 로빈이 있어줄 거잖아."

로빈은 언제 이 바보 아가씨가 말 실력이 이렇게 늘었는지 곰곰이 기억을 더듬어보려다가 만사가 귀찮은 듯 커다랗게 한숨을 내쉬었다.

"맘대로 해. 솔직히 말해서 나도 죽기 싫었으니깐. 그나저나 이 꼴 좀 어떻게 할 수 없어?"

로빈은 두 팔과 두 다리를 축 늘어뜨리고 그녀의 왼손에 매달린 자신의 처지를 보며 울상을 지었다.

아무리 급하다 해도 이건 거의 보쌈을 해가는 것이 아닌가?

"그럼 업힐래, 로빈?"

로빈은 자신의 등에 업히라고 권하는 레이티아의 의견을 정중히 거절하고 더 이상 아무런 말도 하지 않았다.

두 사람의 도망가는 모습을 보며 거의 모든 이가 잡으려고 외쳤으나 엘리스 만은 의지가 사라진 인형처럼 더 이상 아무런 움직임을 보이지 않았다.

한편.

"비상이다! 모든 출입구를 봉쇄하고 왈큐레 레이티아를 목격한 사람들을 찾아내! 당장!"

"모든 병력을 집중시켜! 어차피 입구는 네 개밖에 없고 전부 다리와 연결되어 있잖아. 모든 병력을 다리 위에다가 집중시켜 놓으라고."

"인상착의를 말하지. 매우 아름답고, 붉은 머리카락을 하고 있다. 너무 애매한 데다가 그런 사람은 한둘이 아니라고? 멍청아! 보면 알게 돼! 저절로 눈이 갈 테니까!"

추기경들은 레이티아가 자리를 떠난 뒤 곧장 연락 수정을 통하여 모든 병력을 총동원하여 레이티아와 로빈을 사로잡도록 명령했다.

두 사람이 사라졌지만, 아직 홀 안에는 케미가 남겨져 있었다.

분을 풀지 못한 사람들의 흉흉한 마음이 케미에게로 옮겨지려 하고 있었다.

"잡아버려."

"뭐, 뭐야!"

"으아아악!"

딱!

씨드가 손가락을 퉁거서 소리를 내자 대리석 바닥이 진흙처럼 변하더니 그 안에서부터 진흙으로 만들어진 손이 일제히 튀어나와 가까이 있던 이들을 모조리 옴짝달싹도 못하게 만들어 버렸다.

놀란 사람들의 비명 소리가 여기저기에서 쏟아지고 있음에도 불구하고 씨드는 전혀 들리지 않는다는 듯이 조용히 그녀의 옆으로 걸어와서 한마디를 꺼냈다.

"재미없어졌어."

"그러게. 자, 네메시스. 네가 원하는 대로 되었니? 레이티아를 쫓아냈으니 이제 마음이 편하겠구나? 아니면 혹시 이대로 술래잡기 속행?"

좀 전까지 의기양양해 있던 네메시스는 날카로운 눈초리로 케미를 흘겨보았다.

"그 아이가 불행해지는 모습을 보기 전까지 저는 멈추지 않습니다."

"갑자기 말은 왜 올릴까? 평범한 신관인 나에게?"

밉살스럽게 대꾸하자 네메시스는 홍 하고 코웃음을 치며 추기경들에게로 다가갔다.

"이제는 나도 모르겠다. 내 눈 밖으로 벗어난 일 알아서들 해."

케미는 좀 전까지 실랑이를 벌리던 모습이 거짓인 듯 냉큼 태도를 달리하며 방관자의 모습을 취했다.

"뭐 하고 있는 거냐! 쫓아라! 당장 그들을 쫓아가서 잡아오란 말이다!"

홀 안에 남아서 어쩔 줄 몰라 하는 기사들을 향해 하워드가 소리치자 뒤늦게나마 그들은 정문을 향해 뛰어가기 시작했다.

그 모습을 보며 케미는 장난스런 미소를 지었다.

"씨드, 이왕이면 쟤들 발도 묶어주지 않을래?"

"약간의 유희거리는 되겠군."

딱!

다시 한 번 더 손가락으로 소리를 내자 막 정문으로 달려가던 자들이 바닥에 양초 칠이라도 된 양 미끄러지며 마찬가지로 진흙처럼 변해 버린 대리석 아래로 가라앉았다.

"으아아악!"

"이히힉, 사, 살려줘!"

결국 홀 안에서 밖으로 나간 기사는 단 한 명도 없었다.

하워드는 부르르 떨면서 한입에 잡아먹어 버리고 싶은 눈빛을 쏘아 보내다가 몸을 휙 돌리며 추기경들에게 소리쳤다.

"당장 팔라딘들에게도 이 사실을 알려라! 결코 그 두 사람이 도망가도록 놔둬서는 안 된다!"

현재 사태가 사태인만큼 그들의 개입 역시 불가피할 터. 때마침 이번 대 미사로 그나마 여섯 명의 팔라딘이 현재 이 신성왕국에 모여 있다는 것에 안도하며 얼른 지원을 요청했다.

한편 엘리스는 어리석은 인간들을 구경하고 있는 것처럼 방관자의 태도로 가만히 서서 지켜보고 있을 뿐이었다.

제22장

서글픈 달

인간이 타인과 함께 살아가고 있는 사실이
결코 혼자서는 살아갈 수 없음을 증명하고 있는 것이라면,
인간은 타인을 위해 살아간다고 할 수 있다.
그러나 잊지 마라.
인간은 타인을 위해 살아가지만,
자신을 알아주는 자를 위해 죽는다는 것을 말이야.

　신성왕국에는 동서남북 각각에 커다란 정문이 존재하고 있었다.

　대륙 중심에 위치해 있는 이점답게 그 문들은 다른 나라로 가장 쉽고 안전하게 갈 수 있는 일명 골든 로드(Golden road)와 바로 이어져 있었다.

　이백 년 전 그때 당시의 프하이엄 제국의 대대적인 침략 전쟁으로부터 약소국과 이종족들을 보호하고 끝내 교황과 왈큐레의 힘으로 전쟁을 멈추게 한 신성왕국에 대한 감사의 의미로 드워프와 주변 나라들이 모두 힘을 합쳐 반듯하고 넓은 도로를 만들었는데 그것이 바로 골든 로드다.

　그리고 현재 골든 로드는 다음과 같이 이어지고 있었다.

　서쪽에 위치한 서문은 프하이엄 제국으로, 동쪽에 위치한 동문은 삼국연합으로, 남쪽에 위치한 남문은 몬스터 산맥과 호더 왕국으로, 마지막으로 북쪽에 위치한 북문은 이 세상에서 가장 사람이 살아가기에 불편하다고 전해지는 네르갈의 사막과 이트루 제국으로 이어지고 있었다.

이백여 년간, 신성왕국이 부흥하는 데 가장 일등공신이 되어준 이 골든 로드는 말 그대로 황금을 벌어주었으나, 뜻하지 않은 문제점을 야기시키고 말았다.

그 문제란 바로 모두 북문에서 벌어지는 것들로 주로 지명 수배자의 도망에 관련된 것들이었다.

신성왕국의 북쪽으로 쭉 오르면 네르갈의 사막이라 불리는 그 끝을 알 수 없는 거대한 사막 지대가 펼쳐진다.

그 크기는 대략 현 프하이엄 제국과 삼국연합이 합친 땅덩어리를 모두 능가하는 것으로 추정되나 그 넓은 땅덩어리 중 60% 이상이 사람은 살 수 없는 불모지이며 사막 특유의 괴팍하고 두렵기까지 한 자연재난으로 인해 그 누구도 선뜻 다가가지 못하는 위험천만한 곳이다. 그러나 반대로 말하자면 그곳으로 도망간 자를 쫓아가 잡는 것 역시 불가능에 가깝다는 말과 일맥상통했다.

그것을 노리고 북문에는 항상 지명 수배자 및 정치적 망명을 목적으로 하는 자들이 몰려들었다. 그 결과 치안이 점점 나빠지고 질 나쁜 자들이 모임으로 인해 소란이 자주 벌어졌다.

휘이익—

강한 바람이 로빈의 뺨을 스치면서 머리카락을 휘날렸다.

말조차 무색해질 정도로 내달리는 속도는 현실로 받아들여지기 힘들지만, 불편한 자세로 인해 느껴지는 고통은 이것이 현실임을 증명해주었다.

로빈과 레이티아 이 두 사람 역시 현재 북문을 향해 달리고 있는 중이었다. 저번 로빈의 말대로 일단 네르갈의 사막을 넘어 이트루 제국에 도착하기만 하면 제아무리 신성왕국이라도 추격하는 데 상당한 시간을 소요할 수밖에 없었기에 그곳 이상으로 도망치기에 좋은 곳은 없었다.

"저기다! 잡아라!"

누군가의 목소리를 듣고 고개를 돌리자 바로 뒤에서 말을 탄 채 추격해 오는 한 무리의 기사들을 볼 수 있었다.

"이렇게 빠르게 달려왔는데 벌써 추격대가? 그러니깐 시간이 걸리더라도 옷부터 갈아입자고 했잖아."

도주에서 가장 중요한 것은 사람의 눈에 뜨여서는 안 되는 것이었다. 그러나 지금 두 사람의 모습은 눈에 안 띄려야 안 띌 수가 없는 형편이었다.

이 세상에 단 한 벌 존재하는 붉은색의 드레스를 입은 붉은 머리의 미녀가 한 손에 자기 또래의 청년을 들고 말처럼 빠르게 달리는 모습은 살날이 얼마 남지 않은 노인들조차 눈이 휘둥그레지게 만들었거늘 신성왕국 시민들의 이목에서 벗어난다는 것은 지극히 무리였다.

현재 이 신성왕국에서 벗어나기 위해서는 지금까지 달려온 거리만큼을 더 달려야 겨우 정문에 도달할 수 있는 지점이었다.

레이티아는 맞닿아 있는 피부를 통해 로빈의 동요가 얼마나 큰지를 알 수가 있었지만 그녀의 생각은 달랐다.

"아니야, 로빈. 그들은 벌써 상당히 늦었어. 분명 케미 언니가 우리들을 도와줬을 거야."

그것이 틀림없다고 생각하는 모습에 로빈 역시 왠지 그녀의 말이 사실일 것 같다고 생각이 들었다.

저래 뵈도 신성왕국에서 가장 높은 자리에 위치해 있던 사람 중 한 명이었다.

신성왕국의 저력이 얼마나인지, 만약 내부에 적이 생긴다면 얼마 만에 그들을 제압할 수 있는지 정도는 그녀의 머리 속에 전부 들어가 있었다.

레이티아가 아무리 빠르게 달리고 있다 해도 잘 훈련된 말에 탄 기수들과의 거리를 서서히 좁혀져 갔다.

"하앗!"

그중 삼 인이 말의 속도를 높여 앞으로 뻗어 나오며 지금 자신들이 쫓고 있는 자가 누구인지 전혀 모르는지 거침없이 한 손으로 단창을 들어 집어 던졌다.

치이이이이익—!

빠른 속도로 달리던 그녀가 순간적으로 몸을 뒤로 돌리자 관성의 법칙에 의해 신발과 바닥에 강한 마찰음이 들려왔다.

그리고 손이 보이지 않을 만큼 빠르게 세 번 움직였다.

챙! 챙! 챙!

날아오는 세 개의 창끝을 각각 스팅의 날 끝으로 쳐내는 신기를 보여준 레이티아는 앞으로 끌려가던 몸을 다시금 돌리며 자연스럽게 앞으로 달려가기 시작했고 허무하게 무력화되어 버린 단창은 그대로 날아가 자신을 던진 주인들의 품속으로 되돌아갔다.

처음에 던진 힘 그 이상의 힘이 담긴 채.

퍼퍼픽!

"크어억!"

각각 얼굴, 배, 어깨를 창대로 맞은 기사들은 그 충격으로 인해 고삐를 놓치면서 뒤에서 달려오던 동료 몇몇과 부딪쳐 그대로 낙마했다.

"레이티아."

걱정스러워하며 로빈이 그녀의 이름을 불렀다. 그 누구보다 다툼을 싫어하고 누군가 상처 입는 모습을 무서워하던 그녀가 직접 남에게 힘을 휘두른 것이다.

"…괜찮아. 나 무슨 일이 있어도 널 지켜주기로 결심했으니까."

얼굴이 보이지 않아서 더 잘 알 수 있었다. 그녀의 목소리가 떨리고 있다는 것을.

자신에게 힘이 있었더라면, 아니, 최소한 그녀처럼 빠른 다리만 있었더라면 좋았을 텐데.

그렇게 생각을 하고 있는 동안 드디어 그녀는 정문까지 일직선으로 이어지는 대로로 들어섰다. 하지만 저 끝 편에 존재하고 있는 신성왕국의 북(北) 문의 앞에서 묘한 움직임을 발견할 수 있었다.

"성문이 닫히고 있어!"

저 먼 거리의 상황을 두 사람은 정확히 볼 수 있었다.

하루에 단 한 번 열렸다가 닫히는 거대한 북쪽 정문이 지금 서서히 닫히고 있었다. 저 문을 통과하지 못하면 이 신성왕국에 갇히게 되는 것은 당연지사. 그러나 돌파하기에 거리는 너무나도 멀었다.

뿐만 아니다. 그 앞으로는 대략 백여 명의 기사가 등 껍질 안에 숨은 거북이처럼 몸을 숙이고 탄탄한 타워 쉴드(Tower Shield)를 앞으로 내밀며 한 걸음씩 앞으로 다가오고 있었다.

그 모습을 본 로빈은 속으로 무언가 결심을 하며 비장한 목소리로 물었다.

"레이티아, 마지막으로 물을게. 너는 지금의 네 행동을 죽을 때까지 후회하지 않을 자신이 있어?"

후회하지 않겠냐고? 후회하지 않을 리가 없다.

그녀에게 있어 신성왕국은 고향이자 어머니이다.

비록 얻은 것만 보기에는 잃은 것이 크고, 잃은 것만 보기에는 얻은 것이 너무나 크지만, 최소한 그녀는 이 신성왕국이 존재하기에 지금까지 굶주림없이 살아올 수 있었고, 로빈과 케미 이외에도 여러 사람들을 알게 되었다.

더구나 그녀는 왈큐레이자 글로리아 퀸이다.

그녀가 있음으로써 사람들은 안도하고 열심히 살아갈 수 있다. 그런 정신적 지주나 다름없는 그녀가 도망쳤다는 사실이 알려지게 되면 이 나라가 어떻게 변할지 생각하는 것조차 두렵기 짝이 없었다.

"아마 잘 모르겠지만, 후회할 것 같아. 엄청. 하지만 절대 이대로 돌아가고 싶은 마음은 없어. 너와 헤어지거나 잃는 것은 더 더욱 싫어."

말이 끝나자 괜히 쑥스러운지 에헤헤 하고 바보 웃음을 덧붙였다. 왠지 씁쓸하기 짝이 없는 웃음소리가 그녀를 바라보기 힘들 정도로 안쓰럽게 들려왔다. 하지만 그 솔직한 대답으로 인해 로빈은 힘을 얻을 수 있었다.

"우리가 함께 있으려면 갈 수밖에 없어. 하지만 이게 결코 마지막일 리 없어. 우린 분명 다시 돌아올 수 있을 거야. 만약 좀 전에 네 말대로 누군가 우리들을 도와줬다면, 그 사람을 위해서 지금은 열심히 도망가고 후에는 꼭 무사하고 행복한 모습으로 되돌아오는 것이 최고로 멋지게 보답하는 길이겠지. 힘껏 달려. 내 걱정은 말고!"

어렴풋이 로빈은 알고 있었다.

현재 레이티아는 자신의 전력을 다하고 있지 않음을.

만약 그녀가 전력으로 달리게 된다면 로빈에게는 지금의 불편함 이상으로 가히 인간이 견디기 힘들 정도의 고통이 따를 것이다.

하지만 지금 로빈이 그녀에게 전력을 다해라고 말하고 있는 것이다.

"응, 로빈."

싱긋하고 아름다운 미소가 생겨났다.

자신을 키워준 사람들과 자신이 자라온 이 땅과 자신을 믿어주는 사람들을 배신하고 떠나는 것은 마음이 아프다.

분명히 그것은 커다란 죄이고 두 번 다시 만회할 수 없는 일이겠지. 그럼에도 불구하고 도망을 선택하는 것은 로빈을 잃는 것이 그 이상으로 싫었기 때문이다.

그리고 지금 로빈은 진심으로 레이티아의 마음을 이해하고 그녀의 선택을 따르기로 마음먹었다.

다그락 다그락.

어느새 뒤에서 쫓아오던 추격대가 다시 다가오고 있었다. 눈앞에서 정문은 완전히 닫혀 빗장이 내려지고 있었고 그 앞으로 백여 명의 기사들이 몰려들어 오고 있었다.

진퇴양난(進退兩難).

그러나 지금 두 사람이 함께하는 순간, 둘은 더 이상 길을 잃은 미아가 아니라 새로운 길을 찾은 어른이 된 상태였다.

고오오오—

마나가 그녀의 주위로 회오리치며 몰려들기 시작했다. 점점 더 속도가 빨라지고 있는 그녀의 팔과 다리에서는 은연히 바람의 모습이 보였다가 사라지기를 반복했다. 그렇게 앞에 보이는 자들과 거리가 점점 더 가까워지고 있음에도 그녀는 속도를 늦추지 않았다.

이대로라면 거대한 충돌이 있을 것 같은 아찔한 상황 직전에 레이티아가 외쳤다.

"로빈, 가겠어!"

사람들은 보았다.

한줄기의 빛이 대로를 쭉 뻗어나가는 것을.

그 빛은 놀랍도록 빠르게 뻗어나가더니 기사들을 앞에 두고 한 점에 이르러 눈 깜짝할 사이에 위로 솟아오르더니 성문의 맨 끝 부분의 돌담을 발로 밟고 다시 한 번 더 날아오르는 새처럼 창공을 날았다.

"우와아아아아아아—"

사태를 잊어버리고 그 무시무시할 정도로 아름다운 모습에 사람들은 넋을 잃은 채 탄성을 자아냈다.

저 거대한 성벽을 한 번에 오르고도 모자라 붉은 드레스를 마치 날개처럼 펄럭이며 하늘 너머로 넘어가는 모습은 불타오르는 깃털을 지니고 있다는 전설의 고대 종족 피닉스와도 같았다.

"어서 문을 열어!"

"제기랄, 바로 코앞에서 놓쳐 버리다니!"

뒤늦게 정신을 차린 기사들은 그제야 문을 열기 위해 난리를 쳐보나 워낙 육중하게 만들어진 문이라 열리는 데도 적지 않은 시간이 소요됐다.

쿵! 드르르르르르—

어른 두 사람만한 크기의 빗장을 떼어내고 쇠사슬이 올라감에 따라

문이 열리기 시작했다.

인간과 드워프의 장인들에 의해 만들어진 골든 로드의 시작점은 매우 화려하고 격조 높은 건축물과 비견될 정도의 잘 닦인 도로로 이어져 있었다.

곧 문이 전부 열리고 대지 위에 세워진 다리처럼 멋스러운 도로를 질주해 도망간 자들을 붙잡아야 한다고 일심 단결하고 있을 때, 그들의 눈앞으로 행로를 가로막고 서 있는 한 남자가 보이기 시작했다.

귀하디귀한 순백의 제복에 새하얀 건틀릿과 코끼리 상아로 만든 것처럼 새하얗게 광택이 나는 알 수 없는 재질로 만들어진 탄탄해 보이는 숄더패드, 그리고 묵직한 각갑(脚鉀).

단순히 보기에 실용성보다 외형이나 스타일을 더욱 중요시 여긴 것 같지만, 이미 공격과 방어라는 개념이 따로따로가 아닌 그에게 있어 가장 실용적인 면을 살린 무장이라 볼 수 있었다.

이윽고 문이 전부 열렸으나 그들은 눈앞에 있는 상대방에 대한 강한 의문을 가진 채 그 자리에서 움직일 수가 없었다.

"의인을 찬양할지어다. 나의 맹세는 신성한 것. 그 맹세를 위해 나는 살아가고 나의 목숨을 바친다. 그것은 곧 나의 생존의 이유이기에. 그것은 곧 나 자신이기에, 버리는 이 한 목숨은 아깝지 않고, 이 손에 사라져 가는 목숨에 결코 동정하지 않는다."

그는 자신의 옆에 있는 묵직한 할버드를 한 손으로 가볍게 들어 힘껏 휘둘렀다.

부웅—

단지 그 한 동작만으로 주위의 흙먼지가 물씬 피어올랐다. 어찌나 강한 풍압이었는지 먼 거리였음에도 불구하고 바람이 신전 기사단들의 볼을 스칠 정도였다.

그리고 할버드를 앞으로 강하게 내밀며 그는 소리쳤다.

"나는 맹약자! 내가 서 있는 한 그 누구에게도 길을 열어주지 않겠다!"

쩌렁쩌렁한 목소리가 마주하고 있던 신전 기사들을 물러서게 만들었다.

단순히 보는 것만으로도 경외감을 일게 하는 글로리아 홀 안으로 일단의 기사들이 정렬하여 있었다.

신전 기사단과는 달리 가운데 십자가가 새겨진 중후한 중갑을 입고 자신의 앞으로 한 손에 나이트 실드와 또 한 손에 모닝스타를 들고 있는 그들은 하나같이 범상치 않은 기도가 느껴지면서 마치 짐승의 그것과도 같은 안광을 발휘하고 있었다.

그리고 그중 가장 높은 단상 위로 한 중년의 남자와 젊은 남자가 있었다.

두 사람은 다름 아닌 맥스와 팔라딘이자 모든 팔라딘의 대변인인 모어 헹건이었다.

맥스는 스승의 앞에서 경건한 신도처럼 두 무릎을 꿇고 손을 모았다. 곧 기도문을 읊기 시작한 그가 모든 기도를 마치고 맥스에게 물었다.

"맥스 문 실버. 그대는 신께 자신을 바치고, 굶주리고 고통받는 모든 불쌍한 이들을 위해 살아갈 것을 맹세하겠는가?"

첫 번째 팔라딘 모어 헹건의 진지한 목소리가 맥스의 귓가로 들려왔다.

산적에 불과했던 과거와 달리 그토록 가지고 싶었던 성[Family name]
도 얻게 되고, 세상 사람들의 대부분이 우러러보고 존경할 만한 직책과
영광을 손에 얻었다. 하나 그럼에도 불구하고 그의 마음은 여전히 텅
비어 있었다.

맥스가 그를 따라온 것에는 별다른 이유가 없었다. 갈 곳이 없기에,
아는 이가 없기에 어쩔 수 없이 그를 따라와서 어쩌다가 이 자리에 있
게 된 것일 뿐, 그의 마음은 여전히 녹음이 빛나는 텐텐 산으로 향하고
있었다.

"대답해라. 너는 모든 불쌍한 이들을 위해 살아갈 것을 맹세하는
가?"

아무런 대답도, 반응도 없자 모어는 다시금 그에게 질문했다.

사실 맥스의 이야기는 그들 사이에서 유명했다. 단, 그다지 좋지 않
은 쪽으로 말이다.

분명 그의 능력은 뛰어났다. 자연을 통해 육체의 한계를 넘고 자유
로움을 통해 힘의 한계를 넘는 그들 중에서도 과거 맥스와 비슷한 나
이에 그만한 경지를 이루어낸 자가 단 한 명도 없을 만큼 맥스는 특별
했다.

하지만 그에게서는 가장 중요한 것이 열외되어 있었다.

그것은 바로 오직 라디언스 신만을 따르고자 하는 믿음. 라디언스
신에 대한 충성, 신을 위해서라면 그 어떤 것도 아깝지 않아야 할 희생,
라디언스 신에 몸과 마음을 바치는 헌신. 그 모든 것이 맥스에게는 존
재하지 않았던 것이다.

그럼에도 불구하고 그가 이 팔라딘 임명식을 할 수 있었던 데에는
바로 모어 헨건의 힘이 크게 작용하였다.

첫 번째 팔라딘이라함은 아무 힘이 없는 대변인이나 한편으로 가장 연장자임을 뜻한다.

서로가 서로를 간섭하지 못하는 팔라딘의 그룹 속에서 모어 헨건의 뜻이 받아들여질 수 있었던 이유는, 하루라도 더 일찍 신에게 의탁하고 봉사하게 된 자들에게 바치는 최소한의 예의이자 존경심의 표출이었다.

"맥스……."

그 모습에 염려하며 조용히 모어가 그의 이름을 불렀다.

그동안 줄곧 맥스는 거울처럼 자신의 모습을 비추고 있는 바닥의 대리석을 바라보고 있었다.

훌륭하기 짝이 없는 갑옷과 백색으로 빛나는 창, 그리고 그 안으로 입고 있는 집 한 채 가격과 맞먹을 정도의 귀한 천으로 짜여진 멋스러운 제복은 누구라도 한 번쯤은 입어보고 싶을 만한 멋진 모습이었는데도 맥스는 이상하게도 우스꽝스럽기 짝이 없었다.

모두가 죽었는데 자신 혼자 살아남아 이 무슨 추태를 벌이고 있는 건지 스스로도 이해할 수 없었다. 식구들의 무덤도 만들어주지 못하고 이 자리에 있는 자신은 더욱더 이해할 수 없었다.

사춘기 시절의 어린아이처럼 끝없는 고민에 헤매던 맥스의 두 눈이 강하게 앞을 응시하면서 드디어 입이 열렸다.

"전지전능하신 라디언스님께 맹세합니다. 나 맥스는 오직 어딘가 살아 있을지 모를 나의 가족들을 위해 살아갈 것임을."

그 광경을 지켜보고 있던 몇 명의 팔라딘이 분노했다. 그러나 그 순간 놀랍게도 세례의 증거인 신성한 빛이 하늘에서부터 맥스에게 내려졌다.

사상 초유의 사태에 모어 헨건과 그들 모두는 그저 놀랄 뿐이었다.

설마 맥스 스스로가 정한 이기적이기 짝이 없는 맹세에 라디언스께서 응하시고 세례를 내려주실 줄은 꿈에도 생각하지 못했었다.

그때 그의 나이 당시 16세.

그날, 맥스는 가장 어린 팔라딘이자 다음 세대를 짊어질 젊은 인재 중 단연 독보적인 존재로 사람들에게 기억되기 시작했다.

"흐아아아아압!"

강력한 일말의 기합성이 터져 나오며 막 공중에서 몸을 비튼 맥스가 할버드를 강하게 내려쳤다.

쿠과과과광—

"으아아아아악!"

"크어어어억!

할버드가 내려찍는 곳으로 강력한 마나의 충격파가 터지자 그 반경 내에 있던 다섯 명의 신전 기사가 하나같이 방어 한번 못해보고 충격에 휘말려 의식을 잃었다.

개중에는 몇몇 목숨에 지장이 올 만큼 위험한 자들도 보였지만, 이런 난전 속에서 제 몸 하나 챙기기도 힘든 탓에 그 누구도 도와줄 엄두를 내지 못했다.

제아무리 백 명이 넘는 숫자가 있었으나 상대의 힘과 정체에 제대로 손 한번 쓰지 못하고 당할 수밖에 없었다.

현란하게 할버드를 휘두르며 앞으로 달려가자 앞서 있던 자들의 호흡이 흐트러지며 결국 뒤에 있던 자들과 함께 대형(隊形) 자체가 무의미해졌다.

당황하던 기사가 겨우 정신을 차리고 마나를 끌어올려 보았지만, 할버드의 단 일격조차 견디지 못하고 무기가 부서지며 가슴으로 그 공격을 여지없이 받아들이고 말았다.

"커헉!"

피가 분수처럼 쏟아질 거라는 예상과는 달리 상대는 흉갑과 가슴뼈가 부러지는 상처 외에 출혈은 일체 없었다.

맥스가 가지고 있는 할버드는 날이 없고 뭉뚝한 연습용 할버드였기 때문이다.

미리 말해 두지만 신성왕국은 대륙에서 가장 호사를 누리고 있는 나라답게 평범한 병사의 무장조차 질과 강도가 명품에 속했다.

그럼에도 불구하고 겨우 연습용 할버드가 기사의 검을 부수고 갑옷까지 부숴 버리는 일이 벌어질 수 있었던 비밀은 바로 그 무기에 있었다. 외형의 차이는 전혀 없었으나 그 무게만큼은 진짜인 그것의 두 배를 웃돌고 있었던 것이다.

또 보통 사람은 두 손으로도 들기 힘들 정도로 무거운 무기를 한 손으로 쉽게 들고 자유자재로 완벽하게 사용하고 있는 무기에 대한 숙련도가 그런 일을 해낼 수 있게 만들어주고 있었다.

휘이이잉! 휘이잉!

한번 휘두를 때마다 거센 바람이 불었다.

무겁다는 것은 사용하기에는 힘들지만 그만큼의 이점이 존재한다.

파괴력의 상승. 그것은 더할 나위 없는 이점이나, 그만큼 많은 힘을 필요로 하고 피로가 빨리 쌓이게 되는 단점을 함께 하게 된다.

그러나 맥스가 지닌 달인 급의 숙련도는 원심력을 이용하여 육체의 피로를 최대한으로 줄이며 동시에 그 파괴력을 최대한 살리고 있었다.

그들의 눈에 믿기지 않는다는 기색이 강하게 비쳤다.

평범한 기사라면 흉내조차 내지 못할 어마어마한 운동량임이 틀림없었다. 그럼에도 불구하고 놀라운 사실은 싸움이 시작된 지 십 분, 벌써 피해자는 사십 명을 넘어섰으나 아직 맥스는 호흡조차 흐트러짐이 없다는 사실이었다.

사람들은 소드 마스터를 일당백의 전사라 칭하길 주저하지 않는다.

이곳에 모인 이들은 눈앞에 있는 저 남자야말로 일당백이라는 말이 어울린다는 생각을 공통적으로 하고 있었다.

소드 마스터의 힘은 마나의 가호를 받아 육체를 활성화시켜 상대를 빠르게 무찌름은 물론 강력한 마나의 기술을 사용할 수 있는 것이다.

팔라딘 역시 이와 비슷한데 그들에게는 한 가지 더 이점이 존재하고 있었다.

신으로부터 선택을 받은 전사들인 그들은 신의 증명을 받아 남들보다 뛰어난 스태미나와 체력 회복, 그리고 상처 회복 능력을 갖고 있다는 것. 간단히 말해 그들은 공방(Attack & Defense)이 다른 개념이 아닌 하나로서 소화된다는 것이었다.

마나의 힘으로 적을 치고 신성력으로 보호받는다. 그들은 피로를 모르고 마를 멸하는 힘을 지니고 있다.

소드 마스터 이상의 괴물. 그것이 바로 팔라딘이라는 존재였다.

"물러서! 너희들로는 날 쓰러뜨리지 못해!"

카가강―

소리치며 할버드를 휘두르자 한 기사가 재빨리 자신의 방패로 옆구리를 막았으나 동시에 세 명이 함께 오른쪽으로 강하게 튕겨 나갔다.

실로 무지막지한 힘이 아닐 수 없었다.

"후우우우."

주위를 둘러보니 어느새 오십 명에 가까운 기사들이 여기저기에서 고통을 호소하고 있는 소리가 들려왔다.

마음만 먹었으면 훨씬 더 빠른 시간 내에 더 많이 처치했을지도 모른다. 하나 그러기에는 앞으로 올 '적'들이 너무나 많았다.

그때 어디선가 익숙한 목소리가 들려왔다.

"맥스 문 실버, 이게 무슨 짓이냐."

조용한 저음. 그의 목소리를 들을 때마다 결심이 약해졌던 때도 있었지만, 이제는 다르다. 하나뿐인 가족을 살리기 위해서 이미 맥스는 악마에게 혼을 팔 준비조차 되어 있었다.

"기다리고 있었습니다, 스승님."

기다리고 있었습니다. 당신 같은 적을. 이라고 들려오는 환청에 모어는 저도 모르게 눈을 감으며 고개를 돌리고 말았다.

"도대체 이게 무슨 짓인가! 추기경들로부터 연락이 왔을 때 갑자기 밖으로 뛰쳐나가더니, 설마 이들을 이 모양 이 꼴로 만들어놓고 어처구니없는 변명을 늘어놓는 것은 아니겠지!"

모어는 혼자만 나타난 게 아니었다.

그렇게 소리를 외치며 앞으로 걸어나온 것은 열 번째 팔라딘 라킹 문 실버였다.

올해 38세인 그는 거구의 덩치를 지닌 사내로 손에는 미스릴 건틀릿 이외에는 아무런 갑주도 걸치지 않았다.

외모에서 드러나듯이 외곬수에 독불장군처럼 고집이 강한 성격으로 그다지 상대하고 싶지 않은 자였다. 아니, 솔직히 말하자면 대부분 팔라딘들이 그의 성격과 비슷했다.

그 외에도 팔라딘이라 알리는 십자가가 새겨진 제복을 입고 있는 자가 네 명 더 존재하였고 그 뒤로 쿵쿵거리며 다가오는 일단의 단체가 있었다.

"…크루세이더."

크루세이더(Crusade). 십자가를 짊어진 신성한 중장병.

실은 신성왕국의 크루세이더들은 전사라기보다 전투 신관에 더 가까운 존재들이다.

마나를 다루지 못하는 대신, 강력한 신성력을 지니고 있는 그들은 강한 힘과 스태미나, 그리고 회복 능력을 지니고 있다. 거기에 항상 육체를 수행하고 근력을 늘리는 그들은 두터운 갑옷을 입고도 아무런 부담 없이 움직일 수가 있으며 전신을 뒤덮는 중갑옷은 그 모든 공격을 튕겨낸다.

보기에도 섬뜩한 모닝스타를 휘둘러 적을 제압하고 지칠 줄 모르는 그들은 빛의 신들 중에서도 용서를 모르는 포트리스를 섬기고 있는 전투 신관답게 한번 나서면 항복, 혹은 전멸할 때까지 쉬지 않고 피를 부르는 것으로도 유명한 역전의 용사들이었다.

얼마나 다스리기 힘들었으면 그들을 팔라딘에게 맡겼을까.

하나 맥스는 모두가 겁을 집어먹는 그들의 모습을 확인하자 이상하게도 그 표정에 안도감이 떠올랐다. 그것은 아마 그들이 이곳에 있는 이상 더 이상 앞으로 나갈 수 없는 일종의 자신감일지도 모른다.

"입이 있으면 변명해 보라 말하지 않았나. 도대체 뭐냐? 네 녀석의 행동은. 설령 이유가 있었다 해도 그렇지 똑같은 신을 모시는 종이자 한 식구나 다름없는 이들을 이 모양으로 만들어놓다니. 정녕 네 녀석의 자질이 의심스럽구나."

맥스는 더 이상 얼굴을 마주할 가치도 못 느끼겠다는 듯이 시선을 돌려 자신의 스승에게로 향했다.

"스승님, 과거 임명식 때 제가 했던 맹세를 기억하십니까?"

맥스와 가장 오래 지냈던 만큼 그는 맥스가 결코 별 볼일 없는 이유로 이러한 짓을 저지르지 않았다고 확신하며 혹시나 한 사실이 들어맞았음에 탄식이 절로 나왔다.

"그래, 네 가족을 찾았더냐?"

모어가 차분하게 말하자 맥스 역시 주위에 두 사람밖에 존재하지 않는 것처럼 차분하게 이야기를 시작했다.

"네. 그토록 찾아 헤매도 찾지 못하던 이가 사실은 바로 이 땅, 그것도 제 가까이에 살고 있었습니다. 사정은 모르지만 라디언스님께서 인도하신 만남에 저는 진심으로 라디언스님의 종이 되겠다고 맹세했습니다. 그러나 그 모든 것은 어디까지나 저의 첫 번째 맹세 뒤에 이루어져야 할 것들입니다."

맥스의 첫 번째 맹세. 그것에 대해 모르는 팔라딘은 존재하지 않았다. 이미 그들 사이에서는 불명예의 대명사로 손꼽히는 일 중 하나였기 때문이다.

"레이티아님과 함께 달아났다는 자가 있다고 들었다. 그가 너의 가족이더냐."

"네. 아마도 살아남을 수 있었던 단 한 명이겠지요. 그때 산채를 떠나 있었던 것은 저와 그뿐이었으니까 말입니다. 그렇기에 더 더욱 그가 죽임을 당하는 것을 볼 수 없습니다. 왜 이런 짓을 하느냐 물었습니까? 스승님, 저는 이곳에서 당신들을 막기 위해 섰습니다.”

그러자 갑자기 옆에서 이야기를 듣고 있던 라킹 문 실버가 크게 웃음을 터뜨렸다.

“하하하하! 고작 햇병아리 주제에 뭣이 어쩌고 어째? 신성왕국의 여섯 팔라딘과 그 팔라딘의 직속 부대인 크루세이더를 겨우 네깟 어린 한 놈이 막을 수 있을 거라고 생각하느냐!”

그의 조롱에도 맥스는 눈썹 하나 까딱이지 않고 조용히 말했다.

“시끄럽군요.”

“뭐, 뭣이!”

쉬이이익! 캉!

마치 뱀이 빠르게 목표물을 향해 날아가는 소리가 들리면서 할버드가 그에게로 날아갔다. 설마 정말로 자신을 공격할 줄 몰랐던 라킹은 놀라면서 자신의 건틀릿을 이용해 그 공격을 막아냈다.

“네, 네놈이 감히! 이 망할 쥐새끼 같은 어린 놈! 네가 좀 일찍 그 자리에 올라왔다고 해서 우리가 네놈과 동등한 줄 아느냐! 내가 예의범절을 다시 가르쳐 주겠다! 크으으윽!”

터지는 화산처럼 흥분하는 그를 만류하는 손짓이 있었다. 모어는 눈빛으로 잠시 양보해 달라고 말한 후 한 걸음 앞서 나왔다.

“맥스, 지금 이 행동이 네게 얼마나 큰 고통을 가져다줄지 모르고 있는 것도 아닐 것이다. 냉정하게 생각해다오. 고작 어린 시절 친구였던 자를 네 자신까지 희생해 가면서까지 도와준다고 네게 어떠한 이득이 있겠느냐?”

솔직히 그 말을 하면서도 모어는 가슴이 아팠다.

맥스에게 있어 그 달아난 이는 유일한 친구이자 가족일 터. 이 아이가 얼마나 가족을 잃었음에 슬퍼하고 괴로워했는지 그것을 가장 옆에서 본 사람으로서 결코 할 말이 아니었지만, 이대로 있다가는 정말 맥스에게는 죽음밖에 남지 않을 것 같아 더욱 걱정스러웠다.

그 마음을 느낀 듯 맥스가 다시 입을 열었다.

"…스승님, 저는 수행 중 당신과 함께 몬스터에게 죽임을 당하려는 자식을 구하기 위해 몸소 희생한 아버지를 본 적이 있습니다. 그의 행동은 이득을 얻기 위한 행동이었습니까? 그의 선택으로 살아난 어린 자식의 목숨을 고작이라는 말로 평가할 수 있었습니까? 아닙니다. 절대 아니었습니다. 자신의 것이라면 혹, 목숨이라도 아낌없이 줄 수 있는 이들. 그것이 바로 가족입니다."

텐텐 산맥의 산적들은 모두가 남남이지만, 또한 모두가 가족이었다.

과거 자신과 함께 신성왕국으로 가자는 권유에 맥스는 그 이유로 거절했고 모어는 그날 처음으로 천민을 존경하게 되었다.

광신도로 자라온 자신들과는 달리 정과 관심, 사랑만으로도 이토록 두터운 결속력을 이룰 수 있다는 새로운 사실 또한 배웠다.

"당신께서 베풀어주신 은혜를 갚을 길은 없지만, 그래도 저는 여기서 지금 제 마지막 남은 가족을 지키려고 합니다."

"크크크, 망할 놈. 할 수 있으면 어디 해봐라. 하지만 먼저 나 한 사람과 싸운 다음에 여기 있는 모두를 막아내니 어쩌니 하는 망발을 지껄여 보거……."

"라킹 문 실버! 저 아이는 나의 제자요!"

우렁찬 소리가 온 세상에 울려 퍼지는 것 같았다.

어쩌나 강한 기세가 몰아쳤는지 흥분으로 이성이 마비된 라킹조차 번뜩 제정신이 들 정도였다.

"인정을 봐달라는 것이 아니오. 하다못해 제자의 죄를 이 스승이 처벌할 수 있게 해주시오. 모두 레이티아님을 모시러 가시오. 이 아이는 내가 맡겠소."

가히 태산과도 같은 존재가 아니던가.

그의 몸에서 한 가닥 한 가닥 끓어오르는 투지를 보니 마치 인정 많고 사람 좋은 그의 모습이 만들어진 인격이 아닐까? 하는 생각이 들 정도였다.

하지만 그의 마지막 자비를 방해하는 목소리가 들려왔다.

"물론 지금으로서는 불가능하겠지요. 하지만 스승님, 죄송하지만 여러분께서는 모두 이곳에 머물러 주셔야 합니다. 저와 함께."

"뭣이!"

이번에는 라킹 이외에도 모든 팔라딘들이 입을 모아 외쳤다. 지금껏 참아왔지만 그들에게도 자존심이 있었다. 그 자존심은 자신들의 절반도 살아오지 않은 저 어린것에게 밟히기에는 너무나도 커다란 것이었다.

그러나 맥스는 모두가 보라는 것처럼 조용히 허리춤에서 무언가 글자가 새겨진 은색의 단검을 꺼내 들었다.

"그, 그것은 설마! 안 돼!"

은색 단검은 평범한 단검이 아니었다. 바로 맹세의 단도라 일컬어지는 것이었다.

신께 올리는 맹세는 신성한 것. 그 맹세를 인정하기 위해서 고귀한 신의 자제 삼 인과 또 그 맹세를 새겨 넣은 단도가 필요하게 된다.

그리고 맹세가 성립되면 그 증거로 손등에는 신의 인장이 새겨지는데 이것이 팔라딘들의 힘의 원천이라 할 수 있는 '신의 증표' 이다.

이후 팔라딘은 두 가지의 선택을 가지게 된다.

하나는 맹세의 부정. 이는 맹세를 새겨놓은 단도를 부숨으로써 맹세는 파기된다. 참고로 맹세의 단도는 라디언스 신전 지하에 존재하는 비밀 창고에 보관되도록 되어 있다.

그리고 또 하나는 바로 신의 부정. 이는 예상대로 맹세의 단도로 자신의 증표를 찌름으로써 이루어지게 된다.

푸욱―

단숨에 단검을 자신의 손바닥 한가운데에 찔러 넣었다.

제법 큰 고통이 전해져 옴에도 불구하고 맥스의 얼굴에는 눈썹 하나 움직이지 않았다.

겉으로 보기에는 자해한 것처럼 보이나 정면으로 있는 자들은 똑똑히 볼 수 있었다. 손등에 새겨진 신의 증표를 훼손시키고 붉게 물들여지고 있는 맥스의 손등과 배덕한 행동을.

아직 이 행동의 의미를 모르는 젊은 신전 기사들의 얼굴에 의아함이 지나쳤지만 모어를 중심으로 오 인의 팔라딘과 구십 인의 크루세이더의 얼굴이 용서없는 악의로 물들었다.

"나는 신을 저버릴 것이외다."

맥스가 말했다.

신에게 바친 자신의 육신을 버린다.

믿음을 버린다.

신뢰를 버린다.

그리고 신을 버린다.

"유혹에 저버린 어리석음에 언제고 심판을 받을지어니."

바라는 것은 오직 힘. 이 보잘것없는 혼을 모두 바쳐서라도 강한 힘을 원한다.

"멈춰라, 맥스!"

모어가 강하게 외쳤으나 맥스는 멈추지 않았다. 그리고 맥스를 중심으로 검은 돌풍이 점점 거세지기 시작했다.

"고통을 받을 만큼 강한 힘을 얻게 될 것이나 그 대가로 생명의 업을 짊어지게 되리라."

상처에서 흘러내리는 피가 점점 짙은 검붉은색으로 변해가기 시작했다.

그와 동시에 단도를 찔러 넣은 맥스의 손목이 흑요석처럼 변하기 시작하더니 점점 팔을 타고 올라와 온몸이 석화가 되는 것처럼 변하기 시작했다.

"보아라! 외쳐라! 마음을 담아! 나는 내 안에 든 신을 버리고 신의 힘만을 믿으리라!"

머리카락도, 눈동자도, 물론 입고 있는 옷까지 검은색으로 변해가기 시작했다. 그리고 놀랍게도 새하얀 갑옷에 이르자 육체와 갑옷이 눌러붙어버리는 것처럼 변하며 급기야 전신에 퍼져 갔다.

온몸이 흑색으로 뒤덮이자 참을 수 없는 고통이 밀려왔다.

"끄아아아아아악!!"

지금껏 단 한 번도 느껴보지 못한 고통에 눈이 뒤집혀지고 미친 듯이 소리를 지르기 시작했다. 그야말로 귀곡성이 따로 없는지라 부상으로 인해 몸이 약해진 기사들은 귀를 잡고 괴로워했다.

"타락… 기사[Fallen knight]인가."

누군가의 한탄은 그 자체가 저주와도 같았다.

타락기사로 변해 버린 맥스의 모습에 모두 숨을 멈추고 쳐다볼 뿐이었다.

그곳에는 검은 전사가 한 명 서 있었다. 머리카락도, 눈동자도, 몸의 피부도, 그리고 입고 있던 새하얀 제복마저 더할 나위 없이 검게 변해 있었다.

물론 손등에 새겨져 있던 신의 증표는 어느새 자취를 감추었다. 이 검게 더럽혀진 모습이야말로 신을 버린 배덕한 자의 증표. 낙인 그 자체였다. 신전왕국 사상 거의 최초로 이 어처구니없는 짓을 저지른 맥스에게 보내는 눈빛만으로 찢어 죽여 버릴 듯한 기세가 쏘아졌다.

"면목이 없습니다."

사과는 하지 않는다.

이것은 자신의 선택. 이 힘을 얻은 것에 대한 한 점의 후회도 없다.

단 하나 마음에 걸리는 것은 예전에 비해 다섯 배 그 이상의 힘을 손에 얻었음을 느끼나 이 정도로 여기에 있는 모두를 상대하기란 아직도 버겁다는 것뿐이었다.

"스승님 당신께 폐를 끼치지 않으면서 여기 계신 분들을 막으려면 이 방법밖에는 없었습니다. 저를 용서하지 말아주십시오."

목소리를 듣는 것만으로도 소름이 돋아났다.

공포와 절망의 상징인 데스나이트와도 같은 모습은 보는 것만으로도 불길하기 짝이 없었고 숨길 수도 없는 강인한 기운이 느껴졌다.

"크루세이더를 뒤로 물리게."

"하, 하지만."

열한 번째 팔라딘 포트 문 실버. 팔라딘 중에서도 전투 경험이 거의 전무하기까지 한 그가 걱정스럽다는 듯이 물어보았다.

"그래도 한때 팔라딘이었던 아이일세. 우리들만으로 안식을 주도록 하세."

그 한마디로 묘한 공감대가 형성되면서 육 인의 팔라딘은 맥스 근처로 걸어가기 시작했다.

맥스가 손을 뻗자 처음에 그가 서 있던 장소에 놓여져 있던 자신의 애창이 허공에 떠오르며 그에게로 날아왔다.

창을 손에 쥐자 은색의 창이 검게 변해가며 묵빛의 창으로 변해 버렸다.

"맥스, 난 너에게 실망했다. 어째서 네게는 과거의 가족밖에 눈에 보이지 않았던 것이냐. 왜 우리들을 한 가족이라 안 봐준 거지? 먼저 네가 마음을 열고 그 사실을 말해 주었다면, 최소한 나는 널 도와줬을 텐데……."

모어의 뒷말은 점점 작아졌다. 그도 잘 알고 있는 것이다. 마음만은 가득하지만 정말 자신이 맥스를 도와줄 리가 없다는 것을. 아니, 만약 미리 그 사실을 알았더라면 맥스가 이런 짓을 못하도록 일이 완전히 해결될 때까지 감옥에 가둬 버렸을지도 모른 일이었다.

"그 누구도 통과시켜 드릴 수 없습니다. 제 목숨이 사라지는 그 순간까지."

파아앗!

검은 마력이 하늘 높이 분출되었다. 그 기세에 몇몇 기사들이 지레 겁을 먹고 뒤로 물러설 정도였다.

기사들이 겁을 먹는 정도의 기세라는 것은 만약 민간인들이었다면 공황(恐惶)에 빠져들 정도의 사태를 뜻했다.

입에 담는 것조차 흉흉하기 짝이 없는 기세에 다리조차 움직이기 힘들 때, 한편에서는 그에 맞먹는 살기가 일어나고 있었다.

팔라딘들과 크루세이더들의 기세는 맥스를 초월했다. 마치 평생의 원수를 둔 그 이상. 오직 적을 섬멸하기 위해 만들어진 크루세이더들과 배신자의 존재에 팔라딘들의 살기가 요동치자 숨이 막힐 정도였다.

"부정된 힘을 탐닉한 자의 말로를 보여주마."

스릉―

팔라딘들이 각자의 무기를 꺼내 들고 마주했다.

"신께 보내주도록 하마."

"가능하다면."

탁!

땅을 박차는 한 번의 소리가 들리자 동시에 현재 이곳에서 가장 서열이 낮은 세 명의 팔라딘이 맥스를 향해 달려들었다.

그 거리가 절반에 이르렀을 때 맥스가 창을 잡고 반보 회전하며 세상을 베어버릴 기세로 창을 일(一) 자로 휘두르자 무형의 기운이 그들에게로 날아갔다. 그것을 바로 감지한 세 명은 두 사람은 좌우로, 그리고 한 사람은 위로 피했다.

콰아앙!

단순히 휘둘렀을 뿐인데 달려드는 세 명의 앞으로 커다란 구멍이 생겨났다. 만약 아무런 방비 없이 맞았더라면 적지 않은 타격을 입었을 만큼 강력했다.

그들의 행사가 결코 쉽지 않음을 상기시켜 준 맥스. 이제는 그들이 또한 맥스에게 가르쳐 줄 때였다.

좌우에서 달려든 두 명의 팔라딘. 그들은 합격술에 형편없는 수준이나 한 명, 한 명이 결코 무시할 수 없는 강력한 전사이자 고위급 신관이었기에 맥스의 손에 자신도 모르게 힘이 들어갔다.

의도한 시간 차 공격이 아닌 이상 두 사람의 다리 빠르기에는 차이가 있기 마련이고, 두 사람이 함께 공격을 해온다 해도 결과적으로 한 사람씩 상대하면 그뿐이었다.

생각의 차이를 빨리 변화시킨 맥스의 창이 먼저 다가온 팔라딘에게 내려쳤다. 그 공격을 막는 자는 열 번째 팔라딘. 날렵한 롱 소드와 방패로 무장한 그의 검과 창이 부딪쳤다.

카강!

그는 방패로 검을 받치며 창이 휘어질 정도로 강력하게 내려쳐진 그 공격을 막아냈다. 그의 두 발밑으로 도로에 금이 쩌적 생겨났지만, 잠시 주춤거린 후에 검으로 자신의 방패를 집어 던졌다.

"흐아아압!"

그리고 동시에 오른쪽에서 들려오는 라킹의 목소리와 번쩍이는 미스릴제 건틀릿이 보였다. 거리가 제법 된다고 방심한 탓이 컸다. 라킹은 마나를 다리에 집중시키며 무시무시한 돌진력을 자랑하며 순식간에 맥스의 품으로 파고들려는 시도를 하고 있었다.

맥스는 다리를 들어 올려 자신에게 날아오고 있는 방패를 주인에게 돌려주듯이 쳐냈다. 그리고 곧장 몸을 돌리며 팔에 마나를 집중시켰다.

우우우웅—

팔의 근육이 두 배로 부풀어 오르는 듯한 환상이 보였다. 예상치 못한 기세에 당황하며 건틀릿으로 가드를 올리자 동시에 맥스의 손과 창이 사라졌다.

퍼버버버버버벅!

마치 팔이 열 개나 되는 괴물이 동시에 그를 공격한 것처럼, 라킹의 몸을 중심으로 총 열 번의 공격이 좌측과 우측에서 눈에 비치지도 않는 속도로 쏟아져 나왔다.

어안이 벙벙해질 정도의 강맹한 부딪침이 끝나며 라킹이 뒤로 물러섰다. 크게 다친 곳은 없어 보였지만, 그의 양손에 있는 건틀릿이 새빨갛게 달구어져 있었다.

얼마나 엄청난 충격이었는지를 보여주고 있었다.

한숨도 돌릴 여유를 주지 않는 듯 이번에는 위에서 남은 한 팔라딘이 투박한 형태의 바스타드 소드를 두 손에 쥐고 내려치고 있었다.

방금의 공격으로 도저히 막아낼 여력이 없는 맥스는 뒤로 한 바퀴 돌며 창으로 대지를 짚고 멀리 떨어졌다.

쿵!

어찌나 강력한 마나를 모으고 있었는지 땅에 내려오는 순간 강력한 충격음이 뒤덮었으나 포기하지 않고 다시 곧바로 도약하며 맥스를 쫓아갔다.

그리고 그 뒤를 이어 다시 재정비한 두 사람이 함께 달려들었다.

"합!"

허공에서 다시금 창을 휘두르자 어찌 방어 수단이 없었던 그는 공격을 포기하고 자신의 바스타드를 앞으로 갖다 대며 마나를 일으켰다.

파파팡!

조금 전 일격은 이번 공격에 비하면 어린애 장난 수준이었다. 연속해서 세 번이나 충격을 주는 공격에 방비를 제대로 못한 그는 두 번째, 세 번째 충격에 의해 뒤로 튕겨나고 말았다.

넓은 범위로 쏟아졌던 공격을 이번에는 좁은 지점에 연속적으로 쏟아 부은 것이다. 감탄할 만한 마나 컨트롤이 아닐 수 없었다.

'그랬군, 첫 번째 팔라딘이 괜히 그를 제자로 받아들인 게 아니었어.'

충격의 여운으로 불안한 자세로 대지에 발을 닿게 된 그는 납득이 갔다. 그리고 동시에 인정해야 했다. 지금 그들은 단 한 번도 싸워보지 못했던 강한 자와 싸우고 있음을.

'하지만 달라지는 것은 없지. 아직 우리들은 유리하다. 단, 저 아이의 목적은 우리를 제압하는 것이 아니라 이 자리에 묶어두는 것. 승부에서는 이길지 몰라도 결국 패배하는 것은 우리 쪽이겠지.'

그의 생각은 정확했다. 또한 그는 깨달았다. 맥스가 손을 쓴 자 중에서 지금까지 죽은 이는 단 한 명도 없다는 것을.

저런 인재를 몰라보았다니. 만약 그의 가족만 무사했더라면, 다음 세대를 이끌어갈 가장 뛰어난 팔라딘을 얻게 되었을 터인데.

일곱 번째 팔라딘 드랑케 문 실버는 그 순간 뛰어난 제자를 가진 모어가 부러우면서 또 안타까움을 느꼈다.

'어쩔 수 없나.'

개인 한 명씩 붙으면 충분히 제압이 가능했지만 아직 자신의 힘이 얼마 정도인지조차 파악하기 힘든 상황에서 다수의 공격을 상대하기에는 많은 어려움이 뒤따랐다.

결국 이대로라면 그가 할 수 있는 일이라고는 약간의 시간 끌기밖에 없음을 인정한 맥스는 자신의 목적을 이루기 위해, 또 보다 본격적인 싸움을 위해 먼저 카드를 뽑아 들었다.

"썬더 인첸트!"

맥스의 외침과 함께 한줄기의 검은색 벼락이 위에서부터 떨어져서

맥스의 창 안으로 들어왔다. 무기의 속성이 전격이 된 이상 검병기로
는 막아도 그 충격을 받을 터. 왈큐레에 비할 바는 못 되지만, 숱한 죽
음의 고비를 넘기며 터득한 모어의 비기가 드디어 맥스의 손에서 쏟아
지기 시작하려 했다.

“하아이압!”

찌르는 일격. 그러나 그 일격은 지금까지와는 달리 우선 한 명을 완
전히 탈락시키려는 의지가 담겨져 있었다.

그리고 그 첫 번째 희생양은 공교롭게도 라킹이 되고 말았다.

치칭.

스파크가 튀어 오를 정도로 강한 라이트닝의 속성을 지닌 창을 두
건틀릿으로 잡고 있었음에도 미스릴의 항마력 탓인지 큰 데미지를 받
지 않았다.

공격은 시작도 안 한 것이었다. 순순히 잡힌 것 같았던 맥스의 창이
그 자리에서 강하게 회전하기 시작했다.

“위험해! 떨어져!”

그 기술의 원 사용자인 모어가 큰 소리로 외쳐 보았으나, 그땐 이미
늦었다.

퍼어엉!

폭약이 터진 것처럼 튀어 오르는 불꽃과 소리는 눈과 귀를 의심하고
싶을 정도였다. 그 연기가 걷히면서 한 손이 엉망진창이 된 라킹이 모
습을 나타냈다.

팔라딘씩이나 되는 자였으니 한 손으로 피해가 그쳤지, 여러 사람이
죽었어도 이상하지 않았을 정도의 위력이었다.

모어가 움직인 것은 그 찰나였다. 첫 번째 팔라딘이라는 위명답게

가볍게 앞으로 튕겨 나간 70세가 넘는 노장은 그 누구보다 빠르고 순식간에 맥스의 앞에 나타났다.

"썬더 스트라이크!"

"썬더 스피어!"

우르릉─ 콰광! 콰광!

동시에 닮은 꼴의 두 사람의 힘이 맞부딪치며 푸른 번개와 검은 번개가 태풍을 형성시키는 것처럼 휘몰아치며 광대한 대지에 수십 개의 낙뢰(落雷)가 제멋대로 떨어져 내렸다.

방금의 격돌은 얼마나 강했는지 다른 팔라딘조차 섣불리 그 두 사람의 공격 범위 안으로 들어설 수가 없을 정도였다.

팟!

다시금 불꽃이 튀자 두 사람은 어느새 멀어져 있었다.

"아무래도 진심으로 상대하지 않으면 안 되겠구나."

"당신만은 상처 입히기 싫습니다."

"그래, 너는 상냥한 아이지. 아직 죽은 자가 한 명도 없는 것을 보면 알 수 있단다. 그러니 나 또한 널 살려주마. 단, 두 번 다시 빛을 보기 힘들 테지만, 그것이 내가 해줄 수 있는 최선의 방법이구나."

맥스는 지금껏 그가 가르쳐 주었던 창술에서 과거 텐텐 산 두목이 가르쳐 주었던 창술로 자세를 바꾸었다.

"부디."

뜻을 이루시기를. 차마 그 말을 하지 못한 채 맥스는 자신을 향해 달려오는 오 인의 팔라딘들을 보며 마나를 한계까지 끌어 모았다.

그 순간 맥스의 머리 속에는 로빈의 건강한 모습이 떠올랐다.

할 수만 있다면, 좀 더 많은 이야기를 나누고, 좀 더 많이 보고 싶었는데. 그날 로빈을 깨달은 이후 맥스는 항상 로빈의 주위를 서성이기만 할 뿐, 결코 두 번 다시 대화를 하지 않았다. 단순한 자위에 불과할지 몰라도 그것만으로도 충분히 만족했다.

'언젠가 함께 만나 웃으며 이야기를 나눌 수 있는 날이 있기를.'

싸움은 지금부터 시작이었다.

제23장
탈출

모든 것을 잃었다. 그 대가로 모든 것을 얻었다.

하나, 그 육체는 이미 인간을 초월하고 진정한 중간계의 지배자로 등극한 자신이, 설마 이런 짓을 저지르게 될 줄은 꿈에도 생각 못했다.

"이건 있을 수 없는 일이야."

도저히 믿겨지지 않는 중얼거림. 그러나 그 옆에는 도저히 피할 수 없는 현실이 벌어져 있었다.

"흑흑, 아버님을 뵐 수 없는 몸이 되어버렸어. 으아앙!"

"신경 쓰지 마라. 레이티아에게 진 대가일 뿐이다."

"…용돈 필요해?"

…아니, 마지막 말이 심히 걸리기는 하지만 일단 넘겨두고.

어째서? 도대체 왜! 지금 레이티아와의 신혼집에 이 흉흉하기 짝이 없는 아가씨 세 명이 있는 것이고 게다가 자신을 포함해서 전부 나체로 있는 거냔 말이다!

'응, 역시 혼자보다는 네 명이 좋은걸. 다 같이 살게 되면 좋잖아.'

문뜩 떠오르는 레이티아의 한마디. 설마 그 말이 이 뜻이었냐! 사정상 지금 엮인 인연만도 훗날 저 세상에서 에쎄에게 혼이 소멸될 정도의 일이거늘.

로빈은 눈물을 흘리면서 외쳤다.

"그만 울어! 전부 책임져 주면 되잖아!"

그렇게 해서 또 새로운 부양 가족이 늘어나게 된 로빈이었다.

라디언스 신전 내부의 지하 회의실.

지금 그곳은 유래가 없을 정도로 소란의 도가니로 변해 있었다.

"뭣이! 놓쳤다고? 지금 그걸 보고라고 하는 게냐! 글로리아 퀸은 하늘을 날아서 북문을 탈출했다니. 도대체 팔라딘과 크루세이더들은 무엇을 하고 있었냐는 말이다! 예산이 남아돌아서 본부를 북문 근처에 만들어주었는지 아는 것인가! 크으윽!"

막 들어온 기사의 보고에 하워드를 위시한 모든 추기경의 한탄이 들려왔다. 그가 한 것이라고는 날아온 보고를 읽은 것뿐인데 마치 자신의 잘못인 듯 추궁하는 태도에 잠시 기가 질렸다가 소란이 잦아들자 겨우 다시 입을 열었다.

"보, 보고에 의하면 글로리아 퀸은 하늘을 날아서 북문을 탈출. 곧바로 추격대를 편성하여 추격을 하려는 순간 웬 방해자가 나타났다고 합니다. 그 방해자의 정체는 열세 번째 팔라딘 맥스 문 실버."

쿠궁.

모두의 머리 속에 충격이 터졌다.

팔라딘이 도대체 뭐가 아쉬워서 그들의 탈출을 돕고 있단 말인가? 그리고 열세 번째 팔라딘이라면 다음 세대의 뜨는 별이라고까지 알려진 자가 아닌가.

"팔라딘이라면 레이티아와는 전혀 인연이 없을 것 같은데. 그럼 로빈 쪽이겠는걸. 혹시 아는 거 있는 사람?"

케미는 자신의 옆에 앉아 있는 실피시와 씨드를 향해 물어보았다.

전혀 꺼릴 게 없는 케미는 이미 자신과 그녀들이 로빈과 얼마나 인연이 있었음을 모두 밝힌 뒤라 자연스럽게 시선이 모여들었다.

"자자, 저 머리에 똥만 가득 찬 노인들은 신경 쓰지 말고 말해 봐."

쾅! 쾅!

"말을 삼가시오!"

서슬이 시퍼런 외침이 쏟아졌지만 케미는 눈 하나 깜짝하지 않았다.

"하여튼 저 아이도 예전에 귀여운 맛이 있었는데 말이야. 늙으면서 정말 싫은 성격으로 변해 버렸다니깐. 누나 하고 쫓아다니던 일이 엊그제 같은데. 하여튼 그 늙은이들 귀찮게 오래 살더니 결국 착한 애를 완전히 배려났어."

"큭! 으드드득."

추기경들이 왈큐레에게 힘을 쓰지 못하는 그 이유 중 하나가 바로 이런 것이었다.

케미는 왈큐레로 살아온 지 사십 년이 훨씬 넘었다. 외모로 보면 추기경들이 더 늙어 보이나 이 중에서 가장 연장자는, 즉 그녀였던 것이다.

그런 만큼 그녀에게 의지하고 기대하고 있는 자들 또한 많은 것이 사실. 대표적으로 그녀 바로 옆에 있는 두 명의 왈큐레로 인해 이 자리에서 쫓아낼 수도 없었다.

"실피시는 그 아이랑 신전 안에서 자주 어울려 다녔지? 뭐 알고 있는 거 없어?"

추기경들은 피를 토하고 싶은 마음이었다.

왈큐레라는 자가 신전 안에서 버젓이 남자를 만나고 연애질을 했다니. 거기에 더욱 기가 막힌 것은 한 남자를 사이에 두고 네 명씩이나 되는 왈큐레가―한 명은 이제 은퇴했지만― 각축전을 벌렸다는 사실이었다.

"케미님! 그런 오해할 만한 말을……."

실피시는 아니라며 고개를 흔들고 억울함을 호소했으나 이미 쏟아진 물이었다.

추기경들이 차마 불만을 내뱉지 못하고 불미스러운 얼굴로 자신을 바라보자 정말 울고 싶은 기분이었다.

"괜찮아. 우리 위대하신 글로리아 퀸께서 커밍아웃을 하고 사랑의 도피까지 하셨는데 연애 좀 한 것 가지고 뭘 그래. 그래서 어디까지 갔어?"

"케미니이이이임!"

실피시는 은근히 자신의 다음 말에 귀를 기울이려는 추기경들의 모습을 보며 벌게진 얼굴로 소리쳤다.

얼마 전부터 계속 느껴지던 의문. 그것의 정체를 실피시는 드디어 깨달았다.

이 나라는 겉으로는 단단하기 짝이 없는 철옹의 성이었지만, 그 안에 든 가장 중요한 수뇌부들은 문제아 천지였다.

이런 시스템 속에서 이 나라가 지금까지 아무런 문제 없이 지내올 수 있었다는 사실이 곧 신의 기적일 것이다.

아니, 결국 곪아 있던 상처가 드디어 터져 버린 것일 수도.

모두의 관심이 실피시로 옮겨졌을 때 예상치 못한 곳에서 팔라딘과 로빈의 관계를 알려주는 실마리가 들려왔다.

"…둘이 같이 놀더군."

엄청나게 함축된 간략한 한마디로 씨드가 말했다.

곧 추기경들은 강력한 눈빛으로 더 자세히 이야기를 들려달라는 눈빛을 보였으나, 그녀의 고운 이마에 작은 주름이 아주 살짝 새겨지자 곧바로 꼬리말은 강아지처럼 휙 고개를 돌려 버렸다.

괜히 그녀의 신경을 건드렸다가 또 산 채로 땅에 묻히는 것은 죽어도 싫은 노릇이었다.

과거 전대 추기경들이 땅에 묻혔다가 기사들에게 구원받는 꼴불견인 모습을 얼마나 많이 보고 자라왔던가.

'이런 망할 년들.'

속으로 아주 불경한 생각을 하고 있는 하워드. 그러나 한편으로 결코 미워할 수 없을 정도로 불쌍한 자이기도 했다.

"저… 보고를 계속해도 되겠습니까?"

앗차, 하워드는 이곳에서의 이야기를 결코 들어서는 안 될 자가 한 명 있다는 사실을 뒤늦게 깨닫고 말았다.

속으로 은밀히 처리할까? 아니면 매수를 할까? 둘 중 곰곰이 생각하

고 있을 때,

"현재 열세 번째 팔라딘은 스스로 신의 증명을 깨고 타락기사가 되어 단신으로 팔라딘과 크루세이더들과 교전. 피해자는 절반에 이르고 아직까지 교전 중이라고 합니다."

타락기사!

그 말이 들리는 순간 회의실 안에 깊은 침묵이 생겨났다.

"신이시여. 이게 도대체 어떻게 된 일입니까. 어째서 백 년간 단 한 번도 문제가 발생하지 않았던 이 축복받은 도시에 이런, 이런 바보 같은."

커다란 충격에 하워드가 균형을 잡지 못하고 비틀거리자 금방 다른 추기경들이 그의 몸을 붙잡아주었다.

"…좀 쉬어야겠군."

그는 더 이상 아무런 말을 하지 못하고 회의실을 빠져나갔다.

자신의 방으로 돌아온 하워드는 책상 앞에 앉아 깊은 생각에 빠졌다.

그의 방은 다른 추기경들의 방과는 달리 안에 있는 것이라고는 낡아 빠진 책상과 여러 장의 양피지와 잉크, 그리고 녹이 슨 청동 촛대 하나와 딱딱하기·짝이 없는 침대 하나가 전부였다.

본디 신관이란 이러한 존재다. 그것이 바로 그는 물론이고 과거 12추기경 중 한 사람이자 그에게 있어 아버지와도 같은 분의 생각이었다.

그분은 신관이란 언제나 타의 모범이 되어야 함을 강조했다.

신관들은 항상 낡은 옷을 입고 딱딱한 빵과 맹물을 먹어야 한다. 외출을 완전히 금하며 신전 안에 들어온 순간 죽기 전까지 나갈 수 없게 해야 하고 욕망에 사로잡힌 자는 십 년간 지하 감옥에 가두고 이 세상에서 오직 신만을 섬기고 신만을 알아야 진정한 성직자라고 주장하였다.

하나 그에게는 힘이 없었다. 아니, 그 당시에는 아직까지도 추기경들에게는 아무런 권한이 존재하지 않았다. 그 탓에 추기경들은 갈수록 나태해지고 속세와 인연을 갖기 시작했다.

그 모습을 본 어린 하워드는 결심했다. 자신이 크면 이 나라를 진정한 신의 도시로 만들겠다고.

이 세상에서 가장 아름답고 성스러운 도시로, 신관의 그림자만 봐도 사람들은 땅에 엎드려 절을 할 정도로 존경심을 갖게 만들겠다고.

그러기 위해서 그에게는 힘이 필요했다. 그래서 힘을 모으는 데 평생을 허비하였으나 그를 가로막고 있던 산은 너무나 거대했다.

점점 나이를 먹고 권력을 얻게 될수록 알게 된 이 신성왕국에 숨겨진 잠재력을 알게 될수록 자신의 이상은 점점 꿈이 되어가고 있었다.

그래서 어느 사이엔가 노인이 된 그는 다시금 생각했다.

현재의 교단을 망치게 하고 있는 것은 부를 얻게 되고 난 후부터. 자신이 원하는 신전을 만들기 위해서는 가장 먼저 정치와 경제, 그리고 군사로부터 떨어져 나가야만이 가능하나 현재 수뇌부라 할 수 있는 추기경들은 정치와 경제를 떼어놓는 일에 필히 반대할 것이 분명했고 왈큐레들이 존재하는 한 군사력도 떼어놓을 수 없을 터. 그렇다면 결국 이 둘을 처단할 수밖에 없다.

그렇게 고민하던 그는 끝내 한 가지의 생각을 하게 되었다. 그것이 바로 제국과 손을 잡는 것.

제국의 황제는 자신이 생각하던 대로 평화를 사랑하는 인물이었다.

오랫동안 그를 관찰한 하워드는 자신의 생각을 터놓았고 몇 번이고 반대하는 제국 황제 프하이엄 9세에게 제발 이 나라를 구원해 달라며 끝끝내 설득시킬 수 있었다.

자신이 내전을 일으켜 왈큐레와 추기경단, 그리고 팔라딘들이 싸움을 일으켜 힘을 약화시킨 후에 이 나라를 점령해 달라는 내용의 합의를 본 그는 대가로 제국의 소드 마스터 오 인과 마법사 오십 명. 그리고 로얄 나이트 천 명과 제국 흑기사 이만은 물론 엄청난 액수의 자금과 필요시 얼마든지 지원해 주겠다는 약조를 받아냈다.

그에게 있어 이 나라 따위는 중요치 않았다. 그의 모든 것은 오직 교단과 교리뿐.

그는 신성왕국을 제 손으로 스스로 무너뜨리려 하고 있는 것이었다.

"이젠 안 돼. 더 이상 무너지기 손에 손을 써야만 한다."

곧 신관을 시켜 전서구를 가져오게 한 하워드는 짧게 편지를 써서 다리에 매달아 날려 보냈다.

그 편지에는 다음과 같은 메시지가 적혀 있었다.

글로리아 퀸과 신성왕국 중요 인물 한 명, 북문을 넘어 이트루 제국으로 도피 중. 필히 처단하기 바람. 다시 말하지만 글로리아 퀸이 있음.

이미 자신이 알고 있는 대부분의 전력을 제국에 가르쳐 준 뒤라 이만하면 그들이 충분할 병력을 내보낼 것이다. 그리고 현재 병력이 집결되어 있는 곳은 신성왕국은 물론 이트루에서도 가장 가까운 제국령 트라피카 시티. 그야말로 절호의 기회라 할 수 있었다.

"신이시여 저를 굽어 살펴봐 주소서. 그러면 당신께 절실한 종들과 정화된 교단을 봉헌하겠나이다."

그는 자신이 진정한 신도이자 신의 종임을 의심치 않았다.

"크하하하, 하여튼 나를 웃기게 만드는군. 그 영감도 세상에서 가장 피곤한 타입이야."

"무슨 말씀이십니까?"

제국령 트라피카에 존재하는 병영에서 막 전서구를 받아 편지를 읽기 시작한 사령관은 통쾌하기 짝이 없는 웃음을 터뜨렸다.

"아니 그런가, 부관? 그는 나라와 교단을 위해 이것이 가장 옳은 선택이라고 믿어 의심치 않고 있네. 큰 잘못을 저질러 놓고도 자신이 뭘 잘못했는지조차 모르고 있는 얼간이이지. 아무리 군율이 엄격하나 내게 이런 부하가 있다면 지금 당장 목을 베어버리겠어."

제국은 위급시를 제외하고는 아무리 큰 나쁜 짓을 저지른 부하라 할지라도 함부로 처형할 수 없었다. 그 정도의 악질을 저질렀다면 재판을 하고 죄를 지어 마땅한 자라고 판단이 될 경우 처형을 하게 된다. 만약 그것을 지키지 않으면 부하를 처형한 상관 또한 살인죄로 사형에 처해지게 되기 때문이다.

"그렇군요."

"뭐, 적장인 나로서는 고마울 뿐이야. 거기다가 이건 정치적 원조 및 죄인 체포에 대한 협력이지 결코 침략 전쟁이 아니란 말씀이야. 그가 몸소 명분을 만들어주었으니 그야말로 누워서 떡 먹기가 아닌가."

그는 어쩐지 즐거워 보이기까지 했다. 눈빛은 정순하나 그 또한 무인. 전쟁을 즐기지 않으려고 최대한 애를 쓰나, 이런 거저먹는 게임에 몸의 피가 끓는 것은 그뿐만이 아닐 것이다.

그 누가 한 푼을 줘서 만금을 얻는데 마다할 것인가.

"하지만 대장님, 상대는 신성왕국 글로리아 퀸입니다. 그런 그녀가 지금 이트루 제국이 속한 네르갈의 사막으로 도망치고 있다는 말은 제게는 함정으로밖에 생각되지 않습니다. 좀 더 신중하게 생각을 해야 되지 않을까요?"

그는 어깨를 으쓱거리며 머리를 흔들었다. 그 모습이 어찌나 얄밉던지 부관은 자신도 모르게 울컥해 버릴 뻔했다.

"자네는 좀 더 배워야겠군. 뭐, 젊으니 걱정 말게. 이보게, 부관. 사람이 거짓말로 남을 속이려고 한다면 속을 정도로 진실처럼 보여야지 뭐 하려고 뻔히 의심스러운 함정을 만들겠나?"

납득을 할 수는 없지만, 말이야 분명 맞는 말이었다.

"하지만 만에 하나……."

"만에 하나라. 그렇게 본다면 지금 글로리아 퀸을 처치하지 못한다면 또 언제 기회가 있겠나? 십만분의 일? 천만분의 일? 노(No). 저 작아 보이는 나라 안에는 우리 제국조차 어쩌지 못할 힘이 존재하고 있네. 것도 넓은 제국처럼 퍼져 있지 않고 완벽에 가까울 정도로 집결되어 있지. 그 안에 있는 글로리아 퀸을 처치한다? 잘 알아두게. 세상 사람들은 바로 그런 일을 가리켜서 불가능이라고 칭한다는 사실을."

탁!

링메일을 걸친 듬직한 몸을 일으킨 그는 한 걸음 한 걸음에 맞추어 노래를 흥얼거리듯이 말했다.

"가시 없는 고슴도치는 무섭지 않아. 위대한 영웅. 그의 선택은. 얼마나 많은 이들을. 죽음으로 몰아넣을 것인가. 일만, 이만, 삼만, 아무도 모를 일이지. 아아아아~"

그 모습을 바라보는 부관의 이마가 살짝 찌푸려졌다.

평소 사령관의 모습은 다른 누구보다 계산적이고 한 수 앞을 내다보는 냉철한 판단력을 지니고 있으나, 막상 전투가 시작되면 미치광이처럼 돌격밖에 모르는 전쟁터의 마왕으로 변하는 이상한 성격의 소유자였던 것이다.

"뭐야, 그 표정은? 불만이 있으면 말로 하라고. 난 부하의 의견을 모두 수용해 주는 멋진 상관이니까 말일세."

찡그려져 있던 얼굴이 환하게 밝아지며 말했다.

"그럼 사양 않겠습니다. 자연을 위해서라도 대장님은 노래를 부르지 않는 것이 좋겠습니다."

음치라는 면박에 상처 입은 듯 풀이 죽은 얼굴로 한마디 덧붙였다.

"자네, 큰 인물이 되겠어."

"영광입니다."

케라하는 밉살스러운 놈! 이라고 말하는 것처럼 쏘아보다가 다시 평소의 모습으로 되돌아왔다.

"자, 그럼 가 보자고. 오늘 사냥할 것은 이 세상에서 둘도 보기 힘들 정도로 대어니까."

그 두 사람의 이름은 제국이 자랑하는 불굴의 장군 중 한 명 케라하와 지금은 부관에 불과한 킬번이었다.

"으으읍."

"괜찮은 거야? 어디 아픈 데는 없어?"

로빈이 현재 괴로워하고 있는 것은 당연한 결과였다.

점점 빨라지기 시작하던 레이티아의 육체는 성곽을 밟고 다시 점프하는 순간, 이미 음속을 돌파했을 정도였다.

그런 엄청난 충격을 견뎌낼 수 있는 인간이 있을 리 없다.

왈큐레인 그녀야 잠깐 동안 전력을 다했을 정도이지만, 그 시간 동안 로빈은 고막은 물론 사지가 떨어져 나갈 것 고통을 느꼈다.

그런 고통을 느끼는 도중 기절하지 않은 것은 저주에 가까운 일이었다.

"우읍. 하아아. 이, 이제 괜찮아. 바람이 시원해서 좀 빨리 낫는 것 같아. 그나저나 어디 길래 바람이 이렇게……."

라고 주위를 둘러본 순간 로빈은 아무런 말을 할 수가 없었다.

주위라고는 파란색밖에 보이지 않았다. 사실 이건 현실이 아니라 자신은 어느 사이엔가 기절했고 지금 꿈을 꾸는 게 아닐까?

"시원해. 이건 꿈이 아니겠……."

뭘까? 심장을 콱 찌르는 감정에 로빈은 그 자세에서 억지로 몸을 비틀어 뒤를 돌아보았다.

로빈의 눈은 어느새 멀어져 있는 신성왕국의 북문 앞에서 이쪽을 바라보는 것처럼 서 있는 한 남자에 눈이 가 있었다.

"저 사람. 분명히 그날 만났던 그 젊은 팔라딘. 아니, 그게 아니라 뭐지. 이 감정은."

"왜 그래, 로빈?"

"아, 아니, 레이티아 혹시 저기 있는 사람, 얼굴이 보여?"

로빈의 질문에 레이티아는 고개를 돌렸다. 막 하늘로 날아올랐을 때, 볼 수 있었던 남자. 그는 자신을 바라보기만 할 뿐, 딱히 그 어떤 행동도 취하지 않는지라 전혀 신경을 쓰지 않았었다.

"음. 이렇게 먼 곳에서는 알아보기 힘들어. 아는 사람이야?"

그는 고개를 흔들며 짧게 아무것도 아니라고 대답했다. 그녀조차도 육안으로 보기 힘들 정도의 거리거늘, 겨우 자신 따위가 저 멀리에 있는 사람을 어떻게 볼 수 있을까.

아마 커다란 충격에 뇌가 혼란을 일으킨 것이라고 생각하며 로빈은 그의 얼굴과 모습을 잊어버렸다.

"그런데 우리 정말 날고 있는 거야? 인간을 초월한 무신이라는 이야기는 들었지만, 설마 이런 재주까지 가지고 있을 줄이야. 정말 괴물이구나, 너. 이런 말도 안 되는 짓 케미 아줌마 같은 사람만 가능할 줄 알았는데."

"나 괴물 아냐! 이건 나는 게 아니라 단지 엘레멘탈과 마나의 힘으로 낙하 속도를 최대한 떨어뜨린 것뿐이란 말이야."

하지만 워낙 강하게 뛰어오른 탓인지 마치 의도적으로 앞으로 날아가고 있는 기분을 느꼈다.

언젠가 로빈은 케미에게 질문을 한 적이 있었다.

바람의 왈큐레이니 하늘을 날 수 있지 않느냐고. 그때 그녀가 말하기를 날개가 없는 인간이 날 수는 없으나 대신 하늘을 날고 있는 것처럼 보이게 할 수는 있다고 대답했다.

그 대답이 바로 이러한 것이겠지.

그리고 나서 그녀는 왈큐레 중에서 진짜 하늘을 날 수 있는 사람이 있다면서 덧붙였지만, 로빈은 나는 것과 나는 것처럼 보이는 것에 별반 다를 바가 없을 것 같다고 단순하게 생각하며 대화는 거기에서 멈추었다.

추락하는 것에는 날개가 있다고 했던가.

언제까지 그 푸르른 하늘을 날아다닐 것 같았던 두 사람은 천천히 그리운 땅과 재회할 수 있었다.

물론 그 천천히라는 말도 레이티아의 입장에서일 뿐, 로빈에게 있어서는 상상도 못할 정도로 아찔했지만 말이다.

그동안 계속해서 레이티아의 옆구리에 꼴사납게 붙어 있던 로빈은 발이 땅에 닿자마자 옷이 더러워지는 것을 생각하지 않고 주저앉을 수밖에 없었다. 십 분도 채 안 되는 시간 안에 너무나 많은 일을 겪은 탓이다.

"이제 좀 진정이 된 것 같은데. 레이티아, 아무리 전력을 다하라고 했지만 너무하잖아. 하나밖에 없는 남편 죽이고 싶었던 거야?"

"으음, 하지만 로빈이라면 충분히 버틸 수 있을 거라고 생각했는걸."

"날 믿어주는 건 고마운데, 제발 난 평범한 인간이라는 것을 알아줘."

로빈은 자신의 옆에 여자다운 자세로 앉는 그녀에게 피식 웃음을 지으며 장난조로 말했다. 로빈은 레이티아의 말이 자신을 띄워주기 위함이라고 받아들였기 때문이다.

둔한 레이티아도 그것을 눈치챘는지 고개를 흔들었다.

"전혀 모르고 있는 것 같아서 하는 말인데, 로빈 네 몸은 지금껏 내가 본 그 누구보다 완벽하게 단련된 육체를 지니고 있어. 그것은 일 이 년으로 만들어질 수 있는 게 아니야. 아마도 너는 아주 어렸을 때부터 수련을 해왔을 거야."

"무슨 소리야, 내 몸에는 근육 같은 게 거의 없는걸."

몸이 많이 회복되었음을 느낀 로빈은 자리에서 일어서며 자신의 팔을 걷어 보였다. 확실히 그의 말대로 팔은 햇볕에 노출된 적이 없는지 하얗기만 할 뿐, 근육의 흔적은 찾기 힘들었다.

“어렸을 때부터라고 말했잖아. 그리고 내가 말하는 것은 쓸데없이 키우기만 한 근육을 말하는 게 아니야. 네 몸은 전체적으로 근육을 두르고 있는 것처럼 얇은 근육으로 이루어져 있고 딱 필요한 부분에 필요한 만큼만 차지하고 있어. 아마 굉장한 스승을 두고 있었던 것 같아. 이런 완벽한 육체는 난생처음 봤을 정도야.”

그 말을 듣고도 로빈은 좀처럼 믿을 수가 없었다.

그러고 보니 실피시도 그녀와 비슷한 말을 했다. 결코 초심자가 보여줄 수 있는 실력이 아니었다고. 그녀는 자신이 변장을 해서 서로 검을 마주했을 때, 상당한 수준에 이르렀던 검사가 오랫동안 휴식을 취하다가 다시 배우고 있는 느낌을 받았다고 말했다. 그렇다면 혹시.

“그래, 기억은 사라졌지만, 이 몸은 나의 과거를 기억하고 있었어.”

그러고 보니 그때 화살 쏘기로 결투를 바꾸었을 때. 도대체 어떻게 그런 엄청난 전적을 올려놓고 아무런 흥이 없었던 것일까?

보통 자신이었다면 아는 사람들에게 모두 떠벌리고 다녔어도 모자랄 판에 그때는 아주 당연하다는 듯이, 아니, 그런 수준이 아니라 이 정도는 자랑할 것도 못 된다고 생각하고 있었다.

이것은 아마도 검을 잡기 시작한 이후부터 자신도 모르는 사이에 기억이 되돌아오고 있는 것이 아닐까?

“하, 하하하. 하하하하하!”

“꺄!”

로빈은 앉은 상태에서 레이티아를 껴안으며 진심으로 즐겁게 웃어댔다. 흙먼지가 잔뜩 있는 땅을 뒹굴며 서로를 껴안고 있는 두 사람의 모습은 이상하게도 따스하기 그지없었다.

“레이티아, 넌 최고의 아내야. 왜 내가 지금까지 이런 당연한 생각을 못했을까? 나를 찾고 싶으면 우선 나 자신을 찾았어야 하는데. 너와 만난 것은 행운이야. 정말."

어째서 이런 단순한 사실을 깨달았는지 모르지만, 과거의 기억을 되찾을 수도 있다는 가능성은 믿을 수 없을 정도로 즐거운 기분이 들게 해주었다.

로빈은 말을 멈추고 레이티아를 바라보았다. 아름다운 그녀의 모습이, 만인의 글로리아 퀸인 그녀가 지금은 단 한 명뿐인 자신의 여자로 보였다.

그 유혹을 어찌 거절할 수 있을까?

굳게 입을 다문 후 서로의 눈빛으로 이야기를 나누고 얼굴이 가까워지기 시작했다. 레이티아는 비록 환한 밖이지만, 그녀의 힘으로 주위에 그 누구도 없음을 파악할 수 있었기에 기꺼이, 아니, 기분 좋게 로빈의 입술을 받아들였다.

"앗차!"

근 일주일 만에 좀 부부다운 스킨십이 생길까 했지만, 무언가 불현듯이 떠오른 로빈은 서둘러 몸을 떼어내고 자신의 목 안으로 손을 집어넣었다.

내심 실망해 보이는 레이티아가 얼굴을 부풀리며 일어났을 때 로빈은 자신의 목에서 무언가를 꺼내기 시작했다.

"짠, 이게 뭔지 알겠어?"

그 목걸이는 어디에서나 볼 법한 은제 목걸이였지만, 그 가장 앞부분에는 묘하게도 상당히 기품있는 반지 하나가 떵그러니 매달려 있었다.

"반지잖아."

"땡, 이건 말이야. 기억을 잃은 나를, 라이드 상회의 총수 마리아 누나가 구해주었을 때부터 내가 가지고 있었던 거야. 즉 말하자면 나의 과거를 찾아줄 마지막 실마리이자, 과거 그 자체라 할 수 있어."

"헤에. 로빈의 보물이구나."

레이티아는 반지를 만져 보기는커녕 손가락으로 살짝살짝 건드려 보기만 할 뿐이었다. 그 모습이 로빈은 마음에 들지 않았다.

"응, 하지만 이제는 네가 가지고 있어줬으면 해. 맡아주겠어?"

"이, 이건 로빈에게 중요한 건데. 정말, 정말 진심이야? 진짜 내가 가져도 되는 거야?"

로빈은 고개를 끄덕인 후에 목걸이에서 반지를 떼어냈다. 영롱한 빛을 내는 반지는 한눈에 봐도 범상치 않은 물건임을 알 수 있었다.

"내게 더 이상 과거는 필요없어. 그러니 부디 이 반지를 맡아주지 않겠어? 비록 결혼에서 반지의 의미는 본래 밧줄을 대신하는 의미에 불과하겠지만, 너를 구속하고 싶다는 마음도 있고. 그리고 만약 과거를 되찾는다 해도, 이제는 과거가 아닌 너를 위해서 살아갈 거야."

그녀의 눈가에 어느새 눈물이 고여 있었다.

왈큐레 정도의 경지에 오른 이들은 물건에서 사념을 느낄 정도로 자연과 동화되어 있다. 좀 전, 그녀가 로빈의 반지를 섣불리 만지지 못한 것은 남의 물건이라는 생각 때문이 아닌, 그 반지 안에 든 추억에 대한 강력한 사념을 어루만져 준 것이었다.

이것은 말 그대로 로빈의 과거 모든 것. 이것을 자신에게 맡긴다는 것은 자신의 과거를 맡기고 미래로 나아가자는 말과 다를 바 없었다.

로빈은 반지를 들어 그녀의 심장과 이어져 있다고 하는 네 번째 약지손가락에 반지를 끼워 몸과 마음을 구속했다. 아니, 그의 경우 오히려 구속당한 것일지도 모른다.

밧줄로 묶은 것이 아니라 자기 자신으로 묶어놓았으니 결국은 바람에 휘날리는 낙엽처럼 제멋대로 휘말린 운명이 아니겠는가.

"나! 로빈, 미안해. 나, 네게 꼭 고백해야 할 것이 있어."

너무나 진지한 눈동자에 로빈의 심장 고동이 오르기 시작하더니 마치 전력 질주를 하는 것처럼 쿵쾅거리기 시작했다. 혹시 만약에라도, 그녀가 이대로 헤어지자고 말하는 것이 아닌지 너무나 두려웠다.

이대로 헤어지면, 목숨은 건질지 몰라도 결국은 또다시 빈 껍데기가 되고 만다. 차라리 그럴 바에는 죽음의 안식을 찾는 것이 나을 것이다.

제발, 제발 날 버리지 말아줘.

급기야 로빈의 불안이 최고조로 달했을 때, 기다리고 있던 그녀가 고백했다.

"미안해. 사실은 나 지금 처녀가 아니야."

"푸하아!"

자폭.

긴장이 컸던 만큼 생각지도 못한 대답에 온몸에 힘이 빠지며 그대로 드러눕고 말았다.

"로, 로빈, 미, 미안해. 나도 왜 내가 그런 짓을 했는지 후회해. 하지만 뭐랄까, 나도 모르게 그만 한순간에 이성을 잃어버린 것처럼…… 눈을 뜨고 보니…… 불가항력이었던 터라…… 하지만 신에 맹세코 딱 한 번뿐이었어. 제발 버리지 말아줘. 흑. 흑흑."

"하아아아아! 난 또 뭐라고. 제발 사람 좀 놀래키지 마, 이 마누라야."

진심으로 불안해하는 레이티아를 진정시키는 데는 적지 않은 힘이 소모되었다.

"바보야! 내가 총각이 아니라는 것은 너도 잘 알잖아. 게다가 나는 남창이나 마찬가지였다고. 너랑 같은 줄 알아?"

그녀의 처녀성에 대해서는 이미 신전 안에서도 들었던 터라 로빈은 전혀 놀라지 않았다. 그리고 그에게 있어 레이티아를 비롯해 케미, 씨드, 실피시 이 모두는 신성한 존재라기보다 약간 특별하게 강한 여인에 불과했기에 과거가 있을 수도 있지라는 생각을 하고 있었다.

"뭐, 그때는 솔로라서 괜찮지만, 하지만 이제부터는 안 돼. 나도 일주일 전 식을 올린 이후에는 평생 너 이외에는 그 누구도 여자로 보지 않을 거라고 맹세했으니깐. 크흠. 부부 사이에는 비밀이 없어야 하니깐 물어보는 건데, 누구… 였어? 아아, 미, 미안. 말하기 싫으면 말 안 해도 돼."

아무리 생각을 그렇게 하고 있다 해도 로빈 역시 평범하기 짝이 없는 인간. 끓어오르는 질투를 참아내기에는 아직 어른이 되어 있지 않았다.

자신이 말을 내뱉고도 이 무슨 추태인지 부끄러워 얼굴조차 들 수 없었지만 레이티아는 너무나 간단하게 그 상대방의 이름을 말했다.

"로빈."

"응. 말해 봐. 질투는 아니고… 뭐, 그냥 어떤 녀석이었는지…….."

삼천포로 빠지는 로빈에게 다시 레이티아는 말했다.

"로빈."

"그래. 난 이해한다고. 난 이해력이 넓은 대인이거든. 얼마든지 이해할 수 있어. 봐, 화도 안 내잖아. 과거를 치사하게 들추려는 인간은 소인 아니면 사회의 쓰레기뿐이야. 난 둘 다 아니니깐 말해 봐."

스스로 소인이자 사회의 쓰레기라고 주장을 하고 있는 그의 모습을
더 이상 못 봐줄 정도였다.

"그러니깐 로빈 너라고."

붉게 달아올라 있는 레이티아의 얼굴은 탐스러웠고 몇 번이나 연달
아 말하는 게 매우 부끄러웠는지 몸을 움츠리며 손가락으로 머리카락
을 돌리고 있는 모습은 당장이라도 신이 시샘하며 자신의 두 눈을 뒤
집어 버리는 게 아닐지 걱정이 될 정도로 사랑스러웠다.

"나라고? 잠깐만."

로빈의 기억은 이 년 전으로 돌아가 하루하루 다시 떠오르기 시작했
다. 스스로 생각해도 기억력이 이렇게 좋을지 몰랐던 로빈. 그러나 첫
만남에서부터 지금까지 몇 번이고 되새겨 봐도 도저히 그녀와 사랑을
나누었던 적은 존재하지 않았다.

"미안해, 레이티아. 최근에 건망증이 생겼나 봐. 그러니깐 언제였지?"

"…일주일 전."

"어디에서?"

"…집 안에서."

그 정도 힌트를 얻었으면 문제없다.

일주일 전 집 안이라면 처음으로 집을 사고 레이티아를 불러내서 두
사람만의 보금자리라는 것에 행복해했다. 그리고 어느 정도 분위기가
무르익자 자신은 간절히 원하는 눈빛으로 그녀를 침대 위로 쓰러뜨린
다음… 커다란 가슴을 베개 삼아 잠을 잤다. 끝.

'아니, 잠깐, 이러면 이야기가 안 되잖아.'

로빈은 처음부터 다시 기억을 되새기고, 되새기고 또 되새겼다. 결
과……

“없잖아!”

역시 그런 기억은 존재하지 않았다.

제 자신의 감정도 컨트롤하지 못하고 미친 오우거마냥 방방 날뛰는 로빈에게 레이티아는 모든 것을 솔직하게 털어놓기로 결심했다.

“시, 실은, 로빈이 잠든 후에……”

레이티아가 밝힌 이야기는 이러했다.

로빈이 잠든 후, 자신을 위해 모든 것을 희생했으나 아무것도 로빈에게 줄 것이 없었던 레이티아는 그에게 자신의 육체를 줌으로써 그가 자신의 반쪽임을 스스로에게 각인시켰다.

그것은 실로 위험한 도박이었다. 신을 부정하거나 신이 원치 않은 짓을 행한 자에게는 신벌이 내려진다. 신벌이 내려진 이상 그것은 더 이상 인간이라 불릴 수 없는 괴물이 되는 것이다. 그것을 각오한 그녀는 로빈이 잠든 후에 케미에게서 받은 미혼향을 피워서 로빈을 인사불성으로 만들어놓고 하나가 된 것이다.

과거 무리한 수련으로 처녀막이 찢어진 터라 뒤처리 또한 힘들지 않았다. 그런 사정은 그녀들 말고도 대부분의 발키리들이 그러했다.

로빈은 황당해하면서도 한편으로는 그렇게 마음이 편할 수 없었다.

“도대체 그게 어디가 눈물을 흘리면서 내게 사과해야 하는 일인데?”

“그렇지만 엄밀히 말하면 난 원하지도 않는 로빈을 덮쳤는걸.”

그 순간 로빈은 자신의 내면에 숨겨져 있는 짐승을 언뜻 보았다. 저 깨물어주고 싶은 귀여움이란.

“헉, 헉. 하마터면 짐승이 될 뻔했어.”

지금은 밖. 거기에다가 한참 도망가고 있는 중이었다. 그런데 그런 생각이 들었다면 그거야말로 미친놈 소리 듣기 딱 좋은 일일 터.

"……!!"

뭐지? 이 느낌은? 거기에 어디선가 들려오는 이 소리…….

"레티, 너 이 소리가 들려?"

레이티아는 로빈의 질문에 영문을 몰라 하며 고개를 저었다. 그러나 귀를 기울이던 로빈은 그 행동을 멈추지 않더니, 이번에는 땅에 엎드리며 귀를 기울이기 시작했다.

"…망할. 추격대야! 빨리 도망쳐야 해!"

"뭐, 뭐?"

"어서, 레티! 빨리 안고 달려줘. 지금 추격대가 오고 있다고, 최소한 삼천 기는 될 정도의 기마 부대야!"

도대체 어떻게 알아냈느냐는 질문을 할 시간도 없이 다급해하는 모습에 레이티아는 다시 로빈의 배를 잡고 달리기 시작했다.

그렇게 한 오 분쯤 달렸을까.

"제기랄! 도저히 떨쳐 낼 수가 없을 정도로 빨라. 도대체 무슨 말이지? 저렇게 빠른 말이 신성왕국에 있다는 것을 들어본 적이 없어."

로빈의 혼잣말이 아직도 이해 안 되던 레이티아는 곧 자신도 묘한 기운을 느낄 수 있었다.

획―

고개를 돌리자 저 지평선 너머로 깨알 같은 그림자가 나타나기 시작했다. 그것은 하나둘, 보이기 시작하더니 어느새 평원을 가득 채워갔다.

"이럴 수가! 저건 신성왕국의 추격대가 아니야. 깃발은 없지만 갑옷을 보면 알 수 있어. 프하이엄 제국의 기사들이야!"

"로빈, 설마 너 저게 보이는 거야?"

그녀가 놀라는 것은 당연했다. 레이티아가 상대방을 파악해 낼 수 있는 거리는 최대한 10㎞. 하나 로빈은 그녀가 파악하기 이전부터 저들의 존재를 느끼고 있었다.

그것이 과연 우연이었을까? 아니, 지금은 그것을 생각할 때가 아니었다. 상대에게서 느껴지는 흉흉한 살기는 이미 자신들을 포착하고 있었기 때문이다. 어째서 그들이 자신들을 공격하려고 하는 것일까?

"아무것도 생각하지 마. 지금은 무사히 도망칠 수 있는 것부터 생각하자. 여차하면 좀 전처럼 전력을 다해줘. 알겠지?"

그녀 혼자였다면 이미 진작 그들의 추격을 따돌렸을 테지만, 이미 둘이 하나이고 하나이자 둘인 두 사람은 서로와 떨어진다는 생각을 할 수조차 없었다.

"가자, 우리들만의 낙원으로."

"아니, 나는 너와 함께 있는 지금 이 순간이 바로 낙원이야, 로빈."

믿음직스러운 미소를 함께한 두 사람은 보다 빨리 앞으로 나아갔다.

다그락— 다그락— 다그락—

검은 먼지가 짙게 피어나고 있었다.

제국의 돌격 형태는 모두가 쐐기 대형을 따르고 있는데 이는 아주 강력한 돌격 대형으로 어느 곳으로 들어와도 측면이 존재하지 않으며 한번 시작되면 결코 막기 불가능한 대형이었다.

적의 심장부를 찌르는 강력한 쐐기처럼 나아가는 공격 형태에 강함과 속도를 담자 그것은 돌격이라기보다 한 사람 한 사람이 모두 목숨을 걸고 심장이 터질 때까지 멈추지 않는 광란의 질주나 마찬가지였다.

만약 이곳이 전쟁터였다면 십만의 대군조차 갈라지게 만들 정도로 저돌적인 기세를 뿜고 있는 그들은 오직 단 두 사람을 사로잡기 위해 달리고 있는 프하이엄 제국의 군대였다.

"하하하하하! 보이느냐, 킬번! 바로 저것이다. 바로 그녀가 그 유명한 글로리아 퀸이자 바로 지금 우리들의 사냥감이다!"

어찌나 미친 듯이 말을 몰아대는지 목청 크기로 소문난 케라하의 목소리가 개미 새끼 목소리마냥 들려오고 있었다.

"그으러어니이까안 사아냐앙가암이이라아고오 우스읍게에 보지 마아시입시이오오!"

"뭐라고?"

목이 터져라 부르짖은 외침을 단 한 마디로 수포로 만들자 순간 킬번의 이성 한 가닥이 뚝 하고 끊어져 버렸다.

"이 망할 상관아! 사냥감이라고 우습게 보다가 자칫해서 사냥감이 되지 말라고! 당신 뒈지면 우리들도 전부 뒈지는 거야!"

이 하극상적인 발언은 지극히 위험하였으나 이 거대한 소음 속에서 들릴 리가 없었다. 게다가 하고 싶은 말을 그대로 퍼붓자 기분이 이토록 상쾌할 수가 없었다.

"키이이일버어어언!"

"네에에에!"

"너, 석 달간 감봉인 줄 알아라!"

그날, 그 엄청난 돌격 도중, 부관 칼번의 주위로 50미터에 달하는 근방에 '이 망할 인간! 날 속였어!' 라는 용의 울부짖음이 들렸다고 전해진다.

인간으로서 도저히 깨뜨릴 수 없는 성량의 한계를 넘어선 부관은 그 이후 케라하 돌격대원들에게 가장 존경받는 상관으로 우뚝 군림하게 되었으며 이후 그는 '7옥타브의 킬번'으로 큰 이름을 떨치게 되는데 그의 심연 깊은 곳에서부터 솟구쳐 나오는 살기 가득 찬 하울(Howl) 앞에서 벌벌 떨지 않는 이가 없다고 한다.

"아예 제 자서전을 만드시죠!"

"재미없었나?"

"그걸 말이라고 합니까! 나레이션 흉내로 남의 미래를 멋대로 말하지 말란 말입니다! 이랴!"

잠시 열을 내는 사이 말이 살짝 진로를 바꾸려 하자 고삐를 당기며 원래 진로로 옮겼다.

겉으로는 유약해 보이는 소년병 같아도 기마에 따라서는 이곳에 있는 그 누구에게도 뒤지지 않았다.

이런 무지막지한 돌격은 사람과 말을 극도로 지치게 만들지만, 그보다 더욱 힘든 것은 한 사람이 약간이라도 진로를 잘못 잡게 된다면 전체 대형의 밸런스가 순식간에 무너지게 된다는 것이다.

그래서 가장 경험이 많고 뛰어난 실력자가 앞에 서게 되는 것이 바로 이 진형의 무서운 점이자 또한 단점이었다.

강한 자가 앞에 나서면 그 사기는 이루 말할 수 없을 만큼 커지지만, 그러다가 그가 전사하게 되면 싸움은커녕 전의를 잃고 뿔뿔이 흩어지게 될 가능성이 높기 때문이었다.

"아름답다! 옆에 웬 떨거지 하나를 끼고서도 저렇게 우아하게 달리는 모습이라니. 그녀를 죽이게 되면 이 대륙에 존재하는 고귀한 보물 하나를 이 손으로 부서뜨리게 된 허탈감 그 이상을 느낄 것이나, 그 대가로 우리 돌격대의 이름은 10대를 넘어선 후손들에게 무신을 쓰러뜨린 영웅으로 칭송받겠지."

앞으로 남은 평원의 거리는 약 30㎞. 그 후를 넘어서게 되면 네르갈의 사막 입구라 일컬어지는 웅장한 협곡[Grand canyon]으로 들어서게 된다.

협곡 지대에서 기마대가 힘을 쓰지 못하는 것은 당연할 뿐만 아니라, 지형으로 인해 무신의 힘 앞에서 몰살당할지도 모르는 일이었다.

"완전히 정보대로야. 만약 내가 그녀였다면 지금 이 정도 거리가 떨어져 있는 가운데 무시무시한 검기를 날리며 견제를 했을 텐데 오직 도망만 가고 있어. 무신의 힘을 지닌 겁쟁이라. 한데 난 잘 알고 있어. 겁쟁이가 돌아버리면 얼마나 무서운지를 말이야."

"기분 나쁜 눈빛으로 왜 쳐다보십니까?"

"아니, 그냥. 내 부하 중 한 명 이야기인데 다른 부대에서 하도 겁쟁이라고 놀림받다가 동기를 하나 찔러 중상을 입힌 후, 옥살이하게 될 녀석을 구해줬더니 툭하면 하극상을 일으키려는 녀석이 있었거든."

"내가 말을 말지!"

시시껄렁한 농담 따먹기를 하고 있으면서도 글로리아 퀸과의 거리는 더욱더 좁혀져 가고 있었다.

그때였다.

케라하는 결코 환영하지 않는 기운을 느끼고 말 옆에 지니고 있는 깃발 중 노란색 깃발을 세우자 쐐기꼴로 달리던 자들이 순식간에 산개 대형으로 흩어졌다. 그리고 동시에 하늘에서 거대한 불꽃 덩어리 하나가 떨어져 내렸다.

화아아아아악!

하늘에서 불덩어리는 내려오지 않는다는 자연의 법칙을 철저히 무시한 마법의 힘.

다행히 파이어 볼에 피해를 입은 동료는 없었지만 얼마나 강력했는지 근 4m²에 이르는 면적이 숯이 되어버렸다.

"파이어 볼? 마법사인가!"

순간 케라하의 머리 속으로 설마 진짜 자신들을 꾀어내기 위한 함정이었는지, 아니면 단순한 돌발 상황 중 하나에 불과한지 계산하기 시작했다. 그동안 어느새 산개해 있던 대형은 밀집 대형으로 변해 있었다. 뛰어난 부하들이 미리 약속해 놓은 대형으로 변화시킨 것이다.

그때, 이번에는 아무것도 존재하지 않는 좌편에서 무언가가 슬그머니 빛이 나더니 하얀 색깔의 무언가가 순식간에 말의 다리를 노리고 쏟아져 나오기 시작했다.

이번에도 그 누구보다 빨리 알아차린 케라하가 붉은 깃발을 들자 모두 속력을 최대로 높인 뒤에 힘껏 뛰어올랐다.

삼천 기에 달하는 말이 일제히 뛰어오르는 모습은 가히 장관이었으나 미처 타이밍을 맞추지 못했거나 운이 나쁜 몇몇은 강철보다 더욱 단단하고 강한 접착력을 띠고 있는 새하얀 줄에 속수무책으로 당했다. 그 탓에 이십 명가량의 사상자가 생겨났다.

하얀 줄은 최고급 명마라 일컬어지는 프하이엄 제국 칼투스 지방의 전마(戰馬), 말 한 마리의 값이 병사 오십 명을 한 달간 훈련시킬 정도의 예산과 맞먹는 다는 천고의 명마가 랜서 한번, 검 한번 휘두르지 못하고 더러는 다리가 부러지고, 더러는 다리에 하얀 줄이 박히고, 또 더러는 하얀 줄에 붙어 다리를 자르지 않는 이상 떨어질 수가 없는 지경이 되어 버리고 말았다. 부하들이 즉사한 것은 두말할 필요도 없다.

"헤에, 얘들 제법 강한걸."

"그러게, 고작 이십 명밖에 못 죽이다니 말이야. 제법 싸울 맛이 있겠어."

잔뜩 긴장하며 주위를 빠짐없이 살펴보고 있던 자들은 모습을 보이지 않고 들려오는 목소리에 손에 피가 날 정도로 자신의 무기를 강하게 쥐었다.

"어라? 얘네들 안 되겠는데. 이렇게 가까이 있는데도 눈치를 못 채잖아."

"이 바보야. 네가 주인님의 힘 때문에 강해진 거라고. 예전의 너였다면 이 중에서 단 한 명과 겨우 생사를 겨루는 승부를 벌여야 했을걸."

"그건 내가 봉인당해서 힘을 못 썼기 때문이라고 했지!"

아무래도 모습을 보이지 않는 두 여인이 싸우는 것처럼 보이자 케라하는 머리를 마구 헤치며 앞으로 걸어나갔다.

"이런 이런, 실례하겠습니다. 레이디. 손님을 눈앞에 두고 무시는 하지 말아주셨으면 합니다만. 이래 뵈도 저희들은 인간들 중에서 대접을 받는 편이라서 말이죠."

예의 바른 인사가 통했는지 잠시 다투던 두 아가씨의 목소리가 잠잠해졌다.

"생긴 건 곰탱이 같은 게 엄청 느끼한데."

"실력있고 얼굴있고 집안있는 전형적인 어깨 으쓱거리고 허파에 바람 가득한 바람둥이형이야. 어젯밤에 제법 진탕하게 놀았나 본데. 분 냄새가 여기까지 느껴져."

"우우우우우우!"

비난하는 함성이 울려 퍼지자 되려 당황한 것은 두 아가씨였다. 비록 모습은 숨기고 있는 터라 보이지 않았지만 말이다.

"어제 본부에 갔다면서 유곽에 하루 종일 묻혀 있었던 거야?"

"하여튼 우리 대장은 믿으면 안 된다니깐."

"정말 당신 때문에 못살겠어요! 처음 보는 사람들까지 당신 때문에 우릴 무시하잖아요. 대장을 갈아치워 버리던지 아니면 차라리 감옥으로 돌아가던가 해야지."

마지막 소년병으로 보이는 킬번의 말에 옳소! 하며 소리치기 시작했다.

"얘들 제법 재밌는데?"

그리고 그들의 앞으로 아지랑이가 피어오르는 것처럼 흐릿흐릿해지더니 한 여인씩 모습을 드러내기 시작했다.

갑옷이라 하기에는 너무나 노출이 많고 속옷이라 하기에는 단단해 보이는 옷 한 벌. 간단히 말해 몸의 80%를 드러내고 있고 그 나머지도 아슬아슬하게 육감적인 몸매를 드러내고 있는 여자와 값비싼 인형의 옷처럼 하얗고 분홍색의 레이스가 잔뜩 달린 드레스를 입고 있는 여인.

말할 필요도 없겠지만 바로 나가와 카리나였다.

"우오오오오오!"

프하이엄 제국의 기사들은 그녀들이 적이라는 사실도 잊고 마치 위문 공연 온 예능인을 마주하는 것처럼 '후끈' 달아올랐다.

"쟤들 왜 저런대니?"

"걸신들린 사내놈들 눈 보신 시켜주고 있잖아. 뭐, 네 인형 같은 코스춤보다 이 나이스한 바디에 취해 있는 거겠지만 말이야. 웃훗!"

"우와아아아아아아아"

쿠다탕탕

"우아아아아아!"

섹시한 포즈를 지으며 키스를 보내자 기강이 잘 서져 있던 부대가 순식간에 와해되어 갔다. 넘어지고 짓밟히면서도 열렬한 성원을 아끼지 않는 태도는 괜히 눈물겨울 정도였다.

나기는 카라나의 태도에 확신했다. 이 아이는 이제껏 친구 하나 없이 커왔을 거라고. 옆에 자신이 있을 때에는 어린아이처럼 굴기만 하다가 주위 사람들의 시선을 받기만 하면 마치 자신이 보호자인 것처럼 나서는데 이상하게도 그 모습이 얄밉다고 하기보다 귀엽게만 느껴졌다.

"다들 조용히 하지 못하겠나!"

그리 큰 목소리가 아니었음에도 기사들은 금방 환호를 멈추고 제자리로 돌아갔다.

"시간이 없으니 단도직입적으로 묻겠소. 우리들의 길을 막는 이유는?"

대답은 원하는 대로 곧바로 튀어나왔다.

"목소리 들어보니 너지? 내 주인님보고 웬 떨거지냐고 한 인간이."

주인님? 아니, 그건 둘째 치고 곰곰이 생각해 보니 글로리아 퀸이 도망치고 있는 도중에 옆에 매달려 있는 남자를 보고 그렇게 말한 것 같기도 하다.

그렇다면 이들은 설마 그 한마디 때문에 이렇게 자신들을 가로막는단 말인가?

"당신들 정체가 뭐……."

"야, 이 거미년아! 네가 뭔데 네 주인님이라고 망발이야!"

"후후후, 이래서 어린애는 안 된다니깐. 주인님이 누구에게 먼저 힘을 주셨더라? 또 누구를 먼저 안아주셨지? 넌 항상 두 번째였잖아. 이 세컨드 주제에."

세컨드! 세컨드라니! 이 얼마나 듣기 짜증나는 말이던가. 하지만 도저히 반박할 말이 생각나지 않았다.

한편 자신의 말이 무시당한 케라하는 기분이 점점 언짢아지기 시작했다. 비록 자신을 무시하는 부하는 있어도 지금껏 부모에게 한번 무시당해 본 경험이 없던 그였기에 더욱 분노가 컸다.

프하이엄 제국의 돌격대장은 기마가 없으면 쓸모도 없는 그런 허접한 자가 될 수 있는 자리가 아니었다.

두 여인의 정체를 알 수 없으나 자신들의 길을 막았다는 그것 하나만으로도 사지를 잘라내야 할 의무가 있었다.

"황제 폐하의 길을 가로막으려는 자는 이 몸이 부서지는 한이 있어도 처치할 것이다."

거대한 마나가 요동치며 은은하고 투명한 빛깔의 마나로 이루어진 검날이 그 모습을 드러내었다.

"흐흥, 그러는 너는 고작 세 번도 못 견뎌놓고 큰소리치지 마! 난 무려 일곱 번이나 안아주셨단 말이야!"

"저 인간 잡아!"

이야기가 흥미진진하게 넘어가려는 순간 앞으로 나서려던 케라하를 부하들이 달려들며 잡아 넘어뜨렸다.

"그럼 너는 처녀랑, 과거 있는 여자가 같은 줄 아니?"

"흐흥, 우리 둘이 함께 안아 주셨을 때 내가 계속 위에 있었다. 뭐!"

"그거야 워낙 네가 애 같으니깐. 그리고 보니 그때 넌 정말 젖먹이 아기처럼 귀엽게 굴었었지. 우후후 내 가슴이 그렇게 좋던."

꿀꺽!

뜨거운 열기가 느껴지는 삼천 명의 사내들의 얼굴이 붉어지며 동시에 침을 삼키는 소리가 들렸다.

"으아아악! 비키지 못해, 이것들아! 헉헉헉."

갑작스런 난입에 기분이 나빠진 카리나와 나가는 눈초리를 강하게 비추며 동시에 손을 휘둘렀다.

콰광!

그러자 그들의 멀리 떨어져 있는 저 뒤편으로 거대한 두 개의 불기둥이 솟아올랐다.

"죽고 싶지 않으면 입 닥쳐! 천한 인간 주제에!"

"죽고 싶지 않으면 입 닥쳐! 천한 인간 주제에!"

그 힘을 가장 정면에서 느낀 케라하의 관자놀이 옆으로 식은땀이 흘러내렸다. 엄청난 빠른 공격에 지나치고 나서야 느낄 수 있었다. 만약 저 공격을 아무런 방비 없이 맞았더라면 살아남을 수 있었을까?

소드 마스터라는 자부심에 자신의 실력은 어느샌가 퇴화하고 있었던 게 아닐까?

"제군들, 우리는 우려하던 대로 사냥을 하려다가 그만 사냥감이 되고 만 것 같다. 비록 저들은 누구인지조차 알 수 없으나 곧 우리 프하이엄 제국을 방해하는 데 있어 가장 선두에 서 있을 자들임을 나는 의심치 않는다. 너희들의 목숨을 내게 줄 수 있겠나?"

그들 사이에 있어 대답은 필요없었다. 오랫동안 눈빛으로 모든 것을 말해 오던 게 습관화되어 있었기에 이제는 발자국 소리만 들어도 무슨 생각을 하고 있는지 훤히 알 수 있었다.

"어쭈, 약한 애들도 뭉치니간 투기가 제법 강한걸."

"주인님을 뭐라고 한 저 녀석 좀 놀려주려다가 오랜만에 운동하게 생겼네."

카리나가 두 손을 펼치자 진홍색의 붉은 손톱이 쭉 길어졌고 그녀의 등 뒤로 검은 오로라가 생겨나기 시작했다.

"이, 이럴 수가! 마족이다!"

"뭣이? 마족이 어째서 글로리아 퀸을 도와주는 거야?"

그것뿐만이 아니었다. 마음에 드는 옷이었는데라고 중얼거리던 나가는 자포자기 한 듯 가볍게 힘을 주자 그녀의 등 뒤에서부터 여덟 개의 괴물 같은 거미의 다리가 옷을 찢으면서 튀어나와 징그럽게 꿈틀대기 시작했다.

"적을 무서워하지 마라. 우리의 시체는 천 년 제국을 위한 거름이 될 것이다. 천 년 제국 만세!"

기사들은 뒤이어 천 년 제국 만세를 외치며 그녀들을 향해 힘껏 돌격하기 시작했다.

나가와 카리나의 삼천 명에 달하는 인간들과 전투가 시작되었다.

하나 그것은 어디까지나 겉모양만 그럴 뿐, 왠지 재밌기도 한 인간들에게 크게 해를 입히고 싶지 않았고 무엇보다 자신의 주인님인 로빈이 기억을 잃은 상태로 인간처럼 지내고 있었기에 괜히 동족을 죽여 미움받기 싫었다.

그들도 곧 동료들을 보며 그녀의 마음을 알아차렸는지 그 대가로 더욱 강력하게 승부를 걸어오기 시작했다.

강한 자와의 승부로 한 단계 앞을 나아가려는 기사들에게 있어 강자와 싸우고도 살아남을 수 있는 것은 더할 나위 없는 호의 중 하나였다.

카리나에 비해 인간 기사와 전투 경험이 많지 않은 카리나는 그들의 싸움으로 인해 많은 것을 배울 수 있었다. 본체인 거미 모습과는 달리 아직 인간의 손과 발의 컨트롤이 완벽하지 않은 터라 위험한 때도 있었지만, 상처를 입으려고 하면 그 공격은 카리나가 잘 무력화시켜 주었다. 분명 등에 달려 있는 다리를 쓰면 훨씬 더 많은 공격을 할 수 있음에도 불구하고 사용하지 않고 있었다. 마치 핸디캡을 주듯이 말이다.

"휘유, 저 아가씨들 티격태격거리면서도 무진장 사이좋잖아. 한 명 꼬셔봤으면 싶었는데."

"목숨이 아까우면 일찌감치 포기하시죠. 아무리 예쁘다지만 마족이나 몬스터 족의 여자와 살을 섞고 싶을 정도로 짐승이셨습니까?"

"이런 녀석. 넌 아직 남자의 로망을 모르는구나. 남자의 몸에는 넘어서기 힘든 벽일수록 그 벽을 넘어서 보려는 도전의 유전자가 흐르고 있지. 그 유전자를 타 종족의 여인에게 전해준다는 생각을 해보렴. 이 얼마나 멋진 로맨스……."

"로맨스 같은 개풀 뜯는 소리 그만 하시죠! 이 단순 호색한 대장님."

사건은 그때 갑작스럽게 시작되었다.

하늘을 덮는 그림자가 하나, 둘, 셋 모두 합쳐서 열 개가 생겨났다. 그리고 여기 모여 있는 그 누구도 먼저 자신이 보고 있는 것의 정체를 말하지 않았다.

누구도 믿을 수 없었던 것이다. 하늘을 나는 인간이 있다는 사실을 말이다. 그리고 그때부터 이유없는 학살이 시작되었다.

그녀들의 대장으로 보이는, 바다를 떠올리게 하는 청색의 제복을 입고 있는 여인은 전혀 움직이고 있지 않았음에도 삼천에 달하는 기사들이 고작 아홉 명의 여인들을 막지 못하고 차례대로 싸늘한 시체가 되어갔다.

제법 재밌는 인간들이었지만, 괜히 목숨까지 바쳐서 구해줄 의리는 없었기에 막 도망가려 했지만, 그녀들 역시 공중을 자유롭게 날아다니는 발키리들에게 공격당할 대상 중 하나였다.

카르르룽!

발키리의 마법검과 나가의 손톱이 부딪치며 서로를 튕겨냈다.

"마족?"

라디언스 신의 종답게 금방 그녀가 어둠의 종족임을 알아차린 후로 오히려 더욱 그녀들에게로 집중되었다.

한 사람은 어떻게 가능했지만, 발키리가 두 명 이상 함께 달려들자 방어조차 하기 힘들었다. 나가 역시 고전하는 것은 마찬가지. 급기야 나가는 자신의 본체를 드러내며 발키리들에게 맞섰으나 합격술을 전문적으로 익힌 발키리들에게 오히려 상처만 늘어날 뿐이었다.

카리나에게 둘, 나가에게 셋이나 붙어 공격하는 탓에 두 사람은 점점 힘이 빠지고 있었다.

"핫!"

그 탓에 어느 순간 빈틈이 생긴 것이리라. 마법검이나 오랫동안 성수로 제련된 탓에 성 속성을 지닌 마법검이 그녀의 명을 단번에 끊어버릴 기세로 틈을 노려서 배 한가운데로 찔러 들어가고 있었다.

"카리나!"

나가는 곧장 그녀에게로 달려들었으나 거리는 멀고 오히려 그동안 또 한 명의 발키리에 의해 여덟 개의 다리 중 하나가 베어져 버렸다.

"크으으윽!"

상처는 그리 크지 않다. 그녀의 몸이 은색을 띠고 있는 것은 그동안 그녀가 먹어왔던 텐텐 산맥의 마나석이 전부 성 속성의 마나석이었기 때문이다.

마나석은 현재 고귀한 에너지원 중 하나였다. 몬스터인 그녀가 결코 흡수할 수 없는 마나석을 전부 흡수할 수 있었던 것은 바로 로빈이 지니고 있던 모든 것을 무로 돌리고 그 무에 다시 속성을 부여하는 자연의 마나, 즉 드래곤의 힘이 없었더라면 불가능한 기적이었다.

"몬스터가 성검을 견뎌내다니!"

자신의 공격이 크게 먹히지 않음에 놀라는 발키리를 발로 걷어차는 순간 다른 발키리의 검이 카리나의 배에 닿아 있었다.

"안 돼!!"

캉!

"크억!"

어디서 날아온 도움이었을까? 구원이 날아온 방향으로 고개를 돌린 순간, 그곳에는 공중에 떠 있는 네메시스가 있었다.

"너, 내가 알고 있는 그 마족이로군. 네 동료와 함께 떠나라. 단 한 번의 자비이자 그동안 더러운 늙은이들에게서 고통받은 변변치 않은 보상이다."

설마 저 처단자가 자신을 구해주리라고는 생각지도 못한 카리나는 힘없이 바닥에 주저앉아 버리고 말았다.

"어떻게 그것을……. 당, 당신이었어? 그 지하 감옥에서 우리를 보던 사람이?"

"도망가지 않는다면 베어도 좋다. 빨리 저들을 모두 처리하고 뒤따라오도록. 하워드 추기경과 밀약을 맺고 글로리아 퀸과 신성왕국을 말아먹기 위해 온 자들이니까."

그리하여 나가와 카리나는 죽자 사자 로빈이 이동한 곳과 정반대 쪽으로 도망쳐 갈 수밖에 없었다.

어찌나 급했는지 아직도 본체의 모습을 유지하고 있는 나가는 카리나를 등에 태우고 숲의 나무들을 가볍게 밟으며 이동, 아니, 도망치고 있었다. 기척도 없이 다가온 그들이다. 한 번 한 것을 두 번 못할 리 없다고 생각하자 등덜미가 오싹해졌다.

그리고 그녀들은 근 한 시간을 달린 끝에 겨우 예전에 곰이 겨울잠을 자던 곳으로 보이는 작은 동굴을 찾아낼 수 있었다.

"하아하아! 뭐, 뭐야, 저 여자는! 정말 인간 맞는 거야?"

동굴 안으로 들어선 그녀들의 모습은 하나같이 엉망진창인 몰골을 하고 있었다. 그나마 마지막의 변덕과 같은 자비로 살아날 수 있었지만, 지금 생각해도 어떻게 살아 나올 수 있었는지 강한 의문이 들 정도였다.

어느 정도 짐작 가는 사실이라고는 그자의 목표가 자신들이 아니었던 것일 터. 또한 정말로 카리나에게 동정심을 가졌기 때문일 가능성도 배제할 수 없었다.

아니, 그거야 어쨌든 결론적으로 살아남은 그 자체가 중요하달까.

그렇다고 해도 열 명에 불과한 인간이 삼천 명에 달하는 자들을 눈 하나 깜짝이지 않고 모두 학살해 버리다니, 누가 진짜 괴물인지 분간이 서지 않을 정도였다.

"시, 싫어. 저 괴물을 이런 곳에서 또 만나게 될 줄이야."

카리나는 그자의 정체를 알고 있는 듯했다. 얼른 다시 인간의 모습으로 변한 나가가 떨고 있는 카리나를 안아주자 점차 떨림이 진정되기 시작했다.

“너 그 인간이 누구인지 알고 있는 거야?”

차분하게 고개를 끄덕인 카리나는 곧 자신을 되찾은 듯이 눈을 찌푸리며 말했다.

“나는 예전에 신성왕국에서 아주 오랫동안 갇혀 있었기에 잘 알고 있어. 그녀는 우리 마족들이나 몬스터들에게 있어 처단자라고 일컬어지는 4인의 처단자 중 한 사람인 네메시스 레이 발시온. 아직 마왕 급의 힘을 갖추지 못한 내게 있어 상대조차 할 수 없는 자야.”

“처단자?”

카리나는 어느새 나가의 덜 찢어진 옷 부분을 꽉 잡고 있었다.

“응, 인간들은 그녀들을 왈큐레라며 천족의 이름으로 부르고 있는 것 같지만, 우리들은 처단자라고 불러. 우리들에게 있어 바로 천적 같은 존재거든.”

확실히 네메시스라는 자의 힘은 고작 두세 명으로 고전했던 발키리 아홉 명을 모두 합친 것보다 훨씬 능가하고 있었다. 단순하게 느낀 것만 해도 그 정도인데 만약 숨긴 힘을 개방한다면…….

“아아, 난 더 이상 못 버텨. 생각할 힘도 없고, 마음도 없어. 제발 꿈에서만은 나오질 않길 빌겠어.”

그 말을 끝으로 나가가 먼저 획 쓰러지며 잠이 들자 카리나도 모르겠다는 듯이 그 몸에 기대어 잠에 빠져들기 시작했다.

제24장

영웅인자의 태동

모두에게는 똑같은 시간이 주어지지만
내가 지내온 시간과 네가 지내온 시간이 같지 않아.

평균 길이 80미터가 훨씬 넘는, 깎아 내린 듯한 붉은 바위 기둥 사이사이로 강한 바람이 불어오고 있었다.

위대한 협곡. 하지만 붉은 모래와 붉은 바위 색깔로 인해 붉은 협곡이라는 명칭으로 더욱 잘 알려져 있는 이곳까지 오면 더 이상 추격자가 없을 거라고 생각한 안일한 판단이 결국 화를 부른 것일까?

겨우 이곳까지 도망칠 수 있었던 두 사람은 추격을 막을 수 있는 지점을 바로 눈앞에 두고 붉은 협곡에서 발을 멈출 수밖에 없었다.

중력을 지배하고 있는 것처럼 하늘에서 사뿐히 내려와 눈앞에 보이는 커다란 돌기둥으로 내려오고 있는 것은 그녀도 익히 알고 있는 자였다.

"네메시스."

그녀가 앞에 있는 한 더 이상 도망은 불가피한 것을 깨닫자 레이티

아는 지금껏 단 한 번도 본 적이 없는 굳은 얼굴로 그녀의 이름을 입에
담았다.

그녀가 손을 뻗자 허공에서 빛의 파편이 모여들며 람세스가 나타났
다.

"좋은 장소로군. 전력을 다해 너를 쓰러뜨려도 별문제없겠어."

"부탁이야, 네메시스. 우릴 못 본 척해줄 수는 없겠어? 네가 원한다
면 두 번 다시 신성왕국으로 돌아가지 않을게."

나약한 강아지를 떠오르게 하는 애절한 표정. 네메시스는 저 위선적
인 표정에 역겨워졌다.

강한 바람에 그녀는 자신의 머리를 쓸어 올리며 말했다.

"거절한다. 너는 여기서 절망을 맛봐라."

"로빈, 도망쳐!"

레이티아의 말을 들은 로빈은 뒤도 돌아보지 않고 앞으로 달려갔다.
그와 동시에 네메시스의 주위로 둥그스름한 모양의 여덟 개의 마력탄
이 형성되기 시작했다.

파아아앗!

동시에 여덟 개의 마력탄이 커다란 포물선을 그리며 레이티아를 향
해 날아왔다.

콰과과과광!

대기가 떨리고 지축이 흔들리는 충격음. 그리고 그 여파로 레이티아
뒤에 있던 하나의 바위 기둥이 무시무시한 굉음을 내며 부서져 내렸다.

"로빈!"

"네 걱정이나 하시지!"

쇄도하는 람세스. 얼음 기둥을 깎아 만든 것 같은 단조로운 창은 이

세상에서 몇 되지 않은 신기라 칭해지는 무기 중 하나. 엘레멘탈의 힘을 쏟아 붇자 창에서는 당장 얼어붙어 버릴 것 같은 냉기가 쏟아져 나오고 있었다.

차창!

그 공격을 이토록 완벽하게 막아낼 수 있는 것은 역시 또 다른 신기뿐. 화산 속에서 제련되어졌다고 일컬어지는 스팅이 람세스를 막는 동시에 검면이 점점 붉게 변하기 시작했다.

"안 돼! 스팅, 그러지 마!"

오래 되거나 특별한 감정을 준 물건에게는 마음에 깃든다.

자아[Ego].

바로 그녀의 스팅이 바로 자아가 깃들어 있는 무기였다. 그에 비해 네메시스의 람세스에는 오직 힘만이 집결되어 있었다. 그 힘은 단순한 파괴력뿐만이 아닌, 정보, 판단, 혼란 그 모든 것이 집결되어 있었다.

가히 신기라 불릴 만한 무기 아닌가.

레이티아의 외침에 새빨갛게 변해가던 스팅의 색깔이 어느 정도 사라졌지만 완전히 붉은빛이 사라지지는 않았다. 최소한 그 정도는 되어야 몸을 보호할 수 있을 거라는 스팅의 판단일 터.

그 판단을 레이티아는 신뢰하고 있었다.

"네 마음을 바꾸게 하려면 극단적인 방법을 써야 할 것 같군."

그렇게 말하고 네메시스는 최대한 빨리 이 싸움의 여파가 미치는 예상 범위를 벗어나기 위해 달리고 있는 로빈을 가리켰다.

그러자 무언가 아홉 개의 빛이 그에게로 날아갔다.

"발키리! 어째서……."

"글로리아 퀸이 도망을 가니 내게 안 된다고 말할 존재가 없어서 말이야."

왈큐레와 발키리는 어떠한 일로 파견 나가는 것을 제외하고 자신의 의사로는 출입이 절대 금지되어 있다.

그들이 하늘을 자유롭게 날아다니고 있는 이유는 대대로 야심찬 물의 왈큐레를 통해 전해 내려오는 마법무구 덕분이었다.

한 명의 왈큐레 밑에는 아홉 명 정도의 발키리가 따르게 된다. 그녀들의 개인 실력은 소드 마스터에 약간 미치지 못하는 정도이나 그녀들은 왈큐레를 지키는 자이자 동시에 만약의 사태가 벌어질 때를 대비하여 왈큐레의 후계자 자격으로 그 자리에 있는 것이다.

물론 그녀들은 최악의 사태를 대비한 방편일 뿐, 그녀들이 입고 있는 마법 갑옷과 마법검이 아니라면 소드 마스터 한 명과 싸워 고전할 만한 실력에 불과했다. 지금처럼 무장을 확실하게 한 이상 소드 마스터 삼 인과 맞먹을 정도지만.

어쨌든 로빈에게 달려든 발키리들은 큰 어려움 없이 로빈을 잡아 한 붉은 기둥 위에 올려놓았다. 높이는 약 40미터 정도. 하지만 로빈이 떨어진다면 필히 사망할 정도의 높이임에는 틀림없었다.

"제대로 싸워. 그렇지 않으면."

손을 들어 신호를 보내자 한 명의 발키리가 로빈을 잡은 채 앉아 있던 바위 기둥의 절반을 갈라 버리고 반이나 좁아진 기둥 위로 그를 다시 떨어뜨렸다.

"하아, 하아, 하아, 괘, 괘, 괜찮아."

비명을 안 지른 것도 대단한 일이었다. 로빈은 스스로가 대견스러우면서도 온몸이 사시나무처럼 떨리고 있음을 느꼈다.

"날 이기면 둘 다 보내주지. 그리고 다시는 너희들을 쫓지 못하도록 해주겠다. 더 이상 네 진짜 모습을 숨기지 말고 보여라. 과거 나를 쓰러뜨렸던 그 잔인하기 짝이 없는 진짜 네 모습을!'

로빈을 구하기 위해서야.

속으로 되새긴다.

앞으로 나아가기 위해서.

부끄러운 과거를 잊는다.

행복한 미래를 위해서 현재의 고통을 참는다.

"락(Lock) 리미트(Limit) 해제. 봉인 일제히 개방."

"너의 힘은 너무 강하단다. 그래서 이럴 수밖에 없어. 설마 내 후계자라 일컬어지는 아이가, 처단자라 일컬어지는 우리들을 처단할 수 있는 힘을 지녔을 줄이야."

전대 불의 왈큐레였던 이의 목소리가 들려오는 것 같았다.

'이 힘은 저주받은 것이라고 누군가 말했었지. 마족으로 태어나지 못한 것을 저주해라고. 하지만 난 인간인걸. 그래서 쓰지 않을 거야. 난 절대 이 힘을 쓰지 않을 거야.'

어린 시절의 자신이 말한다.

하지만 지금. 그녀는 고한다.

어떤 힘이라도 좋다. 소중한 이를 지킬 수 있는 강력한 힘을 원한다고.

파아아아아앗!!

쿠구구구구궁—

단순한 힘의 방출에 몇 개의 바위 기둥이 버티지 못하고 무너졌다. 레이티아의 온몸은 검은 불덩어리처럼 타오르고 있었고 스팅의 면에서는 가끔씩 불꽃을 토해내고 있었다.

레이티아는 몸을 반보 돌려 왼손으로 옆구리를 짚고 스팅을 네메시스에게로 향했다.

"널 쓰러뜨리겠어!"

네메시스의 몸이 자신도 주체하지 못할 정도로 떨려왔다.

믿을 수 없다. 이건 현실이 아니야!

레이티아가 힘을 발하는 순간, 맑은 날씨였던 주위가 태풍이 한참 불어 닥치고 있는 날씨처럼 온 세상이 검게 변하기 시작했다.

이 불길한 힘의 정체는 무엇일까? 과거 어린 시절, 항상 자신의 아래라고 생각하던 친구가 단 한 방으로 자신을 죽음에 이르게 하고 곧바로 불의 왈큐레로 임명받은 그 힘의 정체는 사악하기 짝이 없는 사기의 결정이 아닌가.

두렵다. 두렵다. 하지만 그 이상으로 화가 나는 것은, '너는 나보다 약하다' 라고 말하는 것처럼 보이는 레이티아의 눈동자였다.

으드드득!

어찌나 강력하게 이를 갈았는지 입술에서부터 선혈이 흘러나왔다.

"레이티아아아!"

마나의 폭발과 함께 네메시스가 레이티아를 향해 달려들며 창을 휘둘렀다.

파바박!

땅을 가르는 일격을 종이 한 장 차이로 피한 레이티아는 곧장 람세스를 발로 밟고 뒤로 뛰어오르며 동시에 스팅을 휘둘렀다.

가만히 있었으면 두개골을 반으로 갈라 버렸을 공격을 앞으로 구르

듯이 피했다.

날렵하기 짝이 없는 스팅이 고속의 공격을 행해왔으나 람세스 역시 만만치 않은 속도로 공격과 방어의 연계가 끊임없이 쏟아졌다.

채챙— 챙— 차르릉— 캥— 치치징— 챙챙— 카카캉!

스팅과 람세스가 부딪치는 소리는 일 초에도 수십 번이 들려오는 것 같았다. 두 개의 신기가 부딪치는 소리는 점점 커졌고 귀가 멀어질 것 같았음에도 불구하고 두 사람의 공격은 서로 멈출 기색을 보이지 않았다.

"하하하하, 훌륭해! 그래, 그래야 너를 쓰러뜨리는 즐거움이 있지!"

어느새 네메시스의 떨림이 사라졌다.

몸의 긴장이 사라지자 조금 전과는 비교도 할 수 없는 힘과 반응이 생겨나기 시작했다.

람세스로부터 강력한 기가 뻗어 나오기 시작했다. 그 기세에 지지 않겠다는 듯이 스팅의 검면도 더욱 새빨갛게 달아올랐다.

팡! 파팡! 펑! 퍼퍼펑!

더 이상 금속 소리는 들려오지 않았다. 한 번 한 번의 검극이 울릴 때마다 마찰된 부분에서는 시퍼런 마나의 폭발이 일어났다.

보이는 것은 검의 환상과 창의 궤도뿐, 폭풍처럼 휘몰아치는 두 사람의 결계는 보는 것만으로도 식은땀이 흘러내릴 정도였다.

"널 쓰러뜨려서. 내 발밑에 꿇리게 하고 말겠다!"

람세스의 끝 부분으로부터 빛나는 물방울 두 개가 회오리를 치듯 튀어나오더니 이내 네메시스와 똑같은 모습으로 변했다.

"흡!"

분신을 처음 본 레이티아의 눈에 놀라움이 번졌다. 하지만 그 놀람을 만끽할 새도 없이 세 명의 네메시스의 손에서 동시에 기운이 뭉치기 시작했다.

"맞아라!"

차아아! 차아아! 차아아!

세 개의 탁류와 같은 물기둥이 그녀들의 손에서 솟아 나왔다. 맞으면 형체조차 사라질 것같이 강력한 물기둥은 모두가 진짜였다.

"하아아아압!"

레이티아는 왼손을 자신의 가슴으로 끌어들였다. 그러자 그녀의 다섯 손가락의 끝에서 불꽃이 생성되더니 이내 작은 불의 방패가 만들어졌다.

파파파파앙!

자신의 정면으로 향해 오는 물기둥을 왼손으로 쳐내며 궤도를 바꾸었다. 그러면서 팔을 다시 휘두르자 방패가 표창처럼 두 개의 분신을 부숴 버리고 이윽고 계속해서 네메시스를 향해 달려가기 시작했다.

"홍!"

네메시스는 돌격해 오는 레이티아를 피하며 바위 기둥을 밟고 위로 올라가기 시작했고 곧 그녀도 뒤따라 올라갔다.

대지에서 싸우던 싸움이 공중과 바위 기둥을 중심으로 변했다.

순식간에 네메시스를 따라잡은 레이티아가 스팅을 휘두르는 순간 하늘을 날아오르며 피하면서 마나를 방출해 바위 기둥을 무너뜨렸다.

쿠쿠쿠쿠쿵—

자욱하게 피어오르는 먼지. 왈큐레라 해도 맞으면 제법 타격이 컸을 터이나, 그 흙먼지를 검으로 가르며 레이티아가 아무렇지 않은 모습으로 뛰쳐나왔다.

“스팅!”

하늘을 날 수 없는 레이티아가 바위 기둥을 밟으며 후퇴하고 있는 네메시스에게 자신의 스팅을 집어 던졌다. 눈에 뻔히 보이는 공격을 맞을 자가 누가 있을까? 스팅의 궤도를 파악한 네메시스는 여유롭게 스팅을 피했다. 하지만 그 순간, 피했다고 생각한 스팅이 방향을 전환하며 공격하기 시작했다.

“뭣이?”

그 순간 뒤에서 무언가가 다시 날아오고 있음을 느낀 네메시스는 급하게 몸을 돌렸으나 그만 왼팔이 살짝 베이고 말았다. 그 날아온 것의 정체를 본 순간 네메시스의 동공이 크게 떠졌다.

“이건, 스팅?”

그리고 이번에는 또다시 상하좌우 네 방향에서 동시에 날아오고 있는 공격이 느껴졌다. 눈으로 확인한 결과 그 모두가 스팅이었다.

“이럴 수가!”

귀신을 본 것 같은 얼굴을 하며 람세스를 휘둘러 계속해서 공격해 오는 스팅을 막고 피하고 쳐내어 보았으나 스팅은 끊임없이 자신을 공격해 왔다.

그리고 그녀의 두 눈에 여유로운 표정으로 바위 기둥에 서 있는 레이티아의 모습이 들어왔다.

“스팅은 하나이자 총 여섯 자루의 레이피어로 이루어진 신기. 게다가 에고 웨펀인 탓에 자아를 가지고 있지. 내려오는 게 좋을 거야.”

확실히 말대로 공중에서 싸우는 것은 너무나 불리했다. 설마 스팅에게 이런 능력이 있을 거라 생각하지 못한 그녀는 울분을 참으며 밑으로 내려왔고 여섯 개로 나누어진 스팅도 한 자루로 합쳐졌다.

“어째서 그 여섯 자루를 전부 꺼내놓지 않는 거지?”

“넌 나와 싸우고 싶어했으니깐.”

“정말 짜증나! 남을 업신여기는 그딴 방식이!”

네메시스가 손을 뻗자 그녀의 손끝에서 한 방울의 액체가 튀어나왔다. 고작 한 방울. 거기에 엄청 느리기까지 한 보잘것없는 공격. 하지만 그 속에서 레이티아는 지금껏 상대했던 그 누구보다 강한 공포감이 느껴졌다.

“뭐 하고 있어, 그 거대한 탁류가 안 보여! 피해! 레이티아!”

이런, 그제야 깨달았다. 안 움직이는 것이 아니라, 강한 공포감에 움직이지조차 못한 것이다. 하지만 로빈의 외침이 그녀의 정신을 흘어주었다.

그때였다. 자그마한 물방울이 진짜 모습을 드러낸 것은.

레이티아는 볼 수 있었다. 쩌적 하는 소리와 함께 작은 물방울의 표면이 갈라졌고 그 속에서 물이 새어 나오고 있음을.

물방울이 찢어지고 그 안에서 물이 새어 나온다? 라는 의문을 갖기 시작했을 때, 물방울이 터지며 동시에 마치 해일이 일어난 것처럼 어마어마한 물의 양이 그녀는 물론 이 지대 전체를 덮치기 시작했다.

쿠구구구구구구구우우우웅! 콰아아아아아아아아아아아아아!

얼마나 엄청난 양이었는지 소리가 사그라지게 되는 데에만 오랫동안 시간이 소모되었다.

한 무신이 일으켜 버린 해일이 지나간 주위는 말 그대로 이수라장이 되어 있었다.

이런 지형이 생기는 데 몇십만, 아니, 몇 천만 년이 걸리는 자연의 신비가 이번 공격으로 인해 그 1/3이 엉망이 되어 있었다.

"십 년. 십 년간 이날만을 위해 꾸준히 모아왔다."

그녀들은 신성왕국에 들어온 이후 다른 곳으로 나간 일이 단 한 번도 없었다. 그리고 아무리 십 년간이라지만 이 정도의 물을 끌어 왔으면 신성왕국의 식수원에 문제가 생겼을 정도였다. 그렇다면 이 물은 도대체 어디에서 모은 걸까?

답은 하나. 장마.

그랬다. 그녀는 십 년간 장마기가 시작될 때는 물론 비가 오는 날마다 비를 모아온 것이다.

이 정도를 모아 압축시키는 데만 해도 힘의 절반 이상을 썼을 터다.

집념의 왈큐레.

그녀의 힘은 진정으로 레이티아를 능가한 게 아닐까.

하지만, 그때 뒤에서부터 그녀의 목에 닿는 금속의 감촉이 느껴졌다.

"나의 승리야."

그 감촉의 정체는 물에 흠뻑 젖은 채 등장한 레이티아였다.

또 이렇다.

이 녀석은 매번 이런 비겁한 승리만 얻어갔다. 겁쟁이라고? 압도적인 힘을 지녔음에도 치사하게 뒤에서 적을 치는 것을 좋아하는 비겁한 녀석일 뿐이다.

쿠르르릉─

"으아아아악!"

해일의 여파였을까? 겨우 이것으로 끝인가 싶었던 로빈은 갑자기 무너져 내리는 돌기둥을 보며 비명을 질렀다.

"로빈!"

로빈의 비명에 레이티아는 스팅을 회수하며 그에게 달려가기 시작했지만 그 뒤에 있는 자는 그것을 용납하지 않았다.

"죽어버려!"

푸슉!

피가 튀었다.

람세스가 레이티아의 등과 폐와 가슴을 지나 앞으로 뻗어 나와 있었다.

"아……."

꼬챙이로 꿰인 듯이 람세스에게 찔린 레이티아는 몸에서 힘이 빠지기 시작했다.

로빈은 다행히 근처에 피해 있던 발키리에 의해 구원을 받고 다른 안전한 바위 기둥 위로 옮겨졌으나, 그의 머리 속에는 자신의 안전보다 오직 상처 입은 레이티아밖에 떠오르지 않았다.

"로… 로빈. 미안. 나… 함께… 못 갈 것… 같아……."

"레티! 레티!"

가까이에서도 듣지 못할 정도로 작은 목소리였으나 그 먼 곳에서 로빈은 알아듣고 있었다.

푸슉—

레이티아를 꿰뚫은 그녀는 람세스를 뽑은 뒤에 수도를 쳐서 기절시켰다.

"죽일 생각은 없다. 그러니 걱정 말고 가던 길을 마저 가도록 해라. 너는 못 본 척해줄 테니."

로빈은 움직이지 않았다.

"이리로."

손을 내미는 발키리.

하지만 그녀의 말도 로빈의 귓가에 들려오지 않았다.

두근.

심장이 뛴다.

두근, 두근.

혈액이 뜨겁게 달아오르고,

두근, 두근, 두근, 두근, 두근, 두근, 두근, 두근, 두근, 두근, 두근, 두근, 두근, 두근, 두근, 두근,두근, 두근, 두근, 두근, 두근, 두근, 두근, 두근, 두근, 두근, 두근, 두근, 두근, 두근, 두근,두근, 두근, 두근, 두근, 두근, 두근, 두근, 두근, 두근, 두근, 두근, 두근, 두근, 두근, 두근, 두근, 두근.

마치 이 한 몸에 서른아홉 개의 심장이 존재하고 있는 것처럼 뜨겁고 시끄러운 심장 소리의 오케스트라가 벌어지기 시작했다.

그리고 마지막 이성의 한 가닥이 끊어져 버리고 말았다.

"어서 이리……."

휙!

말을 마저 하지 못한 발키리의 앞머리가 바람에 강하게 위로 올라갔다.

무엇이었을까? 그 정체를 알기 위해 시선을 올린 순간, 그녀가 본 것은 바로 로빈의 발이었다.

콰직!

단순한 내려찍기에 단단하기 짝이 없는 투구가 찌그러지면서 그녀의 몸이 기둥 밑으로 처박혔다. 동시에 그 충격으로 인해 바위 기둥이 무너져 내리기 시작했다.

쿠쿠쿠쿠쿵—

10미터 정도 크기의 바위 기둥이 발키리와 함께 무너져 내렸다. 그 광경을 본 발키리들과 네메시스는 믿을 수 없는 것을 본 사람처럼 충격으로 가만히 있었다.

그리고 흙먼지 속에서 한눈에 죽어버린 것처럼 축 늘어진 발키리를 한 손으로 질질 끌고 모습을 나타내는 그가 보이기 시작했다.

놀랍게도 입고 있는 옷은 다르지 않았지만, 그 외모는 조금 전 여자처럼 생긴 반반한 외모가 아닌 그 누구보다 멋스러운 미남자의 얼굴을 하고 있었고 키도, 덩치도 한눈에 봐도 비교가 될 정도로 변해 있었다.

예전의 로빈의 본 모습으로 되돌아 온 것이었다.

"그 누가 감히 짐을 해하려 드는 것이, 큭. 아니, 난 텐텐 산의 산적. 크헉. 대마법사인 내가 어째서 이곳에, 크으윽, 난 제국 현자가 아냐! 컥, 검, 내게 검을 줘! 크아아아아아!"

수백 년간 이어져 내려오는 프하이엄 제국의 대륙 통일을 위한 최후의 열쇠이자 히든 카드. 영웅인자의 집합체가 드디어 잠에서 깨어나고야 말았다.

『슬레이브 마스터』 제4권 끝

청 어 람 판 타 지 장 편 소 설

마신의 불길보다 더 사나운 환염의 붉은 불꽃!

홍염의 성좌 / 아울 지음

THE CONSTELLATION OF BLAZE
『홍염의 성좌』

98년 『검은 숲의 은자』, 02년 『폭풍의 탑』, 04년 『겨울 성의 열쇠』
고품격 판타지 작품 세계만을 선보여온 작가 민소영! 그녀의 최신작!!

신세대적인 기발함과 경쾌한 문체,
풍부한 상상력이 빚어낸 판타지계의 명품 중 명품!
짙고 그윽한 그녀만의 농밀함이 빚어낸 장대한 스펙터클 드라마!

2005년 여름,
진한 감동과 짜릿한 전율이 시원하게 회오리친다!